— LAURENT GOUNELLE —

# INTUITIO

Roman

Calmann-Lévy

— ЛОРАН ҐУНЕЛЬ —

# ІНТУЇЦІЯ

Роман

ХАРКІВ **КСД**
2023

УДК 821.133.1
Г94

Published by arrangement
with Lester Literary Agency & Associates

Перекладено за виданням:
Gounelle L. Intuitio : Roman / Laurent Gounelle. —
Calmann-Lévy, 2021. — 400 p.

Переклад з французької *Зої Борисюк*

Дизайнер обкладинки *Анастасія Попова*

ISBN 978-617-12-9291-8 (дод. наклад)
ISBN 978-2-7021-8293-2 (фр.)

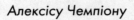

Алексісу Чемпіону

## ~ Від автора ~

Перед вами роман. Усі персонажі, навіть публічні, а також їхні вчинки — вигадані. Будь-яка подібність із реальністю чисто випадкова.

Натомість названі фірми існують насправді, і реальність інколи перевершує вигадку.

Сцени, в яких залучено інтуїцію, фактично відповідають тому, що цілком можливо зробити у реальному житті, хай би якими дивними, нереальними, а то й цілком безглуздими вони здавалися. Можу це підтвердити, оскільки сам жив під керівництвом фахівця експериментів, дуже подібних на ті, до яких вдаються персонажі цієї історії...

Інтуїтивний розум — це сакральний дар, розум раціональний — його вірний служитель. Ми створили суспільство, яке шанує служителя й забуло про дар.

Альберт Айнштайн

Головного не побачити очима.

Антуан де Сент-Екзюпері

# ~ Пролог ~

Я не називатиму свого прізвища: вимовити його нереально, не мине й п'яти хвилин, як ви його забудете. Волію подати свій псевдонім, ним я підписую детективи, які пишу і які дають мені змогу жити: Тімоті Фішер. Фішер, Риболов — гарно звучить і легко запам'ятовується, до того ж відображає моє ремесло романіста, яке, зрештою, полягає у ловінні креативних ідей.

Я також не буду розводитись про мій фізичний вигляд. Він настільки банальний, що навіть докладний опис мого середнього зросту, звичайнісінького силуету, каштанового волосся чи карих очей нічим тут не зарадить; якщо найближчим часом нам випаде зустрітись на вулиці, ви мене не впізнаєте.

Мій інтелект не виходить за межі пересічного. До речі, я досяг середніх результатів при середньому рівні навчання у середньостатистичному американському місті. На сьогодні мої романи мають дуже посередній успіх, хоча щодо їхньої якості в мене немає жодних сумнівів. Для успіху, безумовно, потрібно зловити шанс, щоб стати людиною, яка перевершує пересічний рівень: бути дуже вродливим або виглядати так, щоб усі озиралися, чи мати *фізіономію*, яку одразу помічають і запам'ятовують; висловлюватися настільки красномовно, щоб вас хотіли слухати, або відзначатись дотепністю, яка притягує души всіх, що прагнуть гарного настрою.

Не скажу, що я цілком позбавлений цих якостей, але вони присутні у звичайній дозі. Посередній.

Натомість незвичним у мені є досвід, що його я набув. Цей досвід не залишить байдужим нікого з тих, хто (як досі і я) вважає, що його життя якщо не непримітне, то банальне, і покаже їм, що в реальності світ приховує речі, які годі й запідозрити; речі, які можуть вигулькнути з нашого буденного сьогодення; так колись дивом здавалося проявлення образів на папері, який фотографи занурювали у срібну ванну; речей, які змушують побачити життя таким, яким воно є насправді, — надзвичайним.

# ～1～

**ЧИКАГО, ІЛЛІНОЙС**

Нічний вітер дув між хмарочосами, і, хоча й невловимий і невидимий, був усе-таки відчутний, і можна було нарікати на його прохолоду за кілька днів до настання весни. Клієнтів на терасі *Kitchen American Bistro* було небагато: очікуючи вечерю, вони воліли перехилити чарчину всередині. Лише кілька завзятих курців кинули виклик холодові, захопивши простору терасу на березі каналу, у самісінькому центрі міста, навпроти лісу освітлених веж.

Напередодні тисячі мешканців заполонили всю набережну, залюбки милуючись поверхнею річки, яку влада, як і щороку, на честь містян-ірландців забарвила флуоресцентним зеленим кольором з нагоди Дня святого Патрика.

Чоловік, який самотньо сидів за столиком, не курив. Та й склянки, яку офіціант поставив перед ним пів години тому, не торкався. Він — стягнуте в кінський хвіст волосся середньої довжини, насунута аж на брови коричнева кепка, невиразний погляд за задимленими скельцями в бежевій оправі — сидів перед ввімкненим ноутбуком і зосереджено спостерігав за тим, що діялося на

12

протилежному березі річки. Поліцейські перекрили всі вулиці, долинали підсилені гучномовцем накази про евакуацію, час від часу їх перекривало різке виття сирен. Потужні прожектори обмацували сталево-скляні стіни веж, подаючи сигнал тривоги тим, імовірно, глухуватим, яких не насторожив увесь той гармидер. Порожніми вулицями бігли люди — перевантажені працею бюджетники, — яких з робочих місць, де вони засиділись допізна, зірвало тільки ревіння поліцейських закликів. Дехто безладно розмахував руками, решта чимдуж тікала.

— Погляньте! Дим! — вигукнув один із клієнтів на терасі.

— Господи! — прошепотіла жінка десь неподалік.

Чоловік натиснув кілька кнопок на клавіатурі, трохи почекав і повільно опустив кришку свого комп'ютера, потім засунув його в сумку, далі пильно дивлячись на те, що відбувалося.

Стало видно густий чорний дим, що здіймався з вежі на протилежному березі трохи лівіше. Полум'я, що горіло всередині, ще не вийшло назовні. Пожежники зусібіч спрямовували на будівлю струмені води.

Звідусіль лунали крики.

Клієнти з вигуками вийшли з ресторану на терасу, дехто закликав повернутись у сховок.

Чоловік навіть не ворухнувся.

Несподівано почувся схожий на грім гул, спершу ледве вловимий, далі виразніший; здавалося, що цей глухий звук виходить із черева землі. Виникло відчуття, що вежа злегка завібрувала. Тремтіння посилилось і поширилося на поверхи, немов зловісна хвиля.

Нічну тишу розірвали крики вдалині, їх підхоплювали щораз ближче. Раптом сотні людей залементували й кинулися геть, тікаючи з прилеглої до вежі території. Клієнти на терасі наче заніміли й завмерли, а тоді дехто закричав.

Хмарочос звалився сам на себе, немовби від вибуху, майже в цілковитій тиші, начебто його всмоктав фундамент, і смиренно зник із краєвиду.

Величезна темна, густа хмара пилу виринула із землі, схожа на гігантський атомний гриб, вона піднялася до неба, а далі поширилася навсібіч над кварталом.

Клієнти тераси в єдиному пориві зірвалися на ноги з перекошеними від жаху обличчями.

Хмара швидко сунула просто на них, наче зловісна тінь, що впала на місто, занурюючи його в найтемніший морок...

14

Отоді й почалася втеча. Перелякані люди з лементом щосили побігли геть.

Звідкись вискочив великий щур і почав кидатись у різні боки, немов курка, якій відрубали голову.

Чоловік спокійно спостерігав за цієї метушнею і тільки тоді, як густа хмара оповила його своєю непроникною, важкою й задушливою субстанцією, а їдкий дим почав проникати в ніс, горло й очі, він вийняв з кишені гаманець, заледве дістав звідти в мороці чотири долари і п'ятнадцять центів і поклав їх на стіл як плату за напій. А тоді зник у брунатних клубках пилу змертвілого міста.

# ~ 2 ~

**Бернз-стріт, Квінз, Нью-Йорк**

Я тягнув валізочку, що гучно торохтіла по нерівній поверхні тротуару перед моїм домом, коли Лінн, сусідка з протилежного боку вулиці, невисока рудоволоса жіночка з зеленими хитрими очима, вискочивши босоніж на вулицю, гукнула мене:

— Привіт, Тімоті, ти повертаєшся з подорожі у понеділок уранці?

— Коротенький вікенд на Гаваях.

— На Гаваях — усього вікенд? Ти таки ні в чому собі не відмовляєш!

— Це була пропозиція останньої хвилини, дешевша, ніж проживання в кінці вулиці.

— Я гадала, ти виступаєш за екологію, — засміялася вона.

Я зітхнув і знизав плечима:

— Мені був потрібен відпочинок.

У рівчаку я помітив мишку, що бігла до стоку.

У лагідному повіві прийдешньої весни пахло дощем. Майже так, як пахнуть грозові дощі у горах.

Шкутильгаючи босими ногами, Лінн повернулась у сад, побажавши мені гарного дня.

16

Вона щоразу робила так, щоб опинитись у мене на дорозі, немовби вичікувала, коли я приїду та від'їду, і щоразу знаходила причину, щоб зачепити. Лінн працювала вдома перекладачкою. Раніше була журналісткою, проводила розслідування, але через кризу преси довелося змінити професію. Вона була розумна й досить гарненька, і за інших обставин я міг би піддатись її чарам, та наразі серце не лежало. Я нещодавно пережив болісне розлучення, і Крістен, моя колишня, досі займала мої думки. Ніколи не подумав би, що такий нетривалий зв'язок настільки виб'є мене з колії. Ми пробули разом три місяці, три місяці, впродовж яких я не відчував, що мене кохають, натомість сам був безумно закоханий. Взаємність у коханні не завжди сама собою розуміється.

Я прочинив хвіртку невеликого садочка, який відділяв вулицю від мого будинку, старої будівлі з червоної цегли з черепичним дахом того самого відтінку й вікнами з білими рамами. Напівдім, мав би уточнити я, бо колишній власник переділив його на два помешкання: посадив досить високий живопліт посеред саду, щоб позначити лінію розподілу, не спотворюючи фасаду. Я купив його рік тому завдяки невеличкій залишеній батьком спадщині, сам він несподівано покинув нас через

17

автомобільну катастрофу. Правду кажучи, я так і не отямився після його смерті, яка настала настільки неочікувано, що я зовсім не був до цього готовим. Він зник із мого існування просто так, в один чудовий день, тимчасом як був у розквіті сил, у гарній формі, життя било в ньому ключем.

Я вибрав Квінз за його проміжне розміщення — посередині між великим містом і селом, усього за кілька станцій від Мангеттена.

Проходячи того ранку садом, я уважно придивився до маленької тріщини на фасаді, яка з'явилася кількома тижнями раніше. Коли дім іде тріщинами — це недобрий знак.

Я піднявся трьома сходинками ґанку і зайшов до себе. Велика шафа, що стояла навпроти вхідних дверей, послала мені мій знеможений образ. Так завжди буває у вихідні: поїдеш відпочити, а повертаєшся ще більш змученим.

Аль Капоне вийшов мені назустріч і потерся щокою об мою ногу: привілей, що його рідко коли виявляє кіт, здатний продемонструвати зневагу, аби ви відчули, що на два дні покинули його наодинці. Звісно, я залишив чотири миски, повнісінькі сухого корму — досить, щоб тиждень годувати котів усього кварталу, і три наповнені по вінця водою чашки, якщо дві з них він перекине.

Поставивши валізу в куток, я впав на стару канапу «Честерфілд», коричнева шкіра якої настільки потерта, що поверхня трохи потріскалася.

Кіт пішов за мною і взявся від душі гострити кігті на одному з клубних стільців, що стояли навпроти. На стіні з червоних цеглин, що на задньому плані, чорно-білі портрети авторства Рон Мак-Джинні осудливо дивилися на відсутність реакції у мене, адже я геть ігнорував це.

— Аль Капоне!

Я запротестував задля форми, бо ми обидва знали, що він на це не зважатиме.

Він завжди дер те саме крісло, інколи дивлячись мені просто у вічі, немовби кидаючи виклик. Шкіра на ньому була подрана, тоді як друге стояло цілісіньке. Чому саме це крісло, а не інше чи канапа? Це було відомо одному Аль Капоне.

Ноутбук я залишив аж надто на виду на маленькому столику перед вікном. Зазвичай я його ховав, коли не брав у поїздку. Ті кілька нещасних металевих прутів на вікнах першого поверху не завадять грабіжнику забратися всередину.

Дзвінок мобільного телефону змусив Аль Капоне підстрибнути.

Прихований виклик.

— Привіт, Тімоті. Це Білл.

19

— Е-е-е... який Білл?

Зітхання на протилежному кінці.

— Білл Крімсон. Літературний агент, який день за днем примудряється вибудовувати твою кар'єру письменника.

— Не ображайся, у мене щонайменше чотири-п'ять знайомих Біллів.

— Ти єдиний, хто не впізнає мій хрипкий голос старого курця.

— Чекаєш на вибачення?

— Тобі стане ще більш соромно, коли дізна-єшся, що саме я збираюся тобі сказати.

Я не відповів, хоча в душі несміливо загорівся відблиск надії.

— Я домовився з Опрою, — гордовито ска-зав він.

— Опрою... Вінфрі?

— Авжеж. Ти знаєш ще інших?

Опра... Мене запрошено до Опри... Най-престижніша передача... від п'ятнадцяти до два-дцяти мільйонів глядачів... Тілом пробігла хвиля збудження.

— Та... чи таке можливо? Вона мене запро-сила?

— Я ж тобі кажу...

— Неймовірно... Не можу отямитись...

— Таки є від чого.

— Такий шанс...

— Уяви, це не шанс, а праця. Я місяцями використовую свій вплив в її оточенні та на асистентку. А також у прес-аташе.

— Атож, звісно. Хотілося б вірити.

— Можеш.

— А... коли? Треба перевірити в записнику, чи я того дня вільний.

— Тімоті, ти вільний, повір мені.

— Ти скажи, я одразу перевірю...

— Не варто. Навіть якби в той день ти одружувався, то був би вільним. Ця передача належить до подій, що перевертають кар'єру письменника.

Він був абсолютно правий. Роки гарування, аби домогтися визнання, завершилися. Вітер повернув на мою користь. У це годі повірити.

— Скажи все-таки дату, маю її бодай занотувати.

— Неділя, 13:30. Прямий ефір. Тобі пощастило: цього разу запис відбудеться у Нью-Йорку.

— У неділю?.. *Цю неділю?*

— Так, у цю неділю.

Мене буквально заполонила хвиля жаху.

— Але я не готовий...

— Усе гаразд, це ж просто розмова про твою книжку. Її написав ти, наскільки я знаю. І зможеш, очевидно, поговорити про неї?

— Так... так... Але ж вона питатиме і про моє життя, чи не так?

— Про нього ти знаєш найкраще. І текст не потрібно вивчати.

Я погодився.

Як йому сказати, що думка про виступ перед п'ятнадцятьма мільйонами мене жахає? Що є ризик того, що я заклякну перед камерою, втрачу всі здібності, почну щось верзти, підшукуватиму слова...

Якщо я виявлюся нульовим, то знищу свою кар'єру у прямому ефірі. Жоден ЗМІ мене більше не запросить.

— Я... все міркую... чому Опра запросила такого маловідомого письменника, як я?

— Я вже казав, ми над цим працюємо. У нас пречудова прес-аташе.

— Однак це дивно...

— Опру вдалося переконати, що немає потреби запрошувати зірку, бо вона сама зірка.

Раптом у мене зродився сумнів.

— Але чому вона запрошує мене в останній момент? Хіба її передачі не плануються кілька місяців наперед?

22

Білл голосно зітхнув.

— Тіме, ти просто неможливий! Замість того, щоб сприймати життя так, як воно йде, й радіти, ти мучиш себе ідіотськими запитаннями.

— Припини називати мене Тімом, знаєш, що я цього терпіти не можу — так називають старих!

— Власне, воно тобі личить.

— Дуже мило.

— У ЗАГСі помилилися. Тобі не 34, а щонайменше 70.

— Визнай, однак, дивно, коли тебе запрошують в останній момент.

На цей раз він зірвався з котушок.

— Хочеш знати геть усе? Знай: спочатку ти не був передбачений у переліку кандидатів! — вибухнув він. — Мав бути Леонардо Ді Капріо, на хвилиночку. Але він підхопив якийсь паскудний вірус і лежатиме в ліжку щонайменше два тижні, тож для Опри треба було без підготовки знайти іншого гостя. Ось тепер ти знаєш усе. І що це міняє тепер? Що тобі з того? Головне — ти маєш зробити цю передачу, чи не так?

Звісно, він таки мав рацію, але я не любив, щоб мене вважали дурнем.

— Сто відсотків акторів, — сказав він, — та сто відсотків письменників убили б батька й матір, аби їх запросили до Опри. А нам усе-таки вдалося переконати її замінити Ді Капріо тобою, а не кимось іншим.

— Я не сперечаюся, Білле.

Запала важка тиша.

— Скажи мені правду, ти вередуєш, бо боїшся, чи не так?

Цей тип — чистий інстинкт. Від нього нічого не приховаєш.

— Скажімо, так...

— Я телефоную коучеві, терміново влаштовую *media training* і тобі передзвоню.

Він поклав трубку, не давши мені часу відреагувати.

Шість днів. У мене було шість днів, щоб отямитися, зібратись із силами, підготуватися. Білл знайде мені гарного коуча. Шість днів, щоб навчитися контролювати свій страх, говорити про себе, вільно почуватися... Я мусив цього досягти. Я мав знайти в собі ресурси, щоб опанувати себе. Не думати більше про невдалий досвід на місцевому телебаченні в Арканзасі двома роками раніше.

Я постфактум переглянув запис: червоніючи від сорому, дивився, як затинаюсь, вживаю слова-паразити, говорю, тримаючи руку перед

24

вустами, ніби в намаганні прикрити себе, а голос застрягає у горлі. Білл, дякувати Богові, ніколи його не бачив!

Якимось дивом передачу не запустили в ефір в інтернеті; я перевірив сотню разів, нажаханий думкою, що вона таки там. Натомість передача Опри там, цілком певно, буде. Досить буде набрати моє ім'я в Ґуґлі, щоб вона виринула на екрані в першому рядку. Провал супроводжуватиме мене все життя, я завжди тягнутиму його за собою, як гирю, як свідчення своєї нікчемності, спалюючи себе перед читачами, журналістами й видавцями. XXI століття невмолиме і нічого не пробачає.

Я підвівся й нервово, без певної мети пройшовся по кімнаті. Залишатися позитивно налаштованим. Знайти в собі віру у власні сили. Я маю бути на це здатним. І тоді все стане можливим. Усе буде зроблено, як слід.

Я підійшов до вікна, яке виходило на задній двір дому, і, поглинутий своїми думками, подивився крізь ґратку, обвів поглядом пейзаж, майже його не зауважуючи.

Треба піти до перукаря. А також дібрати одяг. Одяг має створити образ, який би я хотів продемонструвати...

За вікном потемніле від великих куп хмар небо немовби вибирало між сонцем і дощем. Можливо, наближалася гроза. Якась пташина висвистувала, наче безнадійно викликала весну. Вулиця особняків, що пролягала повз мій сад, була безлюдною: її мешканці були на роботі, дехто, без сумніву, сидів удома в комфортабельних будинках, серед галявин і поодиноких дерев. Вулиця робила віраж перед моїм будинком і простягалась удалину. Я уявив, як іду нею без якоїсь певної мети, на кожному перехресті обираю за відчуттям нову дорогу, і так нескінченно, просто щоб побачити, куди це мене приведе...

Опра.

Це так немислимо. І несподівано.

Раптом я уявив, як у неділю з'являюся на ВІП-паркінгу у своїй старій, геть розбитій «Тойоті». Сором... Якби лишень я міг придбати гарненький маленький *Range Rover* 4 x 4, про який мрію певний час. Він трохи забруднює повітря, але такий класний.

Це принаймні мене позиціонуватиме... Гаразд, я зможу позичити авто або ж припаркуюся подалі та прийду пішки.

Аль Капоне застрибнув на стіл поруч зі мною.

Відчувалося наближення грози, але грому не чутно. Перші блискавки безгучно пронизували небо.

Дзвінок у двері змусив мене здригнутися.

Я нікого не чекав. Можливо, посилка?

Я відчинив і здивувався, опинившись перед двома незнайомцями.

Один із них, кремезний і огрядний, мав велику голову, недружній погляд з-за окулярів у металевій оправі, густі брови, сивіюче трохи розпатлане волосся, темний потертий костюм. У другого, темношкірого з невеликим черевцем і сивуватим волоссям, вигляд був трохи лагідніший; на ньому була куртка і джинси. Обом було за п'ятдесят, обидва виглядали зневіреними. Від них сильно тхнуло тютюном.

Вони привітались і показали свої бейджі.

— Роберт Коллінз, — промовив скрипучим голосом кремезний з недбалою зачіскою. — ФБР.

— Ґленн Джексон, — сказав чорношкірий, намагаючись усміхнутися.

Вони не були схожими на агентів ФБР, яких створила моя уява. Яких я описав у своїх романах.

Я машинально мовчки кивнув, питаючи себе, чого судовій поліції треба від мене.

— Ви Тімоті Фішер? — запитав перший, насупивши кущуваті брови.

— Так. Тобто… це мій творчій псевдонім.

У мене несподівано виникло враження, що я пірнув в осердя одного зі своїх детективних романів, моя плодюча уява одразу підказала сценарій-катастрофу, який я був здатний вибудовувати, потрапивши у незвичні ситуації. Вбивство на Гаваях, відбитки, які я випадково залишив на місці злочину, опинившись у невдалому місці в невдалий момент; я вже бачив, як мене помилково звинувачують і ув'язнюють, доки ведеться слідство: передача Опри безслідно кане… Доведеться позичати гроші, щоб найняти адвоката, і марно намагатися довести свою невинність за обвинуваченням…

— Нам потрібні ваші послуги…

— Мої послуги?

— Так, — промовив кремезний, який, попри владний вигляд, почувався не дуже комфортно.

— Як це — мої послуги?

— Ми хотіли б представити вам один проєкт, — сказав високий чорношкірий, менш напружений порівняно зі своїм колегою.

У нього був низький м'який, майже солодкавий голос.

28

Я ледве втримався від сміху.

— Але... я ж усього-навсього романіст.

— Так, ми знаємо.

Навіть поза такою бентежною пропозицією в їхній поведінці звучала якась фальшива нота, немовби вони самі не вірили в те, про що просили.

Я трохи повагався.

— Перепрошую, та... чи я міг би ще раз поглянути на ваші бейджі? Мені прикро, але я не встиг їх роздивитись.

Вони сердито глипнули один на одного і мовчки виконали моє прохання.

Бейджі видались мені справжніми, та хіба я міг про це судити?

— Чи не могли б ви розповісти трохи більше?

— Ні, це буде складно. Найкраще буде, якщо ви поїдете з нами. Ми привеземо вас до людини, якій доручено цю справу, й вона краще за нас пояснить, про що йдеться.

У голові майнула думка, що мені... лестять. Чи міг би я у якомусь романі уявити історію, що була б випадково подібною до нинішньої ситуації? Невже ФБР бачить якусь користь від можливого застосування моєї уяви романіста?

— Гаразд, чом би й ні? Я зможу бути вільним починаючи з наступного понеділка.

Роберт Коллінз, високий, кремезний неприче-саний чолов'яга, похитав головою.

— Ні. Це терміново, потрібно їхати просто зараз!

— Це дуже важлива справа, — сказав Ґленн Джексон.

На відміну від блукаючого погляду колеги, в його очах було помітно бажання заспокоїти й переконати.

— А... це далеко звідси?

— Будемо там приблизно за годину.

Я завагався, поглянувши на них.

Що мені було втрачати? Мій курс *media training* розпочнеться не раніше як завтра... Зрештою, це знову-таки досвід, який міг би збагатити зміст наступного роману.

— Окей.

Пару хвилин, щоб поставити свіжу воду для Аль Капоне та зачинити будинок, і я вже на задньому сидінні «Бюїка», в якому нестерпно тхнуло тютюном.

Він рушив до Квінз-бульвару, піднявся по 108-й вулиці, повернув на Джевел-авеню, якою проїхав до озер, обрав розв'язку на Гранд-Сент-рал-парквей, опинившись на вулиці зі швидким рухом, помчав просто на північ.

Дорогою агенти не зронили ні слова. Роберт Коллінз мовчки вів авто. Ми минули тенісні корти Флашинг Медоуз і поїхали вздовж затоки, що праворуч від нас. Кількома хвилинами пізніше авто заїхало за загорожу аеропорту «Ла Ґуардіа» і зупинилося перед захисним бар'єром подалі від терміналів. Коллінз похапки показав свій бейдж поліцейському на посту, який начебто його впізнав, і машина заїхала просто на бетонний майданчик перед ангаром.

— Стривайте, куди ми їдемо?

— Не турбуйтеся, — заспокоїв Ґленн Джексон, обернувшись до мене з доброзичливою усмішкою. — Ми прибудемо менш ніж за годину, обіцяю.

Ми пройшли перед широко розчиненим ангаром, де стояли невеликі реактивні літаки. Авто зупинилося трохи далі, за кілька метрів від гелікоптера.

— Ми полетимо на гелікоптері?

— Політ дуже короткий, не хвилюйтесь, — сказав Джексон.

— Стривайте... Голова запаморочилась, я ніколи туди не сяду!

Страх висоти завжди хвилею затоплював мене і був неконтрольованим. Справжнісінька

31

фобія. Одного разу після прогулянки з друзями в Скелястих горах я опинився паралізованим на стежці, що йшла над прірвою. Мене заполонило жахливе бажання долілиць лягти на землю й не рухатись; водночас я відчував своєрідний парадоксальний потяг до порожнечі. Щось неймовірне.

— За відсутності контакту з землею голова зовсім не паморочиться, — холодно, з дрібкою зневаги кинув Роберт Коллінз, навіть не намагаючись зустрітися зі мною поглядом у дзеркалі заднього огляду.

Я втримався від зауваження, що, окрім запаморочення, перспектива польоту на гелікоптері у небі, яке перетинали блискавиці, видавалася мені особливо небезпечною.

Ґленн Джексон обернувся до мене з теплою усмішкою:

— Довіртеся нам.

Я глибоко вдихнув, змушуючи себе розслабитись, і усміхнувся у відповідь.

Як не дивно, думка про те, що я вперше полечу на гелікоптері, збуджувала… Я, напевно, набитий парадоксами.

Ми вийшли з автівки.

Назовні виникло враження, що небо серед ясного дня перефарбували начорно. У сухому, насиченому електричними розрядами повітрі відчувався чуттєвий запах керосину. Пахло пригодами.

З гострим присвистом закрутився ротор. Ідучи до гелікоптера у супроводі двох агентів ФБР, я раптом відчув незвичне для себе відчуття власної важливості.

# ~ 3 ~

— Куди, власне, ми летимо?

Гелікоптер жваво летів на південний захід, залишаючи океан ліворуч. Навсібіч крізь заскле́ні вікна кабіни пілота відкривалася просто неймовірна панорама, і я справді не відчув звичного запаморочення.

— У Форт-Мід, поблизу Вашингтона, — сказав Джексон.

— У НАБ?

Форт-Мід — армійська територія, відома тим, що там розміщується Національне агентство безпеки, воно стало знаменитим, коли колишній агент ЦРУ виявився викривачем. Едвард Сноуден оприлюднив на весь світ інформацію, що воно шпигує майже за всіма, включаючи підприємства й окремих осіб у країнах-союзницях США.

— Ні, в іншу установу, але на тій самій території.

Гелікоптер справді обійшов таку впізнавану будівлю НАБ, величезний блокгаус з чорного скла, який показували по всіх каналах під час славнозвісної справи, і, нарешті, приземлився на майданчику, який нагадував радше розлогий парк з високими деревами, ніж територію військовиків. Пілот вимкнув мотор, і на борту запанувала тиша.

34

Коллінз, який упродовж усього польоту на мене навіть не глянув, відчинив дверцята, і ми вийшли.

Неподалік від нас перед купою дерев велике панно з лакованого дерева повідомляло білими літерами:

**Армія Сполучених Штатів**
*Форт-Мід*
*Закрита зона*

Що агенти ФБР могли робити на території армії?

Я йшов за двома агентами до невеличкого будиночка, що стояв в оточенні дерев і скидався радше на дерев'яний барак, ніж на офісне приміщення.

У мене несподівано виникло дивне відчуття, враження дежавю. Дерев'яна споруда... Біла, трохи зблякла фарба... Дерева навкруги...

Минуло кілька хвилин, перш ніж я встановив джерело цього враження: в одному з моїх детективів, у сьомому романі, герой був біологом, який усамітнився в хатині, щоб вивчити численні елементи розслідування, що його він намагався здійснити.

У мене дуже візуальний підхід до письма. Мої історії виринають в уяві у вигляді напрочуд реальних фільмів, картини яких мерехтять перед моїми очима. Будинок, перед яким я опинився

35

був навдивовижу схожим на той, який я візуалізував у романі.

— Ми прийшли, — сказав Ґленн Джексон.

Низьке небо було облицьоване великими білими хмарами, але в досить теплому повітрі ширилися запахи довколишньої природи. Тишу ледь порушувало шелестіння лопастей гелікоптера, які за інерцією ще оберталися у просторі.

Коли ми підійшли, двері будівлі відчинилися, на порозі з'явилась жіноча постать. Брюнетка років тридцяти, худорлява, смаглява, з блакитними очима — серед її предків могли бути італійці. Одразу вона видалася зайнятою чи, радше, засмученою, але її очі засяяли, коли вона усміхнулась, вітаючи нас.

— Я — Анна Саундерс, — сказала вона, — відповідальна за проєкт. Ласкаво просимо у Форт-Міді.

Проєкт? Який проєкт?

— Дуже приємно.

Ми зайшли й сіли за круглий дерев'яний стіл, пофарбований білим, як і панелі на стінах. Навіть підлога була дерев'яною, але вона зберегла природний колір і рипіла під ногами. Лише кілька сірих сталевих сейфів нагадували, що ми не в хатині рибалки. Пахло міцною кавою. Від запропонованої мені чашки я відмовився.

Світло проникало крізь внутрішні венеційські жалюзі на напівпрочинених вікнах. Їх спустили навкоси й пластинки утворювали поламане віяло.

Ґленн Джексон заговорив перший своїм низьким глибоким голосом. Його колега стояв, схрестивши руки.

— Пропоную нашвидку зробити огляд ситуації для Тімоті Фішера. Пане Фішере, ви, звісно, чули про пожежу, яка зруйнувала вежу в Чикаго?

— Я щойно повернувся з-за кордону, але так, прочитав новини в літаку.

Він схвально кивнув.

— Можливо, вам також відомо, що напередодні згоріла будівля в Балтіморі.

— У статті про це теж писали.

— В обох випадках ідеться про підпали, зважаючи на все, ці два акти взаємопов'язані: вони вчинені одним злочинцем.

Він говорив, а його колега мовчав, втупившись у якусь цятку на столі поглядом, в якому парадоксально поєднувались жорсткість і тупість. Анна Саундерс дивилась на нас трохи напружено.

— Цю справу, — вів далі Ґленн Джексон, — веде ФБР, ми з Робертом перебуваємо на першій лінії. Маємо підстави вважати, що ці підпали можуть стати лише початком майбутньої серії, і перед нами велика проблема: розслідування подібних справ потребує часу, багато часу, бо розвалені будівлі сховали під тоннами уламків будь-які сліди злочинця і спосіб його дій, його почерк.

— Чи багато жертв?

— Про це дізнаємось тільки тоді, коли розберемо завали, — сказав Коллінз. — Власне, ризик наштовхнутись на засипані жертви значно сповільнює роботу. Ми ж не можемо просто послати туди бульдозери...

— Зважаючи на все, — додав Джексон, — підпалювач має зуб на самі вежі, а не на людей. Він заволодів аудіосистемою будівель і, перш ніж підпалити, поширив наказ про евакуацію та ввімкнув музику.

— Музику? Злочинець передає музику, перш ніж підпалити?

— Так.

— У цьому є щось хворобливе.

Коллінз стенув плечима.

— А... яку музику він вмикає? — запитав я.

Два агенти ФБР перезирнулися.

— Її не ідентифікували, але очевидці кажуть, що ця музика була... старомодна і тривожна.

— Довкола нас справді повно звихнутих, — зауважив я.

— Інакше ми були б безробітними, — якось відсторонено мовив Коллінз.

Ґленн Джексон усміхнувся. Анна Саундерс зміряла його підозріливим поглядом. Я відчував, що вона тримається насторожі.

— Чи було озвучено вимоги?

— Вони, цілком певно, будуть, — сказав Коллінз. — Мерзотник, який це зробив, вичікує, вочевидь для того, щоб підняти напругу й примножити домисли.

— Власне, — сказав Джексон, — щодо тиску, нам телефонував Баррі Кантор. Ви уявляєте, хто це такий?

— Авжеж.

Хіба його можна не знати? ЗМІ так і звивались коло цього помічника президента. Тридцять п'ять років, красень, більшої телегенічності годі й бажати, красномовний і доволі харизматичний. Він постійно з'являвся на екрані, пояснюючи політику Білого дому.

Можна було не погоджуватися з точкою зору, яку він захищав, але це був блискучий тип, якого всі поважали.

— Баррі Кантор повідомив про побажання президента: він хоче, щоб паралельно з розслідуванням...

— Зачекай хвилинку, — сказав Коллінз, витягнувши руку перед колегою, щоб його перервати.

І обернувся до мене з грізно насупленими бровами.

— Пане Фішере, — почав він своїм скрипучим голосом, — ми довіримо вам дуже конфіденційну інформацію. За звичних обставин ви стали б об'єктом спеціальної перевірки й пройшли б через певний протокол, перш ніж вам було б представлено цей проєкт. Невідкладність справи й прохання президента спонукають нас оминути цю процедуру. Однак попередньо нам усе-таки потрібно ваше зобов'язання, що все, що скажуть чи зроблять у цій кімнаті, звідси не вийде. Нічого з того, що ви почуєте тут, не повинно вийти назовні, незалежно від того, візьмете ви в ньому участь чи ні.

Я відчув певний тиск від його поведінки, хоча нічого в них не просив.

Усі погляди зійшлися на мені — суворий Коллінза, підбадьорливий Джексона і більш невизначений Анни Саундерс, в ньому, як здавалося, читалося занепокоєння, а водночас і надія.

Що мені було втрачати? У будь-якому разі моя зацікавленість досягла точки неповернення.

— Так, домовились.

Якусь мить Роберт Коллінз мовчки пильно дивився на мене, викликаючи неприємне відчуття перевірки даного мною слова, потім відхилився на спинку крісла.

— У цій справі, — продовжив Джексон, — президент серед найбільш зацікавлених осіб. З огляду на те, що нашій країні довелося пережити зовсім недавно, падіння веж, зрозуміло, має величезний емоційний вплив на населення. Тож президент хоче вирішити цю справу дуже швидко. Як ми вже казали, традиційний підхід тут не годиться, оскільки спершу треба все розчистити. Саме тому президент вирішив покласти на Анну Саундерс місію визначити наступну ціль злочинця і не допустити її руйнування. Визначити... властивими їй методами, і для цього потрібні ви, що вона сама вам пояснить.

Він замовк, і наші погляди звернулись на молоду жінку.

Вона якийсь час сиділа непорушно, наче збиралась із думками. Тишу в кімнаті ледь порушувало легке тертя венеційних жалюзі, припіднятих подувом вітру, та щебетання птахів надворі.

Вона вичекала певний час, нарешті, повільно підвела голову й втупила в мене погляд блакитних очей, який видавав певну вразливість, але, здавалося, ніс у собі виклик. Вона використала мовчання як союзника: коли її голос зазвучав, я нетерпляче ловив кожне слово з її вуст.

— Я хочу, щоб ви допомогли мені ідентифікувати ціль, використавши свою інтуїцію.

Мені здалося, що я дещо пропустив.

Їдучи з агентами ФБР у Форт-Мід, я ні на що не сподівався, тим паче на таке безглуздя.

Я прокашлявся.

— Мою інтуїцію?

Вона далі пильно дивилася на мене, не вважаючи за потрібне підтакнути чи відповісти. Чого вона хотіла? Перевірити мою реакцію?

Я глянув на Джексона, потім на Коллінза, які не зводили з мене очей. Якби ми не були на військовому об'єкті і якби я був більш знаменитим, то подумав би про велику програму-містифікацію прихованою камерою на телебаченні.

— Я не розумію, чого ви від мене чекаєте... серйозно.

Вона знову витримала паузу.

— Я неодноразово переглянула записи ваших інтерв'ю, висловлені вами думки чітко доводять, що ви людина, яка наділена великою інтуїцією. Ви, між іншим, інколи самі про це згадуєте.

— Стривайте... Трапляється, що я справді кажу, що з того чи того приводу спрацювала інтуїція, але

42

так кажуть усі, хіба ні? Це просто манера висловлюватися, поетичний спосіб на означення випадку.

Вона знову мовчки дивилася на мене.

Я глибоко вдихнув.

— Тобто я хочу сказати, що у кожного з нас може майнути думка щодо якоїсь події, і якщо вона виявиться слушною, ми скажемо: «У мене чудова інтуїція». Та, по суті, усі добре знають, що це просто збіг. Так, я романіст, радше мрійник, та все-таки стою на землі, зберігаю бодай мінімум раціональності. Всі ж бо знають, що інтуїції... не існує.

Усі троє досі дивилися на мене. У погляді Коллінза я вперше зауважив зародження поваги; Ґленн Джексон напівусміхався, Анна Саундерс зберігала загадковість.

— Наразі я не вдаватимусь у деталі, — промовила вона, — скажу одне: інтуїція не тільки існує насправді, а ми навіть розробили метод, щоб за бажанням до неї вдаватися.

— Вдаватися до неї за бажанням?

Казна-що... Я знову запитав себе, чи не став жертвою розіграшу.

— Ви добре мене почули.

У неї був якнайсерйозніший вигляд. Якщо вона і грала комедійну роль, то заслуговувала на «Оскара».

— Але... хто ви така, між іншим, і де я наразі знаходжуся?

— Ми — відділ спеціальних досліджень у цій царині.

— Але ж ми на військовому об'єкті, чи не так?

— Правильно.

— Ви військова?

— Я розповім вам більше, якщо ви станете поруч із нами у цій справі.

— А мені хочеться уточнити: навпаки, якщо ви хочете, щоб я за це взявся, маєте сказати мені значно більше...

Кілька митей вона дивилася на мене, потім перезирнулась з іншими.

— Ви маєте зрозуміти, що це секретна лабораторія, наше існування — повна таємниця, а проєкт має гриф «Таємниця в царині безпеки», тож на цьому етапі я не можу розкрити вам геть усе. Краще скажіть, що ви хотіли б знати, щоб ухвалити рішення, і я подивлюся, чи можу це розповісти.

«Таємниця в царині безпеки»? Як проєкт щодо інтуїції можна наділити таким грифом?

— Що ж... скажіть, будь ласка, що ви вкладаєте в поняття «інтуїція», щоб мати певність, що ми говоримо про одне й те саме...

Вона була на своєму полі й завелася з пів оберта:

— Інтуїція — це здатність розуму, яка дає змогу отримати інформацію, недоступну нашим п'яти органам чуття: щось, чого не можна ні побачити, ні почути, ні торкнутись, ні відчути, ні покуштувати.

— Недоступну нашим п'яти органам чуття?

— Власне. Ітися може про місце, предмет, особу чи навіть подію. Щось, про що нам нічого невідомо, про що не маємо ніяких, навіть часткових даних; а ще інтуїція — це те, що дає нашому розуму здатність зібрати дані про нього.

Вона замовкла, запала тиша.

Я повторив її безглузді слова, майже сумніваючись, що щойно їх почув.

— Зібрати... як це? Отак клацнувши пальцями?

— Певним чином.

— Але... це, власне, неможливо.

Моя недовіра її начебто не дивувала.

— Ви маєте право так вважати.

*Авжеж, сприймай мене за йолопа.*

Я вважав себе людиною відвертою, з широкими поглядами, однак не надто легковірною. Не міг же я заковтнути будь-що.

— Що ще ви хотіли б знати? — поцікавилася вона.

На цьому етапі я не бачив, що ще могло б мене переконати. У будь-якому разі щось іще тут не збігалося.

— Ви називаєте себе спеціалістами з інтуїції... і потребуєте незнайомця, який міг би вам допомогти. Це здається не надто логічним...

Цього разу вона наче збентежилась. В очах на якусь мить з'явилася непевність, жінка непомітно прикусила губу, я вловив немовби тінь страждання, від якої потьмянів погляд. Коли вона знову глянула на мене, я побачив стримуваний гнів.

— Унаслідок одного нещасного випадку нашу групу інтуїтивістів було знищено. У мене немає більше нікого.

Я стояв як занімілий.

Вона раптом кинула:

— Вони всі мертві, зрозуміли?

Анна сказала це різко, підозрюю, навмисно хотіла шокувати.

— Щоб відреагувати на невідкладність ситуації та прохання Білого дому, мені потрібен хтось такий, як ви. Ви не незнайомець. Ви чули, я багато разів переглядала ваші інтерв'ю і знаю, що ви для цього підходите.

Я проковтнув слину.

Групу знищено... Всі загинули... Господи... куди я потрапив?

Я спробував бути відстороненим.

— Кажете, у вас нікого немає, але ви самі...

Гнів, який я зауважив в її очах, знову спалахнув. Губи страшенно затремтіли.

— Я більше не можу доступитись до своєї інтуїції, — кинула вона тоном, який відбив у мене бажання запитати чому; цього вона, напевно, й хотіла досягти.

Ґленн Джексон, очевидно, відчув зростаючу напругу, бо прокашлявся й засовався на стільці.

— Анна Саундерс хотіла б, щоб ви пришвидшеним темпом опанували цей таємний метод, — сказав він усміхаючись, аби мене приборкати. — Дозволю собі уточнити, що на його розробку пішло чимало років дослідження.

Я промовчав.

— Гадаю, ви не усвідомлюєте... Насправді багато людей мріяли б опинитись на вашому місці... Дехто за кордоном готовий убити, щоб заволодіти цим методом.

Оскільки я й далі мовчав, додав:

— Гадаю, ви пишатиметесь можливістю посприяти боротьбі зі злочинцем. Знищуючи офісні вежі, а можливо, й людей, нападаючи на нашу

47

економічну систему, він підриває засади суспільства.

Я відчував тиск їхнього очікування, їхнього сподівання мене залучити.

— Можна було б звернутися до когось іншого, — провадив він далі, — але підготовка пройде значно швидше з людиною, яка вже спонтанно вдається до власної інтуїції. А в цій справі важлива кожна година...

Я ввічливо погодився.

Усі погляди далі трималися на мені.

На скельцях окулярів Роберта Коллінза виднілись сліди пальців, які висвітив промінь сонця, що пробився під пластинами поламаних жалюзі.

— Напевно, ви очікуєте негайної відповіді.

— Так, — підтвердив Коллінз. — Баррі Кантор телефонуватиме з хвилини на хвилину.

М'яч був на моєму боці. Зрештою, їхні пояснення трималися купи. Але в мене була одна проблема. І серйозна. Я не вірив в інтуїцію. Я не вірив у неї, бо це просто неможливо. Неможливо відгадати відомості щодо якогось місця чи невідомого предмета. Якби це було можливо, про це знали б. Окрім того, мене мучила їхня очевидна прив'язка до армії. Я ні на мить не міг уявити, що військовики можуть схвалювати якісь дурнуваті паранормальні дослідження. Тоді як пояснити їх місцезнаходження у Форт-Міді? Щось тут не збігалося.

— Пане Фішере, — сказав Джексон. — Чи готові ви взяти на себе зобов'язання?

Взяти зобов'язання... Якби вони знали, що одного цього слова досить, щоб спонукати мене відступити... Звичайно, те, що ФБР потребує моєї допомоги, лестило, навіть дуже лестило, але які мої інтереси в цій справі? Що мені це дасть?

Звісно, це пробудило мою цікавість, я жадав дізнатися про все це значно більше. Але я пам'ятав про заплановану телепередачу. Це був шанс мого життя. Я не один рік чекав на диво, яке розблокує мою кар'єру і виведе мене на світло. Нарешті цей день настав. Навіть якщо ця передача мене й жахає, на неї треба піти; успіх має свою ціну, я був готовий її заплатити. Але мушу обов'язково підготуватися до неї, інакше це буде побоїще... Тоді чому я маю жертвувати своєю кар'єрою задля співпраці з ФБР, опановуючи метод, у який я навіть не вірю?

— Мені дуже прикро, але ні.

# ~ 4 ~

За півтори години я був коло свого будинку. Ґленн Джексон супроводив мене на зворотному шляху гелікоптером і в авто.

Я попрощався з ним і відчинив хвіртку. Він простягнув мені візитівку.

— Якщо зміните думку, — сказав він заради форми, бо відчував, що я не перегляну свого рішення.

Я взяв її з ввічливості.

Авто віддалялося під деревами, що росли обабіч моєї вулиці, і, коли червоні вогники його габаритних вогнів зникли, я усвідомив, що вже сутеніє.

На протилежному боці тротуару йшов одягнений з голочки незнайомець із сумкою від Віттона в руці. Він нагадав мені про відвідини Крістен, моєї колишньої, і я відчув у серці легкий щем. Її завжди оточували ультрашикарні чоловіки, у вишуканому й неймовірно дорогому вбранні. Не мій, чесно кажучи, стиль. У будь-якому разі мої фінанси не дали б мені можливості з ними змагатися. І в мене виник певний комплекс меншовартості. Я був божевільно закоханий у Крістен, але відчував, що це не мій світ, що я не на висоті. Наш зв'язок не міг тривати довго, я завжди це знав.

Раптово пішов дощ, шпаркий, із тих, коли ви за мить мокрі, а він барабанить по землі. Я глипнув на перехожого у розкішному костюмі, який пришвидшив крок. Але без парасолі. І я не зміг перешкодити відчуттю задоволення. А тоді стенув плечима через свою безглузду дріб'язковість.

Я повернувся додому, де було сухо й тепло. Дзеркало в передпокої показало, як я змарнів.

Я впав на канапу й узяв Аль Капоне на руки, щоб подолати свою самотність.

Того вечора, як часто бувало, я ліг рано.

Наступного ранку мене розбудило проміння вранішнього сонця. Пройшовши легкий фільтр моїх фіранок, воно кидало тінь ґратки з вікна на стіну з червоних цеглин, створюючи кумедне враження, що я лежу у величезній клітці.

Мене охопив нестримний жах. Лише п'ять днів...

Мобільний телефон показав повідомлення Білла Крімсона, мого літературного агента, який повідомляв про першу зустріч наприкінці дня з метою *media training*. Ранок я вирішив присвятити пошукам одягу для виступу на телебаченні. Щось шикарне й ненав'язливе водночас, досить оригінальне, щоб вийти за межі звичайного, але гарного смаку і не викликати неприязні. Зокрема темне: той, хто пише чорні романи, не вбирається в біле.

Я поснідав у товаристві Аль Капоне, який розлігся на столі, щомиті загрожуючи перевернути чашку з паруючою кавою. Коти просто обожнюють шарпати нерви своїх слуг.

Події минулого дня не йшли з гадки. Я питав себе, чи ухвалене рішення правильне. Ухвалення рішень не було моєю сильною стороною. Я мав звичку довго вагатися, перш ніж вирішити, зважуючи за і проти, намагаючись урахувати максимум критеріїв та параметрів. Але ФБР вимагало негайної відповіді, тож відмова була єдиною можливою опцією, аби я не взявся за справу легковажно. Між іншим, щоразу, коли в житті мене закликали ухвалити рішення миттєво, я волів нічого не змінювати. І завжди недовірливо ставився до випадків, що вимагали термінових рішень, або вчинків з невідомими наслідками. Зрештою, можливо, моє життя було надто впорядкованим і в підсумку — трохи безбарвним.

Багато людей уявляли, що я користуюся надзвичайною свободою, бо як письменник вільно розпоряджаюся часом та переміщеннями; сам собі господар. Я справді писав, де і коли хотів, ні перед ким не звітуючись. Але справжня свобода йде не від нашого становища: справжня свобода — це та, яку ти собі даєш, вона сама собою, вона є способом збагнути існування, прожити своє життя. Людина або вільна, або ні. Якщо вона вільна, то залишається такою незалежно від контексту. Щоб це зрозуміти, досить трохи поспостерігати за людьми. Трапляються звихнуті на правилах, які не дозволяють собі ані найменшого відхилення; перфекціоністи, які у своє щоденне життя вносять багато напруги, самі, як дорослі, підпорядковуються вимогам, яких би не ставив начальник-тиран. І, навпаки, я знав людей, які плутають свободу з неорганізованістю і стають рабами своїх лінощів, перетворюючися на зомбі на канапі перед телевізором, що нездатні перетворити найменшу ідею на проєкт, а іноді втрачаючи будь-яке бажання здійснити бодай щось. Бувають такі, що заплутуються в пошуках утіх і врешті-решт сповзають у пекло залежності від солодощів, алкоголю чи сексу. Чи ж вони справді вільні? Я також бачив людей, які настільки переймалися думкою чи оцінкою інших, що ставали від них залежними. Вони забороняли собі виходити на люди, не поголившись чи не вимивши голову, вдягти на пляж купальник, бо мали кілька зайвих кілограмів, заплакати в кіно, щоб не сприйняли за маленьке дівча... Особисто мені вдався парадоксальний подвиг — поєднати потроху всі ці недоліки. Так, нам, людським істотам, не так-то й легко бути справді вільними, відсунути вбік свої страхи та забобони й щомиті обирати своє життя залежно від того, хто ми такі й що насправді нам важливе в глибині душі.

Я настільки занурився у власні роздуми, що пронизливий дзенькіт домашнього телефону змусив мене сіпнутися.

Я машинально підвівся, і враз зі швидкістю блискавки мене пройняла абсолютно несподівана думка: це моя кузина Дебора.

Ідучі до телефона, я думав, чому в біса цей дзвінок змусив мене згадати про неї: рік тому Дебора виїхала в Індію, і відтоді я нічого про неї не чув. Та й не було якогось особливого приводу, щоб вона озвалася.

— Алло!

— Тімоті, привіт!

Почувши трохи гугнявий голос кузини, я аж охнув, геть збитий з пантелику тим, що подумав про дзвінок від неї, ще нічого не знаючи. Це спало мені на думку майже як очевидність...

— Тімоті, це Дебора, ти мене чуєш?

— Так, так...

Вона із захопленням розповіла про своє нове життя в Індії.

Збираючись виїжджати, кузина запропонувала поїхати й побути пів року там із нею, доки зможе приїхати її чоловік.

— Їдьмо, там буде суперово! — підбивала вона мене.

Я міг би це собі дозволити, та стримувала перспектива жити серед епідемій брюшного тифу, лихоманки та всілякої чикунгуньї.

— Уяви лишень, я подумав про тебе саме тієї миті, як ти вирішила озватись...

— Треба вірити, що ми поєднані, дорогенький...

Я не знав, у що треба вірити, і, коли ми нарешті поклали слухавки, я довго залишався зворохобленим цією подією. Образ Дебори виник у моїй голові саме тоді, коли задзвонив телефон. Я не чекав на її дзвінок і не мав жодного засобу здогадатись, що це вона... І хоча це мене збентежило, якого висновку можна дійти з такого збігу?

Коли я вивів авто з гаража і звернув у вуличку ліворуч, моя гарненька руда сусідка Лінн начебто випадково вийшла з дому. Помахала мені рукою і наблизилась, як завжди, босоніж. Я опустив скло з боку пасажирського сидіння.

— Ти вже отямився після Гаваїв? — хитро усміхаючись, запитала вона.

— Так, усе гаразд.

55

Вона спокійно сперлася обома ліктями на край віконця і нахилилась, щоб поговорити, тим самим вписавши декольте в отвір. Я по-дурному не втримався, щоб не глипнути на її перса, цього вона, вочевидь, і домагалася.

— Маєш стомлений вигляд, — констатувала вона, — і це слабо сказано. Приходь увечері, вип'єш чогось тонізуючого. Я цілком вільна, було б дуже чудово.

— Маю купу справ, — збрехав я.

Шопінг, як виявилося, непросте завдання. Я прочесав усі крамнички на Квін-Плейс-Молл, так і не знайшовши такого вбрання, якого потребував для свого великого дня. Не маючи аніякісінької уяви про те, чого хочу, мусив ходити крамницями, сподіваючись на удачу. Тож ризикував згаяти багато часу.

— Підпишіться задля захисту планети!

Молода усміхнена жінка, яка мене гукнула, стояла посеред торгового центру в групі активістів у жовтих, добре помітних здалеку футболках.

— Це — петиція проти технологій текстильної промисловості, — пояснила вона. — Після переробки нафтопродуктів вона найдужче забруднює планету, адже продукує більше $CO_2$, ніж повітряний і морський транспорт разом узяті.

На стенді активістів було велике панно, яке розповідало, що по всьому світу люди використовують дедалі більше одягу, заводи з виробництва тканин випускають продукцію нижчої якості, яка швидко зношується, інколи впродовж одного року деякі марки запускають до двадцяти чотирьох колекцій, спонукаючи тим самим купити щось нове. Американець у середньому купує шістнадцять кілограмів одягу на рік, отакий от рекорд.

— Для випуску пари бавовняних джинсів потрібно сім тисяч п'ятсот літрів води, — додала жінка. — Стільки води людина випиває за сім років!

— Імовірно, можна покластись на синтетичні волокна, — припустив я.

Вона похитала головою.

— При кожному пранні ті волокна відкидають мікрочастки пластику, що потрапляють у водні потоки. Щороку п'ятсот тисяч тонн мікропластику завершують свій колообіг в океанах. Це рівнозначно п'ятдесятьом мільярдам пластикових пляшок.

Охоплений обуренням, я підписав петицію.

Останні крамнички, які я відвідав, так і не дали мені змоги придбати ідеальне вбрання, тож я покинув торговий центр геть розчарований.

Рушивши, я відчув щось схоже на перебої в керуванні, до якого долучився дивний шум. Змилуйтеся, тільки не пошкодження! У мене немає ні часу, ні коштів, щоб дати цьому раду. Я ввімкнув сигнальні вогні, припаркувався на узбіччі вулиці й вийшов, щоб відчинити капот.

Та в цьому не було потреби: моя ліва передня шина розпласталася на асфальті. Більш ніж десять років водіння, і жодної луснутої шини; колись це таки мало статися.

Так, у мене має десь бути домкрат і запасне колесо... Зрештою я розшукав їх у заглибленні під килимком багажника. Вдома моє вміння господарювати завершувалося картиною, яку я міг повісити за умови, що картина не була заважкою, а стіна — надто щільною. А от щодо механіки...

Домкрат продавали без інструкції з використання. *Так, зберігаємо спокій, зосереджуємося, це не має бути чимось надзвичайним.*

Я став на коліна коло колеса, нервуючи через те, що воно з боку шосе, і нахилився під шасі, шукаючи зручного місця для встановлення домкрата.

Як навмисне, задощило. *Так, спробуємо...*

Я сяк-так приладнав домкрат і почав качати. О, диво! Авто піднялося. Коли колесо було вивільненим настільки, щоб повністю обертатись, я взяв ключ і почав розкручувати гайки.

Якийсь негідник проїхав по калюжі дуже близько від мене й забризкав холодною водою.

Я натискав на ключ, щоб відкрутити першу гайку, але вона не піддавалась. Нахилився над нею, напираючи щосили, аж раптом ключ зіскочив, і я ганебно впав на бік. Боячись, що мене роздавлять, миттєво підвівся.

Я був геть мокрий, дощ заливав мені обличчя. Я знову приладнав ключ на гайку.

Безуспішно, її було заблоковано. Господи, ну, не буду ж я викликати аварійку задля шини...

— Посуньтеся!

Я здригнувся й швидко обернувся.

— Зараз я все зроблю, — сказав чоловік, нахиляючись над моїм колесом.

Я чув про типів, які кидаються вам допомагати під час аварії в місті, а потім вимагають якісь неймовірні суми за надану послугу разом із погрозами й залякуваннями.

— Дякую, я впораюся самотужки, — досить сухо відповів я.

Попри мою відмову, чоловік ухопив ключ, перш ніж я встиг зреагувати.

— Облиште! — кинув я.

Він продовжував крутити.

Я тихо зливсь.

Він був сивий (щонайменше сімдесят п'ять), але це нічого не означало; шахраї не виходять на пенсію.

Чоловік, вочевидь, був обізнаний щодо таких операцій. За якусь мить моє колесо було на місці. Він віддав мені ключ, по його обличчю стікала вода, руки були в мастилі.

Я обережно вийняв гаманець, щоб дати йому на чай, краєм ока глянувши на нього, й здивовано побачив, що він розвернувся і йде геть.

— Зачекайте...

— Усе гаразд.

— Я хотів би вам подякувати...

— Та це дрібниця, — промовив він, підійшовши до свого авто, що стояло перед моїм з ввімкнутими аварійними вогнями.

— Ви промокли, мені дуже прикро...

— Я ж не з цукру, — кинув він з широкою усмішкою й бісиками в очах.

Авто рушило, а я ще довго стояв під рясним дощем, дивлячись, як його червоні габаритні вогні віддаляються у мокру ніч.

Я шпетив себе за свою першу реакцію, мене збентежила люб'язність і самовідданість цього чоловіка, який так природно вирішив змокнути й забруднитися, аби допомогти іншому. Чи ж я зробив би так на його місці? Ну... не певен... а в його віці, цілком певно, ні.

Я сів в авто й кинув домкрат з ключем на пасажирське сидіння. За кілька хвилин я сидів за мідною стійкою кав'ярні, обхопивши руками велику чашку гарячої кави, щоб трішки обсохнути, перш ніж рушити далі за покупками,. Усередині панували пахощі пончиків беньє. Декор так-сяк відображав інтер'єр шале, стіни від підлоги до стелі були обшальовані недбало збитими дошками, а підкладки з ламінованого паперу під столові прибори імітували шотландку. Кіч найгіршого штибу. Тихо лунала пісня *The show must go on*.

Мене охопило відчуття самотності, я намагався опанувати себе, щоб не впасти в депресію. Почав заздрити офіціантам, хоча нічого не знав про їхнє життя. Дивився, як вони працюють, зосереджено виконуючи свої обов'язки. Принаймні вони були тут разом, у команді, мали щось спільне...

Пригадав свою сусідку Лінн. Можливо, я даремно не приймаю її загравання. Цілком певно, вона класна дівчина, чому ж тоді я відмовлявся від зв'язку теперішнього в ім'я зв'язку минулого, з яким так і не змирився? Крістен пішла з мого життя, я сам цього хотів, цю сторінку перегорнуто.

Не можна залишатись із тим, хто, як відчуваєш, тебе не кохає. Впродовж трьох місяців, доки тривав наш зв'язок, я щодень від цього страждав... потім були дві останні вечері... Я запросив її додому і пів дня гарував, готуючи страви, які за складністю набагато перевершували мої кулінарні навички. На передбачену годину все було готово, я нервував, чекаючи її з шампанським, легкими закусками до аперитиву, свічками, товариством. Чекав довго, сперша спокійно, далі трохи спантеличений і, чесно кажучи, занепокоєний, аж доки отримав тривіальний за суттю текст:

*Сьогодні вийшла накладка. Перепрошую.*
*Цьом.*

Я мав слабкість вибачити, вдавши байдужість.

*Не переймайся, надолужимо.*

І справді, тижнем пізніше я це виправив, цього разу в ресторані, бо забракло мужності ще раз усе робити самому.

Але й там мені довелося чекати.

— Чи не хочете чогось випити, доки очікуєте? — двічі запропонував офіціант.

Я зрештою погодився і самотньо сидів за столом, цідячи слабоалкогольний спритц, як знову завібрувала мобілка, змусивши мене затремтіти від поганого передчуття, потім від відчаю, коли я прочитав повідомлення, дуже близьке за змістом до попереднього.

Я не наважився кинути власника ресторану, тож пообідав на самоті в переповненому ресторані, придушуючи свій смуток і ганьбу серед натовпу людей щасливих, радісних чи закоханих. Веселощі інших роблять вашу самотність ще гострішою.

Я зрозумів, що час навчитись казати «стоп»; не можна дозволяти комусь вас зневажати й гратися з вашими почуттями. Наступного дня я написав Крістен, поклавши край нашим стосункам.

Несподіваний дзенькіт розбитої склянки в кав'ярні повернув мене до дійсності. Офіціант впустив тацю із замовленням, його колеги сміялись і аплодували.

Я трохи їх послухав, далі захопився телеекраном на стіні, сподіваючись позбутися давніх спогадів. На інформаційному каналі перебирали вічну вервечку про драми й скандали, немовби життя на землі зводилося лише до цього. Навряд чи це виведе мене зі стану меланхолії.

Ранковий дзвінок кузини Дебори промайнув мені в голові. Я досі був ошелешений тим, що передчув її, відгадав. Може, це і є інтуїція? Але яким чином інформація про її дзвінок могла перетнути океани від самої Індії й дістатися мого мозку, без жодного засобу і за якусь долю секунди? Це просто неможливо, це суперечило всьому тому, що я вчив у школі, що науковці розповідали про функціонування світу...

Але як пояснити такий збіг? Випадковість не могла бути задовільним поясненням. Імовірність того, що я вперше за багато місяців несподівано почну думати про кузину, саме тоді, коли вона набиратиме мій номер, була настільки благенькою, що не тримала ся купи.

І тут зринули слова Анни Саундерс, жінки з Форт-Міда: «Інтуїція справді існує, і ми розробили метод, щоб удаватися до неї за власним бажанням...»

Я ковтнув кави і глибоко вдихнув.

А якщо це правда?

У залі кав'ярні було лише кілька клієнтів: родина з двома дітьми, наче приклеєними до своїх планшетів, молода жінка, яка начебто працювала, сидячи надміру зосереджена над ноутбуком, і старий латиноамериканець, що читав газету, жуючи мафін. Час від часу на його вустах блукала усмішка як реакція на прочитане.

Я пригадав сяючу усмішку старого чоловіка, який замінив мені колесо. Гадаю, він просто радів від того, що приніс комусь користь.

На екрані змінювалися субтитри, нанизуючи погані новини дня. Та їх, напевно, забракло для забезпечення щоденної порції негативних емоцій, бо канал невдовзі взявся крутити кадри підірваних останніми днями будівель у Балтіморі й Чикаго. Безнадійні гори щебеню, серед яких метушаться пожежники. Промені прожекторів метаються врізнобіч. Поліція, яка стримує натовп цікавих на відстані, за жовто-чорною стрічкою безпеки.

І раптом субтитр з повідомленням: «Аматорське відео — винятковий документ», і на екрані з'явилися трохи розмиті нестійкі кадри. Видно було вежу в Чикаго, людей, які з криком кудись бігли. Зображення тремтіло, наче оператор сам кудись біг, можливо, задкуючи. Під тиском полум'я тріскали шибки, розкидаючи шматочки у повітрі. Далі вежа за одну мить обвалилася, майже природно зникнувши з краєвиду. І тоді на камеру наче рвонув вибух коричневого пилу, й екран зненацька почорнів.

Знову відновили пряму трансляцію, журналіст із мікрофоном у руці стояв перед грудою уламків.

Я відвів погляд.

Усі клієнти сиділи, втупившись в екран із засмученими обличчями. У мене самого перехопило подих.

Я ковтнув кави, але вона видалась мені гіркою. Поставив чашку і вийшов.

Їхав додому, але думками був деінде, невідступно повертаючись до відмови працювати з ФБР. Я думав лише про власні інтереси. Про своє дрібне спокійне життя. Свою кар'єру. Свою телепередачу. Свої покупки задля підтримки іміджу.

Коли забагато думаєш про себе, до кінця життя залишаєшся самотнім.

Коли надто переймаєшся власними інтересами, породжуєш тільки каяття.

## 5

## ФОРТ-МІД, ТРЬОМА ГОДИНАМИ ПІЗНІШЕ

Ґленн Джексон і Роберт Коллінз чекали на мене при виході з гелікоптера. Той самий несвіжий одяг, що й напередодні, немовби вони не спали або спали не роздягаючись. Здавалося, що зім'ята сорочка Коллінза, невдало заправлена в штани, намагалася вилізти з них разом із навислим пузом. Джексон гаряче привітав мене, та його запал швидко остудив нетерплячий колега, чиє обличчя відображало радше докір, ніж вдячність на мою адресу. Вони сердились через те, що було втрачено двадцять чотири години? Чи тому, що я повернувся?

Я набрав Джексона, вийшовши з кав'ярні, і він моментально організував мій приїзд у Форт-Мід. Я передзвонив у контору *media training*, щоб перенести зустріч. «Прийду, щойно з'ясую докладніше свій розклад», — пояснив я.

Агенти пришвидшеним кроком провели мене всередину невеликої будівлі серед дерев. Коллінз ішов попереду, Джексон замикав нашу групу. Ми перетнули кімнату, де розмовляли вчора, за дверима, на рамі яких висіла табличка «CRV», зайшли в довгий, вузький і темний коридор. Коли двері зачинились із приглушеним звуком, ми опинились у задушливому напівмороці, який зменшувало похмуре світло низки зелених діодів на стелі. Справжнісіньке жахіття для того, хто страждає на клаустрофобію.

Ми зупинилися в кінці коридору перед іншими дверима. Коллінз натиснув на кнопку і зачекав. У тиші я чув його короткий, майже свистячий подих і запах холодного тютюну, яким тхнуло від нього. Засвітився мініатюрний екран «ВХІД», почувся різкий тріск електричного замка, і за дверима стало видно невеличку залу, ледве чи не таку темну, без вікон, начинену електронікою, кабелями, консолями й підсилювачами, які було легко сприйняти за кабіни управління в нечисленних радіостанціях, куди мене інколи запрошували. За однією повністю скляною перегородкою виднілась інша, просторіша кімната, також без вікон, куди ми і зайшли.

У ній Анна Саундерс стояла, заклавши руки за спину, мов Наполеон; вітаючись, вона мені усміхнулась. Але усмішка швидко зникла, поступившись місцем непроникному виразові.

Ми сіли за невеличкий круглий столик. Кімната була вмебльована досить нейтрально: сіре килимове покриття, стіни й стеля всуціль вкриті квадратними пластинами звукоізоляції. Законопачена, звукоізольована й позбавлена будь-яких видимих отворів назовні зала здавалася відрізаною від світу.

— Зараз має прийти Баррі Кантор, — швидко промовила Анна Саундерс, не дивлячись на мене. — Гадаю, він хоче з вами привітатись і підбадьорити.

Я відчув приплив гордості від самої думки, що радник президента завітає спеціально, щоб зі мною познайомитись.

— Чи вам доводилось чути про *Stargate Project*? — запитала вона.

Тепер вона пильно дивилась мені у вічі.

Роберт Коллінз сидів глибоко в кріслі, випроставшись, наче «і», й схрестивши руки. Ґленн Джексон сперся ліктями на стіл і наче став нижчим на зріст.

*Stargate Project*?.. Так, я щось про нього чув.

— Це пов'язано з холодною війною, чи не так?

— Так, це справді почалось у той період.

— Я пригадую щось у зв'язку з паранормальним і росіянами. Так?

Анна підтвердила кивком голови.

Раптом я все пригадав.

— О, згадав. Йдеться про спроби застосувати паранормальні здібності для того, щоб виявити таємні радянські локації?

— Певним чином.

Коллінз поклав руку на стіл, пальці нервово барабанили по стільниці.

— Я читав якусь статтю про це, — сказав я. — Але все зупинилось, бо нічого не виходило, щось таке?

Анна кілька митей мовчки дивилась на мене, потім перезирнулася із агентами ФБР і знов обернулася до мене.

— Це офіційна версія.

Вона промовила це спокійно, не зводячи з мене погляду. Її така простенька відповідь була аж ніяк не безневинною, бо одразу зароїлися думки, що такого могло за цим стояти.

Цього разу мені випала черга дивитися в очі кожному з них. Анна спокійно зустріла мій погляд, Роберт Коллінз опустив руки, а на обличчі Ґленна Джексона промайнуло задоволення тим, як це мене здивувало. Чи ж вони казали правду? Чи насправді цей фантастичний проєкт таємно розроблявся далі?

Анна Саундерс підвелася й запропонувала щось випити. Роберт Коллінз відмовився жестом, який відображав його нетерплячість.

— Усе почалось у 1972 році, — почала Анна, — у СНІ, Стенфордському науковому інституті в Каліфорнії, який є еманацією Стенфордського університету. Фізик Гарольд Путхофф проводив

70

дослідження щодо паранормальних явищ, для яких насилу знаходив фінансування. Зокрема, він цікавився інтуїцією й телекінезом, здатністю розуму впливати на матерію. Але якось до нього навідались агенти ЦРУ. Секретні служби довідались, що Радянський Союз інвестував мільйони доларів у вивчення фізичних явищ з метою використання їх у військових цілях: якщо навчитися використовувати розум для впливу на матерію, то можна контролювати ворожі збройні сили. ЦРУ дуже серйозно поставилося до такої загрози, над секретними службами промчав вітер паніки. Вони захотіли якщо не перевершити, то бодай бути на рівні. Отак і вийшли на Путхоффа й вирішили фінансувати його дослідну програму. Згодом група виїхала з Каліфорнії й осіла тут, у захищеному місці у Форт-Міді. Але дослідження фізика про телекінез не дали жодних особливих результатів. Натомість праця над інтуїцією виявилася дуже плідною.

— Тобто?

— У той період Путхофф працював переважно з партнером на ім'я Інго Сванн, який мав здібність під час численних експериментів інтуїтивно отримувати доступ до прихованої інформації. Наприклад, він міг ідентифікувати сховані

71

в коробці предмети або місця, які вважалися секретними.

— Ідентифікувати... без попередньої інформації?

— Без нічого.

— У таке важко повірити...

Коллінз розчепив руки й поклав кулаки на стіл.

— Послухайте, десь є звихнений, який щомиті може підірвати ще одну вежу, гадаю, краще взятись до роботи, ніж розповідати історію проєкту панові Фішеру, а то й марнувати час, щоб розвіяти його сумніви. Це біг наввипередки з часом, змилуйтеся, переходьмо до дії!

Анна Саундерс застигла, звела брову й скоса глипнула на Коллінза.

Ґленн Джексон, напевно, відчув викликане непорозуміння, бо відразу ж узявся заспокоювати:

— Пані Саундерс хотіла лише...

— Я кажу це не тобі, — сухо кинув Коллінз.

Різкість його реакції зіпсувала всім настрій. Джексон відкинувся вглиб свого крісла, потім дістав з кишені паперовий мішечок, з якого вийняв щось коричнево-солоденьке й кинув собі в рот. Помітивши, що я за ним спостерігаю, запропонував і мені.

72

— А що це?

— Ведмедики з шоколадної пастили. Французькі.

— Він напихається карикатурами на себе, — кинув Коллінз.

Ніхто не відреагував. Я подякував Ґленну Джексону й обернувся до Анни.

Вона холодно свердлила поглядом Коллінза.

— Може, ви самі підготуєте містера Фішера замість мене? — запитала вона ледь зверхнім тоном.

— Я просто хочу, щоб ми рушили безпосередньо до мети.

— Не можна навчити керувати літаком, якщо маєш сумніви щодо справності апаратури.

Зітхнувши, Роберт Коллінз глибше занурився в крісло, Анна незворушно повела далі свою розповідь, перелічуючи як успіхи, так і труднощі, з якими зіткнулися дослідники при демонстрації існування інтуїції, при наданні ЦРУ корисної інформації та розробці методу, володіння яким вона мала мене навчити.

У якийсь момент нас перервало вібрування її мобільного телефона.

— Білий дім, — сказала вона, беручи апарат.

Розмова тривала лише кілька митей.

— Баррі Кантор затримується на засіданні, — повідомила Анна, вимикаючи телефон. — Зараз ми поїдемо обідати в ресторан неподалік Вашингтона, де він постарається до нас приєднатися. Поїдемо двома авто.

— Ми маємо їхати в напрямку Вашингтона? — перепитав Коллінз. — Скільки згаяного часу...

— Власне, слід поквапитися!

Минуло кілька годин, чого я не помітив: відсутність вікон у кімнаті не дала можливості спостерігати, як западають сутінки.

Ми поквапились до автомобілів. Я сів із Анною, і ми рушили вслід за авто агентів, на яке вони виставили намагнічену блимавку. За пів години ми сиділи у просторому ресторані великого готелю. Переповнена людьми зала розмістилася на кількох рівнях, відділених один від одного лише кількома сходинками. Розкішний тропічний декор з безліччю пальмових і бананових дерев та скляна підлога, яка вкривала величезний акваріум з екзотичними рибками. Піаніст, якого ніхто не слухав, грав музичні аранжування знаменитих пісень на великому білому роялі.

Проходячи рестораном, я зауважив один із моїх детективів у руках сімнадцяти- чи вісімнадцятилітньої дівчини, яка читала за столом і яку, певно, не зачіпала розмова літніх людей коло неї. Судячи з обкладинки, це був мій сьомий роман.

Ми підійшли до нашого столу і зробили термінове замовлення, Анна обернулася до мене.

— Чи ж мій підсумок історії проєкту втихомирив ваш скептицизм? — запитала вона трохи стишеним голосом.

— Ну... скажімо... це цікаво і навіть заманливо, але мені завжди важко прийняти те, що я не до кінця розумію. Якщо ви поясните, як інформація інтуїтивно може проникнути в чийсь мозок, у вас буде більше шансів переконати мене в її існуванні.

— Це буде складно.

Коллінз почав постукувати по своїй мобілці. Джексон, здавалося, уважно нас слухав.

— Путхофф і Сванн самі були одержимі пошуком пояснення, — сказала вона. — Вони за всіляку ціну прагнули встановити, як функціонує інтуїція, як, долаючи простір, інформація проникає в мозок людини. Найприродніше раціональне пояснення: інформацію передає магнітне поле. Путхофф був у цьому майже впевненим. Намагаючись це довести, вони провели досліди, ізолювавши суб'єкта в клітці Фарадея, у відгородженому металом просторі, непроникному

75

для електричних полів. Але суб'єктові таки вдалося інтуїтивно проникнути в приховану інформацію. Щоб переконати науковців, цього виявилося замало, оскільки існують певні частоти, яких клітка Фарадея блокувати не може: мікрохвилі, а на іншому кінці спектра — надзвичайно низькі частоти. Минув не один рік, доки Путхоффу трапилась нагода скористатися надзвичайною можливістю розблокувати ситуацію: він на три дні отримав у своє розпорядження підводний човен. І не якийсь там човен, а дослідний підводний човен *Taurus*, здатний зануритися значно глибше за будь-який апарат морського флоту. На його борт посадили двох інтуїтивістів, човен опустили на глибину, яка за підрахунками вчених могла забезпечити максимальний бар'єр, здатний захистити від хвиль надзвичайно низької частоти: між двома водами — на глибині сто сімдесят метрів від рівня моря і сто п'ятдесят метрів над океанським дном. На цьому місці рівень згаданих хвиль був розділений приблизно на сто, майже зведений до ніщоти. Одну людину відіслали в секретне місце за сімсот п'ятдесят кілометрів, а двох інтуїтивістів попросили спробувати локалізувати її місцезнаходження. Це вдалося кожному з такою самою легкістю й точністю, як зазвичай. Отже, фізик помилився: інтуїтивна інформація переноситься не магнітними хвилями.

— То як вона проходить?

— У цьому й питання.

Вона глибоко вдихнула, немовби вагаючись, чи продовжувати.

— Єдине можливе пояснення на нинішньому етапі розвитку науки не піддається перевірці. І я не певна, що сьогодні ви здатні його почути.

— Чому ви так кажете?

— Скажімо, вона, цілком певно, не належить до тих, що сприятимуть вашому негайному приєднанню. Тому я волію поговорити про це пізніше.

Анна обернулася до Джексона й Коллінза, залишивши мене з моєю фрустрацією.

— Після вечері ми з Тімоті повертаємось у Форт-Мід. Продовжимо його формування. Працюватимемо, доки вистачить сил.

Після вечері Анна надіслала повідомлення асистентці Баррі Кантора, від якого не було жодних звісток. «Скоро будемо», — відповіла та. «Ми чекатимемо його в барі готелю», — відповіла Анна, вголос читаючи те, що набирала.

— Там буде спокійніше, — пояснила вона.

Ми вмостилися за низеньким столиком на пуфах, оббитих зеленим англійським оксамитом.

77

Затишна тепла атмосфера, штори з червоного театрального оксамиту висіли обабіч дверей, бар вражав міддю й червоним деревом.

Невдовзі з'явився Баррі Кантор у супроводі одного охоронця.

Кантор, дуже вродливий, стрункий і елегантний блондин із зеленими очима, щирою усмішкою і відкритим поглядом, мав горду поставу. У світло-сірому костюмі й краватці за останнім криком моди він о 21 годині видавався таким само свіжим, яким годі бути на світанку, вийшовши з душа.

— Радий нашій зустрічі, Тімоті, — сказав він мені з теплотою й нотками щирості в голосі.

— Я також, — відповів я, тиснучи простягнену руку.

— Вітаю з останньою книгою, вона мені дуже сподобалася.

— Он як? — бовкнув я, не приховавши свого здивування від того, що мене читають у вищих владних сферах.

— Авжеж, — ствердив Кантор. — Інтрига, роїння персонажів…

Я подякував, не наважившись уточнити, що моя остання книжка була камерною і всього на п'ять персонажів.

Він так само тепло привітався з Анною, Ґленном і Робертом, потім роззирнувся навсібіч, усміхнувся бармену й кільком присутнім клієнтам. Він, імовірно, звик бувати в центрі всіх поглядів.

Потім сів поруч з нами й, стишивши голос, нагадав про бажання президента швидко розібратись із цією справою, звернувшись до інтуїтивіста і застосовуючи розроблений у Центрі метод.

— Це наша єдина надія швидко зупинити злочинця, — сказав він. — Президентові відомо про результати, яких вдалося досягти завдяки цьому методу, зокрема в царині військової розвідки, і він упевнений, що ви зможете досягти успіху і в цьому разі.

Він дивився мені у вічі довірливим проникливим поглядом, і я відчув, що на мене покладається величезна місія.

— Країна буде вам за це вдячна.

Я не знав, що відповісти, й обмежився кивком голови з виглядом людини, яка все розуміє. Він тиснув на мене, тим самим увиразнюючи мої побоювання щодо невдачі. Я не знав, що мені вдасться, а мої сумніви щодо здібностей накладалися на сумніви щодо самого існування інтуїції.

Водночас я передчував гордість, якщо досягну успіху. Я вже бачив, як мене вітає сам президент, прожектори на моїй творчості, визнання моїх книжок. Одним словом, слава.

— Вас, очевидно, попередили про конфіденційність проєкту. Зі свого боку, хотів би наголосити на конфіденційності операції, яку ви проводитимете. Ніхто, підкреслюю — ніхто, не повинен знати, що над цією справою ми працюємо, застосовуючи інтуїтивний підхід. Ви самі можете легко уявити, з якою радістю за це вхопиться преса, перекручуючи й висміюючи наші дії. Тож нікому ні слова. Головне — оберігати образ президента.

Я, звісно, погодився.

Потім Баррі Кантор підбадьорив нас усіх, кажучи про необхідність вкласти все найкраще, тілом і душею віддатися цій місії й рухатись якнайшвидше, бо «кожна хвилина на рахунку». А тоді підвівся, щоб іти, ми також встали.

Ми збирались розійтися, аж тут я помітив, що дівчина, яка читала мою книжку в ресторані, стоїть біля входу в бар; вона помітно нервувала.

— Гадаю, тут не обійдеться без автографа, — з усмішкою промовила Анна.

Дівчина підійшла до нас неймовірно збуджена.

— Ви — Баррак Антор? — запитала вона із променистими очима.

— Баррі Кантор, — виправив він.

— Тааак! Я бачила вас по телевізору! Можна я зроблю селфі?

І, не чекаючи на відповідь, тицьнула мені свій телефон, не зводячи очей зі свого героя.

— Можете нас зняти? — запитала вона.

І сяюча стала поруч із ним.

— Зробіть кілька кадрів! — наказала вона.

Я підкорився.

Вона вихопила телефон з моїх рук і поквапливо зайшла в меню, щоб подивитись на зроблені фото.

— Геніально! — вигукнула вона. — Я дуже рада!

Ми вийшли з ресторану, і Баррі Кантор разом із охоронцем сіли у велике чорне авто з кузовом типу «седан», яке на них чекало. Воно рушило, щойно клацнули дверцята.

Роберт Коллінз зиркнув на годинник і похитав головою.

— Усе лише задля цього, — кинув він.

Цього разу він не помилявся.

## 6

Зворотний шлях ми проїхали швидше, ніж раніше, коли слідували за авто агентів. Позбувшись їхнього ескорту, Анна ухвалила вочевидь спортивне рішення, і я запитав себе, чи співпраця з ЦРУ і ФБР давала їй змогу уникати радарів.

— Чи відносите ви себе до людей більш боязких, ніж середнє арифметичне, пане Фішере?

Запитання мене образило. Невже Коллінз і Джексон розповіли їй про мій страх висоти й вагання під час посадки в гелікоптер?

— Чому ви про це питаєте?

Вона ввімкнула поворотник й обігнала машину, що йшла попереду.

— Бо якщо ви боязка людина, то є ризик, що відкриття інтуїції зіпсує вам життя до кінця ваших днів.

Я завмер.

— Не знаю, наскільки я боязкий, але зараз ви мене, зізнаюсь, лякаєте. Ви вмієте продавати свої послуги, ви...

Вона спокійно усміхнулась.

На світлофорі загорілося жовте світло, й вона дуже пришвидшила авто, щоб проскочити, аж мотор загудів.

— Боязкі люди схильні вигадувати собі фільми, фільми-катастрофи. Якщо вони збираються леті-ти, то уявляють, як падає літак; якщо зустрічають когось підозрілого, то бачать, як він хапає їх за горло; якщо їм доводиться виступати на публіці, уявляють, що всі їх зашикують...

— Ми всі трішки такі, хіба ні?

Вона усміхнулась і хитро глипнула на мене.

— Аж ніяк.

— Гаразд, а в чому проблема?

— Коли боязка людина відкриває існуван-ня інтуїції й дізнається, що передбачення, які промайнули в голові, справдилися, то є ризик, що вона може сплутати свої страхи й відчуття, сприймаючи за інтуїцію всі думки й фільми-ката-строфи, які спадають на думку. І якщо тоді ви впевнитеся, що ваш літак *справді* розіб'ється, що зустрічний незнайомець *справді* вас уб'є чи ваша аудиторія *справді* вас зашикає, життя може стати для вас пеклом.

— Веселенька перспектива...

Вона усміхнулась і прискорила машину, щоб обігнати інше авто.

— У цьому разі виклик полягає в тому, щоб навчитися розрізняти свої страхи й інтуїцію, а це нелегко.

Була глибока ніч, коли ми дісталися Форт-Міда.

Навкруг невеличкої будівлі від паркових дерев поширювалось вологе холодне повітря із запахом трав. З темряви долинало ухання сови.

Анна відімкнула двері, й ми зайшли. Підлога зарипіла під ногами, а запах дерева створював враження, що ми в хатині.

Анна швидко зробила каву, і ми повернулися в ізольовану залу в глибині коридора, де сіли за круглий столик. Вона поклала на нього пакунок з білими аркушами, ввімкнула ноутбук, що стояв перед нею, дала мені чорний фломастер й запропонувала взяти папір.

— Так, на чому ми зупинилися перед вечерею? — запитала вона. — Ах, так... виникнення методу.

І ковтнула кави.

— Інґо Сванн, — повела вона далі, — інтуїтивіст, який від самого початку брав участь у всіх дослідах з Гарольдом Путхоффом, вважав, що його здібності належать до людських задатків, що їх усі здатні розвинути. Тоді вони разом із Путхоффом узялись за формування інших людей. Вони працювали роками з метою розробити метод, спрямований на те, щоб інтуїцію можна було вмикати за командою. Цей метод назвали *Coordinate Remote*

84

Viewing, а в побуті — Remote Viewing[1]. Власне, його я й збираюся вам передати, та оскільки маємо негайні виклики, діятимемо нашвидкуруч. Вам доведеться проявити наполегливість...

— Окей.

— Мені доведеться бути дуже вимогливою, а вам — докласти всіх зусиль.

— Робитиму все можливе.

— Я почну зі швидкого тесту на сприйняття, щоб окреслити головний пункт в опануванні методу.

— Тест на екстрасенсорне сприйняття?

— Ні, просто на сприйняття.

Я запитав себе, який тут зв'язок із нашим сюжетом...

Вона розгорнула теку, яка лежала на столі, й вийняла розрізнені аркуші.

— Я показуватиму вам зображення або вмикатиму звуки, а ви записуйте те, що сприйматимете.

— Гаразд.

Вона простягнула перший аркуш.

На ньому пара, яка сидить навпроти за столиком у ресторані: у нього сяючі очі, її рука зависла

___
1 Візуалізація на відстані. (Прим. авт.)

85

якраз над його рукою. Він вочевидь закоханий, а от вона? Вона збирається взяти чоловіка за руку чи забирає свою?

— Запишіть свої відчуття.

Я взяв аркуш і занотував:

Пара закоханих.

Анна торкнулась кількох клавіш на клавіатурі, і я почув звукозапис несамовитого вереску, від якого холонула кров. Немовби та особа побачила живого мерця або серійного вбивцю, що кинувся на неї. Але я завагався... Це був крик жаху... чи болю? Зрештою, обрав страх.

Крик жаху.

Новий запис.

Стогони від страждання. Голос жіночий. Пологи? Тортури? Потім стогони стали гучнішими й частішими і завершились часто повторюваними скриками. Тут уже не було двозначності... Я відчув, що червонію. Анна залишалася незворушною.

Жіночий оргазм.

У мене виникло враження, наче я перебуваю серед звихнутих. Що я тут роблю?

Було ще одне зображення, потім запис, і, нарешті, Анна перейшла до підведення підсумків.

— Зображення № 1: що ви відчули?

— Пару закоханих.

— Чому ви так подумали?

— Ну... погляд, жест руки... це здається досить промовистим, чи не так?

— Запис, який ішов після цього, що ви відчули?

— Крик жаху.

— Звідки ви знаєте, що це крик жаху, а не радості чи болю?

— З інтонації.

— Що значить «інтонація»?

— Інтонація крику спонукала думати радше про страх, ніж про щось інше.

— «Спонукала думати»... Але чи відчули ви страх людини в її крикові?

— У мене немає засобу його відчути. Я уважно прислухався до звуку й сказав собі, що це, можливо, властиво страху чи жаху.

— Окей. Запис № 2, що ви відчули?

Я глибоко вдихнув.

— Якщо справді хочете, щоб це прозвучало, то це жіночий оргазм.

— Звідки вам відомо, що йдеться про оргазм?

Я відчув, що знову червонію. Повна дурня, але неконтрольована.

— Це видається цілком очевидним, хіба ні?

— Що спонукало вас так думати?

87

Мені направду стало жарко… на чолі виступив піт. І раптом я на неї розізлився через те, що вона вирішила мені це нав'язати. Ситуація викликала в мене гнів. Що за гру вона задумала?

Я змусив себе глянути їй просто у вічі.

— Досвід. Коли чоловіку вдається досягти такого, він його не забуде.

Вона відкинулася в глиб свого крісла і спокійно дивилася на мене.

— Звідки вам відомо, що вона не симулює?

Що це за діалог божевільних? Я нервово запустив пальці у волосся.

— Але ж це очевидно…

— Хіба ви можете бути цілком певним?

Оскільки я почав плутатись і спітнів, вона, напевно, відчула, що перейшла межу, бо переключилась на наступний запис і на останнє зображення.

Потім зібрала папери й склала їх на столі, схрестила руки й глянула мені у вічі.

— Тест закінчено.

Довгенько довелось цього чекати.

— Що ж, у якому пункті я був правий? — запитав я трохи роздратовано.

Вона мовчки дивилась на мене.

— У жодному. Нуль.

Я ошизів.

— Ви певні? Але ж...

— Це не було сприйняття.

— Тобто?

— Ваше завдання полягало в нотуванні своїх відчуттів.

— Так...

— Те, що ви занотували, не є сприйняттям.

— Тобто?

— Це тлумачення.

— Не розумію.

— Візьмемо перше зображення. Ваше сприйняття — це погляд чоловіка й жест жіночої руки.

— Авжеж.

— І ви одразу ж витлумачили цей погляд і жест, надавши їм сенсу: *пара закоханих*. Цей сенс підказав ваш розум, це не ваше первісне, сирівцеве сприйняття.

— Можливо, але визнайте, що це тлумачення цілком вірогідне.

— Питання не в цьому...

Я ковтнув кави і сперся на спинку крісла. Теоретично вона, напевно, була права, втім, мені здавалось, що вона гралася словами.

Анна не зводила з мене погляду, ніби вистежувала найменшу мою реакцію.

89

— Коли звертатимуться до вашої інтуїції, ви сприйматимете речі. Те, що інтуїція принесе у ваш розум, — це сирівцева інформація. Якщо ви її тлумачитимете, отримаєте помилку у 99 відсотках випадків.

— Звісно, при такому підході геть усе змінюється...

Що ж, гаразд, я маю про це пам'ятати, маю не піддаватись цілком природній схильності надавати сенс інформаціям, які надходять.

— Тепер, — продовжила Анна, — перейдімо до головного. Пропоную вам робити точні й повні нотатки про все, що я вам скажу.

— Окей.

— Вчора я сказала, що інтуїція — це здатність розуму діставатись інформації, яка не доступна класичними шляхами. Але термін «інтуїція» також цілком природно означає і досліджувану інформацію. Адже ми звично кажемо: «Маю інтуїцію», чи не так?

— Так, правильно.

Метод *Remote Viewing*, розроблений Сванном і Путхоффом, належить до дуже структурованих, він має підвести вас до інтуїтивного контакту з інформацією, яку потрібно роздобути. Пропоную назвати цю інформацію «ціллю»? Згода?

— Згода.

— Наприклад, ФБР просить вас ідентифікувати вежу, на яку націлюється палій з метою наступного теракту. Отже, в цьому разі ціллю буде вежа.

*Ніби це справді можливо*, піймав я себе на думці.

— Метод спирається на гіпотезу, що всі існуючі у світі інформації зберігаються у Всесвіті, в тому, що символічно можна назвати «Матриця». У нормальному стані, тобто коли людина прокинулась і все усвідомлює, вона не має доступу до Матриці.

— Стривайте... Не зовсім зрозуміло... Що саме ця Матриця?

Анна наче задумалась на мить, ковтнула кави.

— Знаю, що це знеохочує, але я не можу дати вам справді задовільного пояснення, з тієї простої причини, що Матриця не існує у фізичному вимірі й не схожа на те, що вам відомо. Звісно, можна провести аналогії, але тоді я вкладу вам у мозок образи, які віддалять вас від реальності. Наприклад, якщо я скажу, що це щось на кшталт банку даних, я вкладу вам у мозок образ комп'ютера. Якщо говоритиму про всесвітній архів, ви візуалізуєте старе приміщення, в якому лежать запилені документи. Матриця, цілком природно, не має нічого спільного з цим усім, бо не існує у фізичному світі, в неї немає матеріального буття як предмета.

Гм-м...

— Хочу підтвердити, ваша відповідь незадовільна... — сказав я. — Якщо Матриця не має фізичного існування, то... де вона?

Анна усміхнулася.

— Я тут також вам не допоможу: вона не має якогось певного місцезнаходження. Скажімо, вона наявна в іншому вимірі, в іншій площині, вона насичується й складається з усіх інформацій, які виникають або вже виникли у Всесвіті. Можливо, вона певним чином і є тим Всесвітом...

Я скривився.

— Не приховуватиму, що мені важко повірити у таке. Я схильний вірити лише тому, що бачу...

Вона розсміялася.

— Однак, те, що ви бачите, не завжди існує.

— Тобто?

— Коли вночі ви милуєтеся зоряним небом, деяких з видимих зірок, уже не існує.

— А, так, справді...

— Образ зірки йде до нас зі швидкістю світла, може пройти чимало років, перш ніж він потрапить на сітківку вашого ока. Тож ви можете бачити зірку, яка давно вибухнула. І бачитимете її вночі ще багато років, тоді як її не існує з давніх-давен.

— Звісно.

Я налив кави нам обом.

— Повертаючись до Матриці, — вела далі Анна, — краще для вас було б не намагатись створити образ чи уявлення. Якщо це для вас неприйнятно, можете просто сказати собі, що йдеться про спосіб означити сукупність існуючих інформацій про речі, місця, людей, особистості, зв'язки, види діяльності, емоції, історію... Геть про все.

— Окей.

Я поклав шматочок цукру собі в каву й повільно помішував ложечкою, щоб він розчинився. Каву ми пили мовчки. Я потроху призвичаювався до думки, яку спершу відкидав.

— Як я вам казала, — продовжила Анна, — в нормі людська істота, яка не спить і при свідомості, не має доступу до Матриці. Але наше несвідоме має бути поєдане з Матрицею й з усім, що існує у Всесвіті, про що ми не знаємо, бо ця зона нашого розуму для нас недоступна. Несвідоме — глибоке, як бездонний океан, однак деякі інформації розміщуються одразу під поверхнею, у зоні, яку звуть підсвідомим. Видається, що власне ця зона і поєднана з Матрицею, чим можна пояснити те, чому деяким інформаціям вдається піднятися на поверхню і свідомо з'явитись у нашому розумі у формі інтуїції.

— Розумію.

— Є люди, в яких це відбувається легко й навіть спонтанно, це — гіперінтуїтивісти. Ви, на мою думку, належите до них.

— Дозвольте мені засумніватися.

— У будь-якому разі метод *Remote Viewing* має на меті за власним бажанням піднімати на поверхню потрібні інформації, спонукаючи наше підсвідоме ослабити свої обійми. Саме тому ви часто чуєте, як я говорю про щілину, щілина — це перехід між підсвідомим і свідомим, перехід, через який інформація проникає у наш розум. Метод передбачає кілька фаз, які задумані для того, щоб цю щілину поступово розширяти, відтак щоразу просуватись далі в здобутті інформації про ціль. Нагадую, ціль — це те, що ми намагаємось виявити за допомогою інтуїції: це може бути місце, предмет чи щось інше.

— Як тоді метод приводить до створення щілини, крізь яку можна підняти інформацію на поверхню?

— Зараз-зараз. Усе почалось завдяки одному спостереженню: Гарольд Путхофф й Інґо Сванн побачили, що сприйняття інтуїтивної інформації породжує мимовільні мікрорухи тіла. Вони поєднали це з відкриттям, яке кількома роками раніше зробили інші дослідники: ті показали, що надходження інформації в підсвідоме особи породжує емоційну відповідь.

— Тобто?

— Ці дослідники показували волонтерам фільм, у який було вмонтовано сублімінальні зображення, тобто зображення, які на екрані з'являються настільки коротко, що побачити їх свідомо неможливо, ніхто не спроможний сказати, що він бачив. Однак дослідникам вдалось виміряти, що при емоційному навантаженні — наприклад, при сексуальній чи жорстокій складовій — це таки відбивалось на добровольцях, зокрема на виділенні поту, а це тісно пов'язано з емоціями. Висловлюючись медичною мовою, можна сказати, що на зображення, які не сприймаються свідомо, реагує автономна нервова система. Відтак деякі надіслані в підсвідоме інформації можуть викликати емоції й фізіологічні реакції. Те саме відбувається і в *Remote Viewing*: коли особу просять спробувати інтуїтивно налаштуватись на ціль, це призводить до мікрорухів її тіла.

— Дивина та й годі.

— У першій фазі методу намагаються спонукати й записати ті мікрорухи, посадивши особу за стіл з аркушем і ручкою в руці та пропонуючи вільно й бездумно водити ручкою по аркушеві, зосередившись, однак, на цілі, яку слід виявити.

— Своєрідне автоматичне письмо?

— Так, от тільки людина пише не слова, а дає руці можливість шкрябати що заманеться.

— Чи… при цьому не виходять безладні каракулі?

Анна розсміялась.

— Певним чином, так! Ми називаємо це ідеограмою: графічний символ, який несе першу інформацію про природу цілі.

— Отже, ви вмієте розшифровувати отримані каракулі?

— Так, принаймні частково. Роки пішли на те, аби Сванн і Путхофф показали зв'язок між формою ідеограм й елементами, що складають ціль.

— Є над чим замислитись…

— Розумію.

— По суті… це означає, що, думаючи про ціль, яку належить виявити, особа… поєднується, хоч невідомо як, із нею настільки, що починає виконувати рукою рухи, що містять інформацію про цю ціль?

— Абсолютно точно.

— Це здається неможливим.

— Тоді треба спробувати…

— Я тільки цього й чекаю!

Анна глянула на годинник і звела брови.

— Зараз близько другої ночі. Пропоную поспати кілька годин і відновити роботу на світанку.

— Окей.

Анна підвезла мене до мотелю, що його ФБР заброньовало для мене.

— Що скажете, якщо я заїду за вами о 6:30? Загалом чотирьох годин сну досить, щоб відновитись...

— Домовились.

Я вийшов із авто й опинився у вологому холодному нічному повітрі. Машина Анни Саундерс одразу ж рушила.

Раптом на мене навалилась утома. Я був виснажений і терміново мусив заснути.

Скляні двері мотелю були замкнені, на рецепції було темно, світилися тільки зелені діоди, які вказували на запасний вихід.

Я натиснув на кнопку інтерфона, але нічого не почув і ніхто не вийшов. Натиснув знову, безрезультатно.

*Господи, у мене чотири години для сну, не можу ж я провести їх надворі на такому холоді...*

Я взявся стукати у скляні двері, спершу легенько, потім дуже сильно, нарешті, в кімнатці за рецепцією загорілось світло.

З'явився невисокий пузань у сорочці й жилеті, зсунутій набік чорній краватці: припухлі повіки, пом'яті щоки, стурбований погляд. Ніби неохоче він підійшов до скла.

— Я — Тімоті Фішер, для мене замовлена кімната!

Він зробив широкий жест, пропонуючи потерпіти, й пішов перевірити в журналі, зрештою відчинив і дав мені ключ.

— Номер 307 на другому поверсі, — сказав він із сильним мексиканським акцентом.

Я квапливо піднявся в кімнату, освітлену різким холодним світлом, яке поквапився вимкнути, засвітивши лампу в узголів'ї. Помаранчеві стіни сімдесятих, коричневий ламінат на підлозі. Відчутний запах мийного засобу з ванної кімнати.

Це нагадало мені сцену з одного мого роману: герой, художник-мільйонер, погодився допомогти поліції розв'язати одну справу, в яку ненавмисне вплутався.

Але розслідування вимагало поїздок, і поліція селила його в нікчемних готелях, тимчасом як він був призвичаєний до найбільших палаців у світі.

Ледве поставивши будильник на мобільному телефоні і знявши шкарпетки, я одягненим звалився на ліжко, кваплячись відімкнути свідомість й зануритися в абісальні таємничі глибини своєї душі.

# ~1~

— Можливо, у мене є зачіпка!

Ґленн Джексон здригнувся й звів очі на Роберта Коллінза, який влетів у кабінет, розвантаживши самоскид стресу навкруги.

Ніч була короткою, сонце ледве просочувалося крізь хмари, що скупчились над осідком ФБР у Вашингтоні, і Ґленн, який ледве прокинувся, не був готовий прийняти всю ту напругу від самісінького ранку.

Коллінз сів на стіл навпроти нього й схрестив руки.

— Коротенька вовняна ниточка, за яку можна потягнути, — сказав він. — Сподіваюся, що викотиться весь клубок.

— Не сідай так, Роберте. Нагадую: отак ти вже розбив один стіл.

— Я знайшов зв'язок між двома вежами.

Ґленн звів брову і відкинувся на спинку крісла.

— Окей, тож воруши сідницями й розказуй.

Роберт, як зазвичай, проігнорував його прохання.

Ґленн часто себе запитував, чому його змусили працювати з колегою, який так мало поважав його бажання.

— В обох вежах розміщувались великі фінансові фірми, інвестиційні фонди. В обох, чуєш? Не здивуюсь, якщо виявиться, що маємо справу з революціонером-антикапіталістом. Типу, готовий на все, щоб розвалити систему.

Ґленн скривився.

— Я відчуваю це інакше.

— Нас просять не відчувати, а міркувати.

Ґленн, зачеплений за живе, промовчав і постарався дихати глибоко, щоб зняти напругу. Він занурив руку в пакетик із ведмедиками з шоколадної пастили й поклав одного в рот. Розчиняючись, цукор одразу ж викликав відчуття розслаблення. Жодного бажання стресувати зрання.

— Якщо ти в цьому впевнений, залишається тільки наглядати за всіма фінансовими фірмами, — сказав він.

— Я про це, звісно, подумав, але є одна невеличка проблема.

— Що саме?

— У цій країні не менше фінансових контор, ніж в Італії піцерій.

— Як тупо!

— Атож. Я зателефонував усе-таки Баррі Кантору й запропонував принаймні закликати їх до пильності, але він відмовився.

— Он як! Чому?

— Щоб не лякати людей, сказав він. Зокрема, припускаю, трейдерів... На біржі не може бути обвалу після восьми місяців президентства.

Ґленн не любив середовище інвестиційних фондів. Не з політичних мотивів: такі контори, звичайно, потрібні, і там, як і скрізь, безумовно, працювали і хороші люди. Але драма, яку пережив його батько, коли Ґленн був ще хлопченям, залишила неприємний осад. Мужній трудівник, він створив підприємство для прибирання, яке з часом розширилось і на якому працювало більш ніж вісімдесят осіб. Але банки відмовились від подальшого фінансування його розвитку, і він, зрештою, пристав на пропозицію молодого інвестиційного фонду, що був готовий вкласти пакет доларів: його переконали в тому, що для нього краще буде отримувати вісім відсотків від майбутнього національного гіганта з чищення, яким вони стануть, ніж 100 відсотків невеличкого місцевого малого підприємства. Але одразу ж після підписання контракту фінансисти усунули колишнього патрона, перебрали на себе управління, з тріском і втратами реструктуризували підприємство, створили ситуацію неспроможності, щоб за безцінь викупити в засновника його частку, а тоді відновили

101

його діяльність і довели до неймовірної вартості. Обманутий і позбавлений свого дитяти, батько Ґленна впав у депресію, занедбана виразка шлунка перетворилась на рак, і його не стало.

Маленький Ґленн так і не зрозумів, чому поліція не посадила людей, які вкрали підприємство у його тата. З усього цього він виніс глибоке почуття несправедливості, різку відразу до ділового світу і пообіцяв собі, що пізніше стане поліцейським і змусить поважати закон.

— То ти чув? — запитав Ґленн.

— Що?

— Тріск.

— Який тріск?

— Столу, він затріщав.

— Казна-що!

— Дерево плаче, перш ніж зламатись.

Роберт стенув плечима, але нарешті забрав свої сідниці зі столу.

— Окрім того, — додав він, — я попросив наших інженерів зайнятись передачею аудіоповідомлення підпалювача у вежах. Він мусив залишити якийсь слід, проникаючи в їхню інформаційну систему. Треба подивитися, як він за це береться, й бути войовничо налаштованим наступного разу: бути готовим аналізувати доступи в інформаційну мережу в реальному часі, коли станеться напад на вежу, щоб вловити його IP-адресу одразу, як почнеться поширення сигналу. Таким от чином ми його й піймаємо.

— Цілком можливо. Я, зі свого боку, йду слідом музики.

— Музики, яку він транслює?

— Так. Я маю вислухати всіх тих, хто чув повідомлення, і спробувати його ідентифікувати.

— Не розумію, навіщо все це.

— Її описали як дивну й старомодну. Музику не обирають випадково, просто так. Має бути прихована суть. Відчуваю, що її треба знайти.

Роберт скривився від сумніву й розвернувся.

— Вклади собі в башку, що нам платять за те, щоб ми міркували, а не відчували, — сказав він, виходячи.

## ~ 8 ~

Невмолима низка гудків мого телефона грубо вирвала мене зі сну, наче тюремник, що витягує неслухняного в'язня з камери, щоб відвести на страту.

Шоста година.

Темінь теменна.

Я вимкнув будильник. Екран показав голосове повідомлення, яке прийшло вчора. Хотів вимкнути, але мимоволі натиснув на «Слухати».

— Пане Фішере, я Ентоні Бузман з *Media Training Institute*. Телефоную, бо ви мали прийти до мене, щоб визначитись із датою. Ваш агент Білл Крімсон підняв мене по тривозі з приводу терміновості вашої підготовки, тож мене дивує, що ви не виходите на зв'язок. Буду вдячним, якщо передзвоните одразу, як прослухаєте повідомлення.

Я ввімкнув лампу в узголів'ї, скинув одяг і поплентався у ванну. Її освітлення було настільки агресивним, що я його вимкнув, задовольняючись косим світлом від лампи в узголів'ї крізь відчинені двері.

Гарячий душ поступово мене реанімував.

Я поквапливо одягнувся й спустився вниз. Нічний сторож був у такому самому стані, що і вночі, й повідомив, що сніданок подають, починаючи з 6:30.

104

— Напевно, знайдеться що-небудь перекусити до настання офіційної години?

Він провів мене до жахливого автомата продуктів по два долари в целофані. Чіпси зі смаком барбекю, *Pringles* зі сметаною й цибулею, надміру солодкі шоколадні батончики...

— Невже на кухні не знайдеться й скибки хліба?

—Усе поставляють о 6:30, сеньйоре.

Я капітулював.

Анну я чекав за скляними дверима першого поверху. Вона приїхала вчасно, фари її авто пронизували ніч на готельному паркінгу.

У машині смачно пахло мафінами.

— Я розігріла їх удома перед від'їздом, — сказала вона. — Подумала, що ви нічого не знайдете в готелі у таку пору.

За якийсь час ми були на території військових, вона поставила авто під секвоєю, що росла біля лабораторії. Ми вийшли в ніч, оповиту туманом, таким густим, що він поглинув ліс, а маленький будинок огорнув білою вуаллю, яка всотала вологий запах дерев.

За п'ять хвилин ми насолоджувались іще теплими мафінами, а кавоварка пирхала паруючою кавою, пахощі якої наповнили кімнату.

— Чи є запитання щодо вчорашнього? — поцікавилась Анна.

*Запитань небагато. Найбільше сумнівів...*

— Гадаю, можемо запрягатись і йти далі.

Вона підвелась, щоб налити кави в чашки.

— Починаючи з цієї миті, ми переходимо до дії. Ви пізнаватимете метод у його практичному застосуванні.

— Дуже добре, — погодився я і здивувався, відчувши хвилювання.

— Вчора ми бачили, що на першій фазі ви зосереджуєте увагу на цілі, даючи руці можливість вільно щось креслити й створювати так звану ідеограму, яка дасть перші елементарні відомості про природу цілі. Отже, ця фаза дозволяє підступитися до тріщини, а відтак перейти до фази 2, де ви отримаєте сенсорні елементи про ціль...

— Якщо вдасться, — докинув я.

Вона проігнорувала моє зауваження й вела далі:

— Щілина почне увиразнюватися, і в фазі 3 ви будете здатним зробити кілька загальних кроків про ціль, яку почнете осягати в просторі. Апріорно, на цьому етапі має вже назбиратися досить інформації, щоб допомогти ФБР локалізувати вежу, на яку нині заміряється палій, це покладе край потребі йти далі.

— Виходить, що можна йти далі?

106

— Правильно, метод діє і через інші фази. В теорії можна зібрати всі існуючі інформації. На практиці ж що далі ми рухаємося в плані речей абстрактних, то це складніше.

— Гаразд.

— Ви допили каву? Ходімо?

— Авжеж.

Вона рвучко підвелася.

— Спершу ми потренуємося описувати вибране мною місце.

Вона пішла в апаратну й порилась у шухляді, потім повернулась із конвертом із крафтового паперу.

— У цьому конверті фото місця, яке вам слід описати.

Вона поклала його посеред столу переді мною.

Я втупився в нього поглядом, нездатний відвести очі.

І раптом збагнув усю абсурдність ситуації.

У конверті лежало фото місця, яке мене просили описати...

Це ж маячня. Абсолютно неможливо.

— Я не віщун. Ніхто не здатен відгадати, що в цьому конверті.

— У жодному разі, йдеться не про відгадування, а про під'єднання до цього місця.

Цієї миті я сіпнувся від звуку відчинених дверей. У кімнату зайшли Джексон із Коллінзом.

*Тільки їх бракувало.*

Анна подала їм знак мовчки посидіти в кутку.

Вона поклала пакет білих аркушів переді мною й простягнула чорний фломастер.

— Обмежтеся дотриманням методу, який я буду викладати вам крок за кроком. Зауважте, він дуже структурований, і дотримання цієї структури дуже важливе. На його розробку пішли роки, і тут немає випадкових деталей.

Вона пояснила, що кожна використана мною сторінка буде поділена на три колонки. Збору інтуїтивних інформацій відведена тільки центральна частина. Інші служать для нотування різних перешкод, які можуть виникнути в моєму розумі. І знову: тут усе буде закодовано, вона проведе мене від одного випадку до іншого.

— Почніть із запису у правому верхньому куточку свого імені, місця й сьогоднішньої дати, а також години початку експерименту. Це робиться для архівування, а водночас фокусує вашу думку на нинішньому моменті.

Я так і зробив.

— Тепер у лівій колонці запишіть усе, що вас наразі турбує.

— Те, що мене турбує?

— Так, усе, що ви відчуваєте, скажімо, фізичну чи моральну незручність. У *Remote Viewing* це називається «несприятливі перешкоди». Занотувавши їх, ви звільните від них мозок.

Я взяв фломастер і записав:

Мені трохи душно.
Клаустрофобія в кімнаті без вікон.
Присутність Коллінза й Джексона.
Великий сумнів щодо існування інтуїції.
Гнів від того, що марную свій час.
Страх, що мені це не вдасться.

— Дуже добре, — сказала вона. — Тепер я назву вам низку чисел, своєрідні координати, які я щойно атрибутувала як місце цілі.

— Координати, які ви щойно атрибутували?

— Саме так.

— Як саме ви змогли атрибутувати координати місця?

— Я вимовляю цифри, які мені спадають на думку.

— Але... якщо ці координати виринають, як кролик із капелюха, то вони ні з чим не пов'язані... вони не мають аніякісінької цінності... Хочу сказати: якщо вони не відповідають якійсь певній реальності, як довгота чи широта, то вони… ні до чого не прив'язані?

— Я надаю низку цифр, які зринають у мене в голові, аби матеріалізувати це місце у вашій свідомості.

— Так…

— Ви їх запишете, повторивши вголос і зосередившись на місці, яке маєте відкрити.

— Як я можу зосередитись на місці… що мені невідоме?

— Вам досить сказати собі, що ви під'єднуєтеся до цього місця, й спрямувати свою свідомість у його напрямку.

*Повний сумбур…*

— Якщо ви в це не вірите, — додала вона, побачивши мою сумнівну гримасу, — зробіть вигляд, що вірите: пограйте в гру, діючи так, *немовби* це можливо. Це єдине зусилля, яке я прошу вас зробити.

— Ок.

— Отже, я називатиму вам координати, ви повторите їх уголос і запишете на папері, зосередившись на місці, потім, не відриваючи фломастера від паперу, дайте руці можливість креслити все, що вийде, не думаючи і навіть не дивлячись. Готові? Поїхали?

110

— Ок.

— 2, 0, 2, 0, 0, 9, 1, 6, 3, 5, 8.

Я повторив і усвідомлено написав кожну з цифр, уявляючи себе під'єднаним до означеного так місця, а тоді відпустив руку у її ковзанні наздогад на папері.

Це зайняло всього три секунди. Мій малюнок був схожим... на ніщо. І це не було якесь місце.

— Дуже добре, — сказала Анна. — Зараз ми це проаналізуємо.

Я питав себе: що в біса можна аналізувати в цих безладних закарлюках (безформних малюнках)?

— Ми поділимо ідеограму на сегменти, щоб відокремити різні схеми, які можна розрізнити, — пояснила Анна.

111

І провела дві риски, поділивши мою суцільну лінію на три сегменти, та їх пронумерувала.

— Дивіться, — запропонувала вона, — перший сегмент складається з кривої, дуже заокругленої лінії.

— Так.

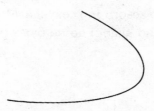

— Це відповідає присутності природних елементів на тому місці, одне слово, пейзажі.

— Якщо ви так вважаєте.

— На другому сегменті ваша лінія немовби рублена, вона виділяє виступаючі кути. Це — ознака людської споруди.

— Нехай.

— А третій — це синусоїда, начебто ви малювали хвилю. Це вказує на наявність на тому місці води.

Я наче онімів.

— Ви мене слухаєте? — запитала вона.

Я глибоко вдихнув.

— Вчора ви пояснили, що після надходження у підсвідоме інформація про ціль виринає у формі мікрорухів тіла. Можна прийняти. Скажімо, рухи руки, чом би й ні. Але те, що ці мікрорухи інформують нас настільки точно про ту чи ту складову щодо природи цілі, — це все-таки висмоктано з пальця, хіба ні?

— Не один рік минув, доки дослідники навчилися розкодовувати й встановлювати зв'язок між формою ідеограм, створених мікрорухами, й характерними прикметами місць.

— І це працює?

Вона кивнула.

— Пропоную не гаяти часу й продовжити, адже у фазі 1 щілина вузька й інформації, які виринають на поверхню, швидкоплинні: вони виникають і майже одразу зникають. А тепер я попрошу вас пошукати відчуття, які у вас виникають, коли ви роздивляєтеся кожний сегмент ідеограми. Щоб собі допомогти, маєте постукувати фломастером у різних місцях уздовж проведеної лінії, і поступово записувати те, що сприймаєте.

Отож я почав постукувати по лінії першого сегмента, наче хотів накласти пунктирну лінію на неперервну.

— Відчуття, що... твердо. І не уявляю, як може бути інакше: аркуш лежить на твердому столі...

— Дуже добре, запишіть це у центральній колонці, — сказала вона, проігнорувавши мій сарказм.

Я підкорився.

*Твердо*

— А тепер зробіть так само в інших місцях на лінії.

— Але... це не може змінитись... Я стукаю по аркуші паперу, який лежить рівно на абсолютно гладенькому столі: тож у мене, само собою, буде те саме відчуття у будь-якій точці аркуша!

— У фізичному плані — так, однак пам'ятайте, що при цьому ви відкриваєтесь своїй цілі, ви до неї під'єднуєтеся, мікрорухи вашого тіла дають вам змогу рухатись їй назустріч, ввійти в контакт з відчуттями, які вона може вам надати.

Якби в цей момент я не перебував на офіційному місці знаходження армії США з двома агентами ФБР поруч, я взяв би ноги в руки, щоб утекти від того, що було схоже на секту звихнутих, запеклих за тих, кого зачиняють у чотирьох оббитих войлоком стінах у Психіатричному центрі «Пілігрим» у Лонг-Айленді...

— Продовжуйте, — сказала вона, — годі ставити запитання, експериментуйте.

Я взяв фломастер і постукав, як і просили, в іншому місці на кривій і... засумнівався. Переставив фломастер на новий сегмент і...

— Якась дурня!

— Запишіть усе, що відчуваєте, і по порядку.

Це було нечувано, але я міг присягнути, що мої відчуття змінювалися залежно від місця. Я постукував тим самим кінчиком того самого фломастера в різних місцях того самого аркуша паперу, що лежав на тому самому абсолютно гладенькому чортовому столі, але мої відчуття змінювались... Незначно, але змінювались, ані тіні сумніву щодо цього.

*Міцне, але еластичне*
*Губчате*

Анна запропонувала зробити те саме на кожному сегменті моєї ідеограми, потім ми рушили далі.

— Тепер, коли щілина увиразнилась, перейдімо до фази 2: завдання полягає у підтримці з'єднання з ціллю та нотуванні у центральній колонці всіх прикметників, які описують отримані вами відчуття. Постійно питайте себе «Яке воно?» і якнайшвидше записуйте абсолютно все, що спадає вам на думку.

Перше, що виникло в голові, було «велике», і я, не гаючись, записав.

*Велике*

— Мені здається, я бачу кольори, але не маю ніякого засобу, щоб з'ясувати, чи це стосується цілі, чи я сам їх вигадав.

— Годі ставити запитання. Вимкніть ментальне й записуйте все, що приходить у голову, не питаючи, *звідки воно прийшло.*

116

— Ок.

Яке воно?

*Велике*
*Зелене.*
*Сяюче.*

Відчуття заполонили мене. Я довірився.

*Осяяне сонцем*
*Жовте*
*Бежеве*
*Зелене*
*Густе*
*Блакитне*
*Плаваюче*

Раптом чітко виникло зображення.

— Я бачу острів! Це тропічний острів, осяяний сонцем й оточений пляжами з кокосовими пальмами. Він дуже ясний! У мене це зображення просто перед очима!

Мене охопив ентузіазм, я почувався піднесеним і радісно схвильованим.

— На цьому етапі, — сказала Анна, — ви не можете мати таких точних зображень. Це лише

117

ментальна конструкція, тлумачення того, що ваш мозок робить із сенсорними елементами, які ви сприймаєте.

— Ви певні? Я дуже чітко бачу цей острів. Дивно, але я певен, що саме він і є ціллю...

— Запишіть це у правій колонці.

Я так і зробив, хоч і всупереч собі.

*Тлумачення: тропічний острів*

— Тепер, — вела Анна далі, — зробіть жест рукою, ведучи її по аркушику так, наче змітаєте цей образ, тим самим символічно видаляючи його з голови.

Я так і зробив.

— Тепер продовжуйте, постійно себе запитуючи: «Яке воно?»

*Яке воно?*

І ніби відчув повів.

*Вітряне*
*Прохолодне*
*Сіре*
*Яскраво-синє*
*Холодне*
*Вертикальне*

118

*Скелясте*
*Високе*
*Запаморочливе*

— Я бачу, що це таке... переді мною виразне зображення верхів'я високої гори, яка завершується сіро-зеленою скелею, дуже крутою, яка височіє у бездонному блакитному небі.

— Запишіть це як тлумачення у правій колонці.

— Але я бачу її дуже виразно!

— Це — ментальна конструкція. Занотуйте й проженіть геть із голови.

Я підкорився й почав знову.

*Яке воно?*

Кілька секунд порожнечі, і знову скелястий пік.

— Я її прогнав, але вона повернулась.

— Запишіть іще раз.

Я записав і ще раз змів рукою із аркуша.

*Яке воно?*

*Зернисте*
*Міцне*
*Сіре*
*Трав'янисте*
*Вологе*

— Маю враження, що відчуття, які виникають тепер, зовсім не інтуїтивні, а просто опис останнього зображення.

— Припиніть ставити всі ці запитання! Відключіть мозок, просто відчувайте й нотуйте.

Я знову почав стукати.

*Водянисте*
*Глибоке*
*Спокійне*
*Щільне*
*Глухе*
*Блакитне*
*Сіре*

— Я бачу гігантський акваріум із сірою акулою.

— Тлумачення.

Я записав без жодного заперечення і знову взявся постукувати. У такий спосіб я назбирав до пів сотні прикметників, але в якийсь момент застопорив. Враження й відчуття крутилися по колу одні й ті самі, нічого нового.

— Перечитайте свої думки фази 1 і фази 2, виберіть, що повторюється найчастіше, що схильне до повторення, й синоніми, потім зробіть описовий підсумок побаченого місця. Майте на увазі:

у майбутньому цей підсумок вас зобов'яже, тож нічого не забудьте, але нічого й не додавайте, залишайтеся вірним тому, що відчули й записали.

Я неквапливо перечитав свої нотатки й написав:

«На тому місці людська споруда й елемент пейзажу, наявність води. Є сіре, блакитне, бежеве, жовте, дуже сонячно, велике, скелясте й вертикальне».

— Закінчили? — запитала Анна.

— Гадаю, так.

— Окей, дуже добре, тоді зазначте годину завершення.

Мою першу сесію було завершено, все тривало близько сорока п'яти хвилин, я не знав, що про все це думати.

— Хочете відкрити конверт? — запитала Анна.

Непроникний погляд. Вона знала те місце, вона знала, я досяг успіху чи провалився, але на її обличчі нічого неможливо було прочитати.

— Ок.

У грудях клубок страху.

Джексон і Коллінз не зводили з мене очей. У повітрі відчувалася напруга. Кожен знав, що в цю мить на карту було поставлено все. За секунду вони знатимуть, чи варто робити на мене ставку.

Я взяв конверт тремтячими пальцями, відкрив його... і вийняв фото статуї Свободи під дощем, зроблене згори.

Величезне розчарування.

Це зовсім не відповідало тому, що я міг візуалізувати.

Статуя з позеленілої міді височіла на своєму п'єдесталі з рожевого граніту в траві, з деревами, що росли неподалік, і темніючим морем навкруги.

— Що ж... це провал... мені прикро...

Здавалося, що Ґленн Джексон закам'янів на кшталт статуї Свободи зі скорбним виразом обличчя й опущеною рукою.

Я відчув, як мене заполонює суміш розчарування, приниження й гніву, що я вляпався в дослід, у який ніколи не вірив.

— Стривайте, — сказала Анна, — перечитайте свій висновок уголос.

— Навіщо?

— Перечитайте.

Я не втримався від зітхання, коли брав у руки свій аркуш, і прочитав безбарвним голосом:

— На тому місці присутня людська споруда й елемент пейзажу, наявна вода. Є сіре, блакитне, бежеве, жовте, дуже сонячно, велике, скелясте й вертикальне.

122

— А ви нещадні до себе, — відзначила Анна. — Навпаки, це досить добрий опис місця-цілі.

Роберт Коллінз труснув головою й прокашлявся.

— Опис пана Фішера досить добре підходить... для 80 відсотків споруд, — із сарказмом вимовив він.

Анна розстріляла його поглядом, і він замовк.

Ґленн Джексон запустив руку у кишеню, витягнув ведмедика й поклав у рот.

— Роберт Коллінз правий, — сказав я. — До того ж я бачив сяюче сонце, а на фото злива.

Або ж цей метод був обманом, або я був нікчемою. В обох випадках мені нічого тут робити, я марнував час.

Анна обернулася до Джексона:

— Чи не скажете, яка зараз погода у Нью-Йорку, будь ласка?

Він вийняв мобільний телефон і застукав по клавішах.

— Дуже сонячно, — сказав він за кілька секунд.

Коллінз насупив брови.

— Нагадаю, що ви були під'єднані не до фото, а до місця, яке на ньому зображено. Наразі над статуєю Свободи сяє сонце.

123

У кімнаті запанувала тиша, наче кожному був потрібен час, аби переварити щойно почуте.

Від думки, що я зміг поєднатись із місцем-ціллю у реальному часі, у мене на якусь мить голова пішла обертом.

Я не міг пояснити як, але те, що я виявився здатним відгадати, що було надруковано на фотопапері й сховано в конверті, який лежав переді мною, здавалося мені раціональнішим, ніж здатність увійти в прямий контакт із місцем, розміщеним за три сотні кілометрів…

Розгублений і геть збитий з пантелику, я кілька секунд дивився на Анну.

Потім гору взяв розум.

— Це нічого не доводить, — сказав я. — На це не треба зважати: зараз кінець березня, у Нью-Йорку гарна погода буває через день. Це просто випадок.

— Ясно, — підтвердив Коллінз.

Я ледве не піддався спокусі позолотити свій успіх, але треба було прийняти правду.

— Я таки провалився, — сказав я, кладучи фломастер на стіл. — Однак, гадаю, ви мені таки допомагали: насправді ви не були нейтральною… Ви знали місце, бо самі його вибирали, і відкидали мої видива, які спадали мені на думку під час експерименту, бо знали цілком певно, що вони неправильні. Хотілося б тільки знати, як ви реагували, якби вони виявилися правильними.

Вона прийняла удар, вочевидь уражена моїм зауваженням, я усвідомив, що мимоволі звинуватив її в інтелектуальній нечесності.

— Під час проведення наших наукових експериментів, — почала вона, — ми завжди працюємо за подвійним сліпим методом: провідник, як і інтуїтивіст, нічого не знає про ціль. Та наразі, враховуючи нагальність ситуації і те, що йшлося лише про вашу підготовку, я цього не зробила...

Я кивнув на знак згоди, прагнучи, щоб мені пробачили.

Запанувала ніякова тиша.

— Дозволю собі нагадати про нашу справу, — раптом озвався Коллінз. — Він має вловити досить точні інформації, які дадуть нам змогу ідентифікувати одну з-поміж тисячі веж по всій країні...

Він мав рацію, всі це розуміли. У мене не було жодного шансу цього досягти.

Нарешті Анна імпліцитно визнала мою невдачу.

— Як на мене, — сказала вона, — ви забагато міркуєте. Ваше ментальне намагається контролювати дію, ви ставите безліч запитань, допитуєте самі себе, чи правильно все робите, і, зокрема, беретесь тлумачити. Треба не міркувати, а всього-навсього сприймати те, що є. Сприймати й нотувати, і все. Вчора я вас попереджала: тлумачення — найгірший ворог інтуїції. Інтуїція надає сирівцеві сенсорні інформації. Їх потрібно лише вловити, прийняти й занотувати, не намагаючись ані розкодувати, ані ідентифікувати речі, ані надати їм сенсу. Аналізуватимете потім. На даний момент слід прийняти те, що надходить, найбільш нейтрально, безпристрасно.

Вона, напевно, була права: я забагато роздумував.

— Це не очевидно, бо я також залежний. Упродовж усього дитинства батьки й вчителі невтомно повторювали, що спершу треба думати, а потім говорити, думати, а потім вибирати, думати, а тоді діяти...

Вона розуміюче кивнула.

— В інтуїції все навпаки.

І додала:

— Вас просять не думати, а відчувати.

## ~ 9 ~

### Годиною пізніше.
### Осідок ФБР, Вашингтон, округ Колумбія

Виходячи з ліфта на шостому поверсі, Ґленн почув телефонний дзвінок у своєму кабінеті, що на іншому кінці коридору. У нього одразу ж виникло передчуття.

*Це важливо.*

Він прискорив кроки, ввійшов у кабінет і зняв слухавку.

— Ґленне, — почувся голос Сандри, телефоністки 48. — Телефонує чоловік і каже, що впізнав музику, яку передавали з Чиказької вежі. З'єднати?

— Авжеж.

Дві секунди музики очікування.

— Алло?

— Добридень, пане.

— От. Це стосовно звернення до очевидців: я її чув по радіо сьогодні вранці, — промовив чоловік із неймовірним середньо-західним акцентом. — Знаєте, я кур'єр, був якраз у холі вежі, коли пролунало повідомлення про евакуацію. Я негайно змився, однак почув музику. Фактично

127

музика звучала перед зверненням. Ну, так, якраз перед. І я її впізнав.

— І що це?

— Знаєте, я не зможу її забути, бо мені не було й восьми років, коли я вперше її почув; жодного ризику, що я її забуду, бо в той день помер мій пес. Я був суперсумний, тож несвідомо добре запам'ятав...

— І що це була за музика?

— Ну, це була музика титрів. Я якраз подивився фільм, там у фільмі помер пес. Власне, це був вовкодав, але я мимоволі таки заплакав, бо щойно втратив свого пса. Там якраз був кінець фільму й одразу пішла ця музика, сумна, тож поневолі мене вразила.

— А як називався той фільм?

— Ну, фактично це була радше серія, ніж фільм, ну, не така серія, як тепер, з купою епізодів, а, можна сказати, фільм на кілька уривків або продовжень. Не знаю, як там точно. Це ж було тридцять чи сорок років тому. Таки сорок, бачте, виходячи з того, що мені скоро сорок шість і...

— Чи пригадуєте ви назву фільму або серії?

— А то, між іншим, я все це забув би, якби не смерть мого пса того самого дня, розумієте...

— Отже, фільм називався?..

— Ну, це був фільм Джека Лондона, зрештою, не знаю, чи це був його фільм, чи він тільки написав книжку, хіба знаєш...

— Назва?

— «Поклик лісу».

Поклавши трубку, Ґленн повільно відхилився на спинку свого крісла.

Йому була ненависна думка, що такі жахливі теракти могли бути справою еколога... Чому якісь звихнуті завжди нищать шляхетні справи?

«Поклик лісу»... Водночас який міг бути зв'язок між екологією і підривом офісних веж, де працювали фінансові контори? Повітря вони не забруднюють... якщо палій справді еколог, тоді Роберт Коллінз щось проглядів. У цих вежах мали знаходитися й інші підприємства, у тій купі мав би обов'язково бути якийсь нафтовик чи крупний забруднювач повітря...

Ґленн дістав цигарку з пакета, що валявся на столі, не підкурюючи, встромив у рот і подивився на довгу анфіладу висотних будівель за кілька кабельтів від Білого дому.

Треба було діяти швидко.

Початок з Тімоті Фішером був невдалий, годі сподіватись на його допомогу. З цього боку не заповідалося нічого доброго.

Він зняв слухавку і набрав колегу, який стежив за розбиранням вежі в Чикаго.

— Чи є щось новеньке? — запитав він.

— Так само нічого, — відповів той.

Справи не були кращими і в колеги, який займався Балтиморською вежею.

Ґленн зітхнув і зателефонував Роберту Коллінзу.

— Пообідаємо разом?

— Окей.

— Зустрінемось унизу?

— За п'ять хвилин.

— Згода.

Ґленн повісив слухавку, трохи повагався й набрав «Поклик лісу» в інтернеті.

Там були десятки трейлерів про фільм, але у версії 2020 року з Гаррісоном Фордом. Він ледве знайшов версію 1935 року з Кларком Ґейблом, потім іншу — 1972 року, з Чарльтоном Гестоном. *Те, що треба*, вирішив він.

Запустив запис і ввімкнув звук на комп'ютері. Музика заповнила його кабінет.

*Старомодна й тривожна*, означив її інший очевидець. *Добре сказано.*

Двома хвилинами пізніше Ґленн курив цигарку на тротуарі Пенсільванської авеню, де до нього приєднався Роберт.

— Де хочеш обідати? — запитав Ґленн.

— Стейк-салат у закусочній поблизу, там швидко обслуговують.

— Отам на розі?

— Так точно.

Колеги перетнули 10-ту вулицю, і Ґленн кинув цигарку у водостічну воронку перед входом у ресторан.

Вони наклали собі всячини в салатному барі й сіли за стіл, що стояв збоку, подалі від інших. Було ще рано, та невдовзі тут яблуку ніде буде впасти.

— Я ступив один крок, — сказав Ґленн.

Роберт косо зиркнув на нього, і Ґленна здивувала тінь розчарування, що майнула у погляді. Можливо, ревнощі? Справа була таким викликом, що її вирішення неодмінно передбачало винагороду. І навіть підвищення по службі. Цю вірогідність підкріплювало те, що вони зв'язані безпосередньо з Білим домом. Роберт був амбіційним. Звісно, порядним, але амбіційним.

— Вдалося ідентифікувати музику, — уточнив Ґленн.

Роберту, здавалося, полегшало. Він устромив виделку у свій величезний стейк і відрізав чималенький шматок, який відправив собі в рот.

131

— То що? — сказав він насмішкувато. — Наш хлоп має такі рідкісні музичні смаки, що ми ідентифікуємо його за цією ознакою?

— Це «Поклик лісу». Звучав на титрах до фільму 70-х років за Джеком Лондоном.

Роберт насупив брови.

— Тільки не кажи цього Тімоті Фішеру, — зауважив він.

— Чому?

— Не варто ризикувати, щоб не розбудити в нього симпатії до палія.

— Чому ти так кажеш?

— Нагадаю, що наша пташка — еколог, судячи з дещиці того, що нам про нього відомо.

— Атож, я це профукав.

— Тобто... у будь-якому разі в думках. Бо якщо глянути на його вчинки, то сумнівно, — глузливо додав він. — Стільки людей називають себе екологами, а забруднюють так само, як усі решта...

Ковтнув величезну порцію салату, й соус бризнув йому на краватку.

Він помітив, узяв паперову серветку й засунув за свій потертий комірець.

*Якщо Роберт прагне підвищення*, подумав Ґленн, *мав би почати з заміни свого одягу. Це ніколи не було його сильною стороною, але після* розлучення він зовсім занедбав свій гардероб; все пішло шкереберть. Глянувши на нього, важко було повірити, що він обіймає досить високу посаду у своїй фірмі.

— До речі, — сказав Роберт усміхаючись, — ти також трохи виступаєш за екологію, чи не так?

— Ну... радше так.

— Так от: твій недопалок, який ти щойно викинув у стічну воронку, — це п'ятсот літрів забрудненої води.

— Можливо, все-таки, трохи менше...

— Я про це читав минулого тижня.

Ґленн ковтнув пива.

— Тім Фішер швидко дізнається про музику.

— Чому?

— Я розмовляв із очевидцем по телефону. Неймовірно балакучий. Є чимало шансів, що він опиниться в масмедіа.

Роберт стенув плечима.

— У Фішера наразі є дещо інше замість телевізора.

\* \* \*

Я вийшов у парк, що перед лабораторією. Хотілось подихати свіжим повітрям, трохи пройтися наодинці під деревами, розім'яти ноги. Та кімната

133

без вікон була неймовірно задушлива. А інтуїтивні спроби, між іншим, були виснажливими.

Парк досі був оповитий туманом, сонячне проміння ледве пробивалося крізь білясті клубки, що панували навкруги.

Протоптаної стежки далебі не було, але підлісок був радше розчищений, тож я пішов навздогад до купи дерев, насолоджуючись кожним ковтком повітря, що пахло лишайниками, мохом і вологими деревами. Запізніла весна не завадила молодим пароcткам висунути свої носики то там, то сям; їхня ніжна зелень пронизувала океан опалого листя, яке рипіло під ногами.

Моя друга сесія в *Remote Viewing* розчарувала так само, як і перша. Щоразу та сама проблема, якщо вірити Анні: тлумачення. Коли у мене в голові виникали форми, кольори, звуки й відчуття, я не міг перешкодити мозкові поєднувати їх і від самого початку створювати ментальні реалістичні й переконливі образи. Це набридало й навіть дратувало, я починав усвідомлювати, що тлумачення є майже постійною складовою людської природи. Всі ми однаково не можемо завадити собі тлумачити все, що нам потрапляє на очі: чужі слова, вирази обличчя, погляди, тональність голосу — все помічене одразу піддається декодуванню, перегляду, порівнянню, компіляції, тобто тлумачиться, що дає нам змогу надати ситуаціям певного сенсу. Але з яким коефіцієнтом помилок? Яка пропорція того, були ми праві чи помилились? Власне, людська істота настільки потребує сенсів, що ми придумуємо собі сенс, який від нас тікає, навіть якщо придумуємо інформації, яких бракує, і повністю помиляємось, будучи переконаними, що все зрозуміли.

По стовбуру секвої переді мною зі швидкістю блискавки промчала білка. Я її потривожив. І вона чимдуж кинулась ховатися.

Чорт забирай... Зрештою, що мені про це відомо? Я тільки впевнений в одному: вона промчала по стовбуру, решта була тільки тлумаченням!

Я пригадав усе, що пережив за останню добу. Того старшого чоловіка, який підійшов, щоб замінити шину в моєму авто... А я не сумнівався, що він хотів винагороди. Молода дівчина в ресторані? Я вирішив, що вона хоче взяти автограф у мене! Я міг переглянути календар тиждень за тижнем і щодня міг знайти візок тлумачень у всіх царинах, не враховуючи тих, про які не здогадуватимусь...

Анна також вийшла з лабораторії. Я здалеку побачив, як вона трохи пройшлася, тримаючи мобілку коло вуха. Треба було повертатись, незабаром знову почнемо.

Я глибоко вдихнув, щоб наповнити груди лісовим киснем, перш ніж зайти в замкнений лабораторний закапелок, і приєднався до Анни.

Вона завершила розмову й вимкнула свій мобільний телефон. Як щоразу. Вона ніколи не ставила його на тихий режим чи режим «у літаку», а завжди вимикала. Навіщо в біса вона так ускладнювала собі життя? Я нічого не хотів тлумачити, але хотів би знати, чим вона керувалася, дотримуючись такої дивної звички...

## 10

По темному небу пропливали великі чорні хмари.

Простора заасфальтована територія біля підніжжя будівлі, а далі насипний земляний майданчик з кількома деревами, вкритий травою й добре доглянутий.

Був кінець дня, і працівники поступово виходили з офісів і рушали додому.

Перед майданчиком кілька поставлених під кутом авто. Серед них чорна вантажівка з наглухо зафарбованими шибками.

Чоловік усередині мав на собі спецівку, бежеві окуляри із задимленими скельцями й коричневу бейсболку, довгий козирок якої приховував верхню частину обличчя. Волосся було зібране у кінський хвіст, на руках рукавички з темної шкіри.

Він не спускав очей із дверей будівлі, що стояла трохи далі по косій, і методично роздивлявся кожного працівника, що з неї виходив.

Місце відразу ліворуч від вантажівки було зайняте мотоциклом для мотокросів. Мотоцикліст у шоломі, який закриває голову й обличчя, з козирком, що відбиває світло, виконував розпорядження: спершись коліном на землю, робив вигляд, що ремонтує свій транспорт, але був готовий діяти, щойно почує наказ.

Чоловік у вантажівці чекав, зосереджено й незворушно.

На колінах кольоровий роздрук вебсторінки: органіграма підприємства й аркуш із портретами всього керівного складу.

Минав час.

З будівлі вийшла тілиста жінка й попрямувала до них, у руках вона тримала велику коробку. Чоловік не ворухнувся ні на йоту.

Вона просковзнула між вантажівкою й авто праворуч від неї, зачепивши коробкою кузов вантажівки. Він не зреагував. Вона відчинила ліві задні дверцята машини і нахилилась до середини, щоб поставити там велику коробку. Відступивши, штовхнула сідницями дверцята, які досить сильно вдарили по крилу вантажівки.

— Чорт! — вилаялась вона, випростовуючись.

Потім, опустивши голову, непомітно озирнулась довкола, начебто хотіла дізнатись, чи люди її помітили.

Чоловік за непрозорими шибками не ворушився. Він надалі уважно стежив за вхідними дверима підприємства.

Жінка сіла в авто, завела мотор і швидко зникла.

Минуло кілька митей, аж ось із будівлі вийшов високий лисань разом із трьома іншими особами. Він крокував, дивлячись на екран свого мобільного телефона, як і добра половина працівників, що вийшли перед тим.

Чоловік у вантажівці востаннє глипнув на фото в тромбоскопі. Це таки був директор технічних служб, такий собі Дік Мерклі. Він опустив шибку.

— Он він, — сказав чоловік. — Високий лисань. Твоя черга.

Мотоцикліст, здавалося, вагався.

— Дуже ризиковано, — озвався він, — надто людно... І все за двісті доларів.

Чоловік спокійно зняв окуляри, глянув на нього і пронизав безапеляційним поглядом.

— Окей, — тільки й мовив мотицикліст. — Усе в порядку.

Він рвонув мотоцикл, сильно вдаривши ногою по стартерові, й скерував свій болід у напрямку лисого, що віддалявся. Все сталося так швидко, наче блискавка мигнула. Наблизившись до того, хлопець вирвав мобілку з його рук, піддав газу й зник.

— Ей, ти!

Крикнувши, лисий підняв руки.

Неподалік стояв здоровенний чоловік і спостерігав за сценою. Він став на шляху, щоб заблоку-

139

вати мотоцикл, трохи випнувши бюст уперед, готовий до стрибка. Але мотоцикліст повернув руль, щоб його оминути, злетів на насипний майданчик, а там дав газу, аж мотор заревів.

Лисий постояв, дивлячись, як мотоцикл із пронизливим гудінням зникає в далині, а тоді гидливо похитав головою. Здоровань розчаровано вдарив кулаком у повітря. Лисань жестом руки подякував йому і пішов далі.

Чоловік у вантажівці не зводив з нього очей, чекаючи, доки він зникне.

Потім відкрив велику сумку для інструментів, що стояла на пасажирському сидінні. Вийняв звідти кабелі й кілька викруток, підняв перетинку, яка приховувала подвійне дно. Оглянув усе, що там лежало. Система підпалювання була повністю готова.

Він усе старанно поклав на місце, вийшов із вантажівки й попрямував до входу в будівлю.

У холі він підійшов до розпорядниці, з якою привітався без усмішки, злегка кивнувши.

— Який ліфт йде до приміщення з електрощитками у підвалі? — похмуро запитав чоловік.

— У вас є дозвіл? — поцікавилася вона, зберігаючи професійну усмішку.

Він звів очі до неба на знак роздратування.

— Мені дзвонив директор технічної служби, — сказав він нетерпляче.

Усмішка розпорядниці трохи скривилась.

— У вас є наряд?

— У нього не було часу. Я працював на об'єкті, коли він зателефонував опівдні, сказав, що це терміново, й наполіг, щоб я приїхав.

— Я не можу пропустити вас без дозволу.

— Послухайте, дамочко. Взагалі-то в цей час я вже завершив роботу й сиджу вдома, дивлюсь телевізор. Він так наполягав, що я погодився прийти, тож не треба морочити мені голову папірцями, яких у мене немає.

Усмішка зникла з вуст дівчини. Але вона героїчно намагалася не дати збити себе з пантелику.

— Перепрошую, але є порядок...

— Він сказав, що буде тут, щоб мене провести. Тож подзвоніть йому.

— Можете назвати його прізвище?

— Дік Мерклі, — сказав він роздратовано.

Почуваючись незручно, дівчина зняла слухавку й набрала службовий номер.

Чекаючи, вона нервово покусувала губи.

— Він не відповідає.

Чоловік голосно зітхнув.

— У мене є чим зайнятися.

Дівчина стояла ні в тих ні в сих, вся під впливом стресу.

— Я подзвоню йому на мобільний.

— Давайте швидше, мені час додому, але попереджаю: завтра він дуже гніватиметься, розмовлятимете з ним сама, бо я більше не прийду. Маю чим зайнятись замість гаяти час через ваші дурнуваті правила.

У дівчини тремтіли руки.

Мобільний телефон дзвонив... ніхто не відповів.

Вона поклала слухавку і, вагаючись, кусала губи.

— Я поспішаю, пані.

На почервонілому обличчі адміністраторки відбилась уся тривога.

— Гаразд, — сказала вона геть низьким голосом. — Сідайте в другий ліфт. Щитова на мінус першому поверсі, одразу навпроти ліфта.

## 11

— Напевно, краще буде на цьому зупинитися, — сказав я. — Через мене ви марнуєте свій час, я так само свій, ми не можемо давати ФБР і Білому дому надію на те, що зуміємо щось знайти...

Анна, яка в цей час робила каву, завмерла. Третя сесія *Remote Viewing* знову виявилася малообіцяючою, та Анна ніяк не хотіла визнавати, що ми опинились у глухому куті. Вона вперто спонукала мене до продовження.

— Я цього не зможу, — додав я. — Марні намагання. Краще я поїду додому.

Вона якийсь час пильно дивилася на мене, потім поклала пакет кави, який тримала в руках, схрестила руки й сперлась на стіну.

— Ви цього не можете, бо в це не вірите. Ви сумніваєтесь від самого початку. Не тільки у своїх задатках, але й у методі і, звісно, в існуванні самої інтуїції.

Я не намагався заперечувати.

— Я не можу з цим боротись, — вела вона далі. — Я не можу змусити вас повірити. В житті нічого не можна досягти, якщо в це не вірити.

— Як я можу повірити, якщо немає результатів?

— Ваш скептицизм випередив відсутність результатів. І цілком справедливо: він її породив.

— Можливо. Водночас ми не здатні вибирати, вірити в щось чи не вірити...

Вона задумливо вдивлялась у мене кілька митей.

Ми були в замішанні, чим нагадували подружжя на межі розриву, коли обом ніяково визнати, що кохання зникло.

— Проблему, — прошепотіла вона, ніби говорячи до самої себе, — створює ваше ментальне. Ваше надміру активне ментальне, ваш нескінченний потік думок... якщо людина багато мислить, вона тоне у своїх думках... Ментальне, звісно, дає змогу міркувати, але блокує доступ до іншої форми інтелекту, що її ми давно втратили, за винятком кількох митців та нечисленних шаманів, які ще живуть десь по світу. Наше ментальне засуджує нас на життя в ультракартезіанському світі, проходячи повз іншу реальність, яка нам геть неприступна. Щоб достукатись до інтуїції, потрібно передусім поставити себе в стан прийняття, визнати, що це існує, навіть якщо ми справді не можемо змусити себе в це повірити, а потім відпустити, забити на потребу контролювати все, що відбувається. Стати радше приймачем, ніж мислителем. Доки людина перебуває

144

в ментальному, вона відрізає себе від екстрасенсорного сприйняття. Мислення паразитує на інтуїції...

Вона мала рацію, але я нічого не міг вдіяти... Можливо, мені слід було попрактикуватись у медитації, щоб навчитися відпускати думки на волю, але тепер було запізно.

Анна насупила брови.

— Але... однак, коли ви пишете свої книжки, ви ж мусите відключати ментальне? Я ні на мить не повірю, що роман можна написати, спираючись тільки на роздуми. Обов'язково мусить бути момент, коли гору бере натхнення. Між іншим, ви самі про це говорили в інтерв'ю, яке я слухала... Натхнення й інтуїція дуже близькі, власне, це і стало причиною того, що я вибрала саме вас; я про це говорила, пригадайте...

— Так, справді.

— То що саме ви робите, щоб знайти натхнення?

— Нічого особливого... даю йому можливість прийти, просто так...

— Але що ви робите для того, щоб опинитись у стані, який дає змогу отак просто прийти?

— Е-е-е... Ну, по-перше, я не сиджу за столом, цілком точно. Я виходжу і блукаю на природі.

Вона пів секунди дивилась на мене.

— Гаразд, ходімо.

— Куди?

— На природу! Це так просто, вона тут довкола нас. Трохи свіжо, але нежить, який можемо підхопити, нас не лякає; все заради доброї справи.

Я зібрав аркуші й фломастер, накинув піджак і пішов за Анною по довгому темнуватому коридору, радий покинути ту зловісну кімнату, де жодного разу не почувався комфортно.

Надворі мене охопив вологий холод від дерев, я був радий опинитися на свіжому повітрі й вдихати пахощі лісу. Якби мені довелося змінити професію, я, безсумнівно, вибрав би фах лісника; сидіння в зачиненій кімнаті було для мене випробуванням.

— Неподалік є стіл, — сказала Анна, розворушуючи килим опалого листя. — Час від часу в гарну погоду ми йдемо туди перекусити.

Я йшов за нею серед дубів, сосон, тюльпанових дерев. Ліс, здавалося, опинився в полоні туману, який наміткою закутав верхівки дерев і розпливчастими хмаринками обійняв їх до найнижчих гілок.

Ми вмостились за дерев'яним столом під високими буками, чиї сірі гладенькі стовбури стояли немов охоронці на кладовищі листя під нашими ногами.

146

— Тімоті, я знаю, що ви не почуваєтесь готовим і що результати не були обнадійливими, але давайте дивитись реально. День добігає кінця, ми обов'язково маємо спробувати ідентифікувати ціль.

Я відчув, як піднялася хвиля страху, але промовчав.

— Я надам координати для місця, на яке націлився палій, — вела вона далі. — Розслабтеся, відпустіть будь-яку напруженість, віддайтесь потоку і просто поцікавтесь тим, що з'являється, домовились?

— Поїхали.

Як і щоразу, у правому верхньому кутку першого аркуша на стосику білих папірців я написав своє та її ім'я, місце, дату й годину; потім у лівій колонці почав перелічувати, називаючи їх уголос, щоб видалити із себе, горезвісні «несприятливі перешкоди»: свої думки-паразити та інші емоції, наявні на початку сесії.

*Мені страшно*
*Боюсь виявитись не на висоті*
*Відчуваю, що мені стане соромно від провалу.*

— Секундочку! — перебила мене Анна.

Я підвів очі.

— Що таке?

Вона вдивлялась у мене своїми яскраво-блакитними зіницями, які серед гризайлю брунатних відтінків печального лісу видавалися нереальними.

— Якщо вам стане соромно від провалу, значить, ви пишатиметесь у разі успіху.

— Ну... це ж нормально, хіба ні?

Вона усміхнулася й озирнулася на довколишню природу.

— Бачите от там квіточку, ту, що насилу пробивається з-під мертвого листя? — запитала вона, вказуючи пальцем на дику квіточку, яка трішки була схожа на нарцис жонкіль.

— Так.

— Чи вам вдається розгледіти її колір?

— Звичайно.

— Ви цим пишаєтесь?

Я стенув плечима.

— Чому це я мав би цим пишатись? — роздратовано запитав я.

— А якщо, наблизившись, ви побачите, що вона має інакший, ніж ви думали, колір, чи вам стане соромно?

— До чого ви ведете?

— Те саме з інтуїцією: тут нічим пишатись, якщо вдасться, і нема чого соромитись через невдачу. Це — просто природна здатність, як зір чи нюх. Вона здається вам важкою, бо ви не знаєте, що на це здатні. І над цим можна працювати, як і над чимось іншим: якщо ви робитимете вправи для очей, ви розвинете гостроту зору, чи не так?

Я неохоче погодився.

І отримав урок приниження, який поставив мене на місце. Моє себелюбство було уражене, зате я позбувся якогось тягаря, звільнився від тиску, який сам на себе мимоволі звалив.

Ми почали сесію, вона дала мені координати, я намалював ідеограму, розглянув її, постукав фломастером, потім у фазі 2 підбирав сенсорні (чуттєві) прикметники та елементи, які спадали мені на думку.

В якийсь момент у мене виник дуже чіткий образ.

— Я дуже виразно бачу Емпайр-стейт-білдінг.

— І це...

— Тлумачення, знаю, — буркнув я.

Я це записав і пішов далі.

Минуло сорок хвилин, я написав підсумок і поставив годину завершення.

Ціль являє собою пейзаж,
конструкцію з рожевим і сірим;
без кінця виникають цифра 4 і цифра 1 праворуч
від неї, є також зелене.

Анна мовчки дивилась на мене кілька митей,
потім схопила мобілку й ввімкнула її.

— Ґленне, це Анна. Можливо, у нас дещо
з'явилось...

Після трихвилинної розмови Анна вимкнула
телефон.

— Вони почнуть пошуки, — сказала вона, —
серед усіх фінансових контор країни, щоб поба-
чити, чи якась із них має осідок у рожево-сірій
будівлі під номером 41.

— Фінансові контори?

— Команда Роберта з'ясувала, що в обох ве-
жах розміщувалися фінансові контори, тимчасом
як усі інші фірми не мали нічого спільного.

— Зрозуміло.

— Тепер залишилося тільки чекати.

Ми повернулися до лабораторії, щоб чекати
в теплі. Туман поступово розсотувався, серед бі-
лих хмар, до яких, здавалось, сягали верхівки
високих дерев, то тут, то там прозирали клаптики
блакитного неба.

Раптом я зауважив канюка, який сидів на високій гілці. Здавалось, він дивиться на мене, наче дивуючись, що туман його не захищає. У мене одразу ж виникло враження дежавю, від якого стало якось не по собі.

Я понишпорив у пам'яті, намагаючись пригадати, де і за якої нагоди я міг бачити подібного хижака, який спостерігає за мною з верхівки дерева. І пригадав: я пережив це не сам. Я це просто уявив і візуалізував, коли писав один із романів, шостий чи сьомий. Але образ був ідентичним, як пташки, так і дерева. У тій сцені був задіяний коп, який ніяк не міг вирішити одну кримінальну справу. В якийсь момент він іде по лісу, що потонув у тумані, і раптом, коли він знаходить головну зачіпку для завершення справи, туман розсіюється, і вгорі на дереві він помічає канюка.

Повернувшись у лабораторію, ми зробили собі кави.

Мене трохи лихоманило, я все думав, чи передана ФБР інформація дасть зримі результати на місці. Мене долали сумніви, водночас я сподівався на диво. Правду кажучи, я чекав тільки цього.

Час минав страшенно повільно.

Ми розслабились і трохи відпочили, трохи потеревенили про все на світі, потім повернулися до теми, яку Анна порушила раніше: гордість, яку людина загалом відчуває від результатів своєї діяльності.

— Визнайте, — сказав я, — що в почутті гордості за зроблене немає нічого негативного. Гордість — це те, що допомагає розвинути впевненість у собі. Тих, хто цього потребує, багато...

— Так, звісно. Але якщо подивитися збоку: чи ж гордість за досягнутий успіх дійсно виправдана? Якщо людині щось вдається, то це означає, що вона на своєму місці. Домогтися успіху в тому, для чого тебе створено, — річ цілком нормальна. Від того треба радше почуватися щасливим, а не гордим.

— Ви справді думаєте, що ми створені для того, щоб зробити ту чи ту справу?

— Маю таку слабкість думати, що на землю людина приходить з певною місією, із завданням, яке має виконати. Кожен із нас. І в кожного є таланти, які дають змогу це зробити.

— Однак, якщо поглянемо навкруги, нічого подібного в очі не кидається...

— Бо більшість людей себе не знає. У них є таланти, які їм невідомі. Їхній розум заполонений марнотою світу, масмедіа, впливом реклами... Якби вони уважно дослухалися до того, що таїться глибоко в них самих, вони відчули б те, до чого їх покликано, і відкрили б, що мають у собі досить ресурсів, щоб це здійснити.

— Немає ніякої певності, що всі люди здатні здійснити свої мрії...

— Але мрії в усіх різні! Ми всі різні! Одні сильні фізично, інші чутливіші, треті відзначаються вищим інтелектом, четверті — товариськістю... У кожного є свої сильні й слабкі сторони.

— У декого все-таки є більше талантів, ніж в інших. Є люди, які виділяються... коли я читаю тексти Гевінгвея чи Стейнбека, то кажу собі, що Нобелівську премію з літератури за свої детективи я точно не отримаю завтра...

Анна скорчила гримасу.

— Той, хто особливо обдарований у чомусь одному, так само особливо нікчемний у чомусь іншому, але ви про це не знаєте або не звертаєте на це уваги. Айнштайн не мав здібностей до вивчення мов, і в нього була дуже погана пам'ять. Ісаак Ньютон, звісно, великий фізик, але коли йому доручили доглядати родинну ферму, він так і не зміг нею керувати. Так само є блискучі люди, що не здатні любити чи навіть просто відчути зворушення від своїх дітей... Чи ж їм слід заздрити? Не кажучи вже про тих, що, як ви кажете, виділяються, бо нарцисична травма спонукає їх до надлюдських зусиль, щоб бути блискучими і гоїти свої рани, але це марний нескінченний біг, який робить їх нещасними… Ні, кажу по щирості, не варто нікому заздрити.

— Я думав, що…

Вібрація Анниного телефона обірвала мої слова.

— Це Ґленн, — сказала вона.

Я відчув, як прискорено закалатало серце.

— Ґленне, я ввімкну гучний зв'язок, щоб Тімоті також міг слухати.

— Окей. Добривечір, Тімоті.

— Добрий вечір, Ґленне. Де ви? Чути кошмарний гул коло вас…

— Я в гелікоптері. Маю новини…

Я затамував подих.

— Група виявила одну фінансову фірму, яка відповідає вашому описові. Це — Інвестиційна компанія Гантінгтона. Адреса: будинок 41 на Південній верхній вулиці в Колумбусі в штаті Огайо. Сіро-рожевий хмарочос. У них сірий знак із зеленим логотипом.

Мені здалося, що я сплю… Усе абсолютно точно збігалося з моїм підсумком сесії. Я був настільки схвильований, що не вимовив ані слова.

154

— Початок, схоже, вдалий, — сказала Анна.

— Справді, — погодився Ґленн. — Або це дивний і прикрий збіг, або бінго. Пожежники вже на місці для організації евакуації з вежі й обшуку будівлі. Наші колеги з місцевого бюро ФБР у дорозі. Будуть на місці з хвилини на хвилину. У мінерів дорога довша, їх доведеться зачекати. Я буду там десь за півтори години.

— Тримайте нас у курсі, — попросила Анна.

— Наберу, якщо матиму якісь новини.

І відключився.

Я був у дивному стані, водночас надміру збуджений і вражений до глибини душі тим, що обіцяло стати доказом існування інтуїції, підтвердивши ефективність методу. А ще — я пишався своїм успіхом...

Анна це зауважила й не втрималась від усмішки.

— У цьому немає нічого надзвичайного, — навмисно знудженим голосом зауважила вона, щоб мене подражнити. — Вловити інтуїцію — цілком нормальна річ...

— Я щойно виявив, що маю дар, а ви хочете звести це до банальності?!

Анна зітхнула, труснувши головою, на її чарівних вустах грала хитра усмішка. Несподівано я відчув бажання їх поцілувати.

## 12

Політ на гелікоптері Ґленну видався нескінченним. Він згоряв від нетерпіння швидше опинитись на місці. Невиразне почуття підказувало йому, що автор тих учинків щоразу залишався неподалік від вежі. У безпеці, але неподалік. Руйнування вежі настільки феноменальний акт, що він точно хотів бути там присутнім і спостерігати за своїм учинком. Ґленн знав: якщо він приїде вчасно, інстинкт приведе його до палія. Він уже бачив, як його арештовує й кладе край цій жахливій серії, яка травмувала Америку. А ще, як і щоразу, він відчує потужне почуття відновлення законності. Ґленн був упевненим, що закон, ухвалений народними обранцями, є найчистішим вираженням демократії, це — цемент суспільства, гарант справедливості й рівноправності. Змусити поважати закон — значить захистити те цінне добро, яким є демократія.

Ця певність зміцніла кількома роками раніше під час поїздки в Африку, землю його далеких предків. Його жахнула тамтешня зневага до законів і повсюдна корупція, які призводили до розкладу суспільства, заважали його розвитку й робили всіх нещасними. Коли закон перестають поважати, діяти починає закон сильнішого.

Зупинити палія...

Можливо, після цього його, нарешті, визнають. А якщо з огляду на масштаб справи йому віддячить сам президент?.. Однак, треба залишатися на землі, сказав він собі, кинувши поглядом у порожнечу, над якою вони летіли.

На борту він був тільки з пілотом. Роберт відмовився їхати разом із ним. «Надто ненадійно», — сказав він. Роберт геть не вірив в інтуїцію. І Анну Саундерс набрав винятково тому, що про це просив президент. Ґленн також міг відчути його зневагу і до молодого письменника, перейнятого ваганнями. «Цей хлопець не знає, чого хоче, на нього не можна покластися», — заявив він. У Ґленна також були певні сумніви щодо нього. Але факти починали показувати, що вони помилялися, тим краще.

Ґленн уже розмовляв з колишньою командою інтуїтивістів з Форт-Міда, які загинули у нещасному випадку. Він провів чимало часу з ними, їхнє втручання посприяло вирішенню справи про викрадення, вони досить добре описали місце, де утримували жертву. Але й тоді Роберт ніколи цього не визнавав. «Їхній опис близький до реального, — сказав він, — але його можна притягти до стількох інших місць, що це нічого не доводить». Утім, це все-таки допомогло Ґленну арештувати винуватця. Зіставивши інформації, він зміг натрапити на його слід.

Гелікоптер раптом опинився в повітряній ямі, і Ґленн ухопився за ручку, що була вгорі.

Анна — чудова жінка, він у цьому певен. Він співчував їй, коли вона залишилася в лабораторії одна після зникнення її групи. Через втрату інтуїтивних здібностей її щоденне життя не виглядало аж таким рожевим. Минув рік, а вона гребла далі, вибиваючи необхідний бюджет для прийому нових інтуїтивістів. Чому все робиться так повільно, щойно справа торкається адміністрації?

Просто диво, що в момент нещасного випадку вона була у творчій відпустці, інакше так само фатально загинула б. Та, напевно, усвідомити, що вижила тільки ти одна, також складно; це стає джерелом жахливого відчуття провини, як часто трапляється в подібних випадках. Ґленн докоряв собі, що не потрудився зателефонувати їй у той період, щоб підтримати. Щоправда, тоді він сам був шокований смертю матері, яку на той світ забрала пневмонія. Вона вдруге вийшла заміж за іспанця й поїхала жити в Севілью, зваблена як красою міста, так і стилем життя його мешканців. Коли кількома роками пізніше помер її чоловік, вона залишилася жити в країні, яку полюбила від

158

самого початку. Але будинок, у якому вона винаймала квартиру, перекупило велике товариство з немилосердними підходами. Спочатку воно надсилало рахунки на божевільні суми за дрібний ремонт у квартирі, потім покарало на 100 євро за те, що на годину пізніше внесла квартплату. Всього одну годину… Далі воно отруювало їй життя, нав'язуючи великі за обсягом роботи у квартирі, в результаті значно підвищило квартплату, посилаючись на те, що ці роботи значно здорожили вартість оренди. Вона більше не мала змоги платити, і вони її вигнали. Самотня стара жінка без пенсії не могла нічого винайняти, незважаючи на ощадливий спосіб життя. Подруга з Мадрида поселила її в кімнаті для бонни, доки вона знайде щось підходяще. Кімнатка була чарівна, але без опалення, і жінка захворіла. Інфекція дуже швидко дала ускладнення, і пневмонія забрала в неї життя.

Ґленн частенько казав собі, що лише мікроби не могли б її вбити, якби не стрес і розлюченість через суперечку про нерухомість, які підточували її місяцями. Ґленн поцікавився і зрозумів, що матір вигнали незаконно. Він хотів подати в суд, та оскільки не був на місці, це виявилось надто складним і дорогим. Неспроможність домогтися справедливості ще довго мучила його.

— Підлітаємо, — повідомив пілот.

Гелікоптер сів на зеленому майданчику, якраз навпроти вежі, всі поверхи якої яскраво світилися. Ґленн швиденько спустився й поквапливо підійшов до двох колег, які його зустрічали, стоячи під дрібним дощиком. Привітання було коротким, але теплим. ФБР — велика родина, і всі її члени, навіть між собою не знайомі, поділяють почуття приналежності, яке їх поєднує і зближує.

— Людей з вежі евакуйовано, — сповістив один колега.

— Квартал перекрито, — додав другий.

Ґленн роззирнувся, пронизав поглядом простір між зеленою зоною й вежею та довколишні вулиці, перекриті аварійними стрічками.

*Де він?*

І відчув холодок збудження від думки, що людина, яку всі так прагнули знайти, була десь тут, поруч...

Він пильно оглянув сектор, прислухаючись до своїх відчуттів. Його погляд прочісував кожен тротуар, кожну будівлю, кожен дах, кожну групу людей...

Майже скрізь були поліцейські, за бар'єром — журналісти, фотографи, телекамери й неодмінна дещиця роззяв з мобільними телефонами в руках, які фотографували місце, хоча тут нічого не відбувалося. Поблизу скверу стояли поліцейські та пожежні машини. Потужні прожектори скеровували свої могутні пучки на вежу, виділяючи її з лісу будівель у центрі міста.

Три команди пожежників несли вахту на розважливій відстані від кожної зі сторін будівлі, згруповані коло пожежних рукавів і брандспойтів, готові взятись до роботи будь-якої миті.

Ґленн обвів очима театр операцій, переймаючись місцем та істотами, які його населяли.

*Його тут уже немає, я це відчуваю.*

*Забагато поліції, забагато охорони... Йому довелося піти геть.*

*Шкода...*

— Що там із пошуками? — запитав він.

— Тривають. Це довго, бо вибухівка може бути будь-де. Якби в наших вежах була бетонна, як у Європі, структура, ми шукали б у підвалі. Та оскільки вона металева, то починає плавитися, навіть якщо займання починається на одному поверсі.

— Ви оглядаєте всі поверхи водночас?

Колега похитав головою.

— Надто ризиковано. Якщо хлопці опиняться над рівнем, де все почнеться, будуть там заблоковані. Ми почали з підвалу і поступово піднімаємось.

— Треба забезпечити тили, — додав інший.

Ґленн погодився, повільно хитнувши головою. Він більше не зводив погляду з освітленої вежі.

Удалині мовчки стояла купка роззяв. Тільки потріскування рацій порушувало благоговійне очікування розв'язки.

Ґленн закусив губу.

Якщо того негідника не вдасться піймати сьогодні ввечері, то нехай вчасно знайдуть бодай той детонатор!

Дощ посилився і заливав йому обличчя.

— Де зараз ідуть пошуки? — запитав він.

Поліцейський викликав по рації свого товариша у вежі й повторив запитання.

— На дев'ятому поверсі, — повторив він.

— А в підвалі не знайшли нічого?

— Ні.

Ґленн з прикрістю труснув головою.

Найгірший сценарій. Якщо доведеться обшукати тридцять чи тридцять п'ять поверхів вежі, ми не встигнемо до вибуху...

Несподівано завібрував телефон.

Коллінз.

— Так, Роберте.

— Ти в Колумбусі?

— Щойно прибув.

162

— Можеш повертатися.

Серце Ґленна завмерло.

— У чому річ?

— Горить будівля у Веллі-Форджі, у Пенсільванії. Осідок «Венґард-груп».

Коротке мовчання, потім Роберт спокійно додав, наче хотів покрутити ніж у рані:

— Фінансова контора...

Усе наче похитнулось довкола Ґленна.

*Болісна невдача...*

*Жорстоке розчарування.*

*Печаль через необхідність повідомити, що весь квартал перекрито... намарно.*

*Сором...*

*Пожежники, поліцейські, мінери, журналісти... Бувайте здорові, пані й панове, можете повертатися додому...*

\* \* \*

— Мені страшенно прикро.

Анна говорила щиро, але що мені робити з її співчуттям? Моє розчарування і фрустрацію можна порівняти з почуттями дитини, у якої забрали всі іграшки якраз тоді, коли вона роздивлялася їх вранці на Різдво. Господи! А я так радів від того, що щось знайшов...

163

— І в його адресі немає цифри 41? — наважився я.

— Ні.

— Бодай 4 чи 1?

Вона похитала головою.

— Ні в поштовому індексі?

— Ні, — прошепотіла вона. — Є тільки рожевий і сірий кольори. Але як ви казали...

— Це характерно для багатьох будівель.

Вона підтвердила кивком.

Я був розчавлений.

І розгніваний.

Пригнічений думкою про нові можливі жертви.

Почувався повним нікчемою.

— Не знаю, що й сказати, — зітхнула Анна.

— Що тут скажеш?

— Розумію всю силу вашого розчарування...

Я промовчав.

— Що ж, — сказала вона, — це провал, не заперечую. Можливо, я помилилася, коли вирішила перенести вас у реальність до того, як ви успішно пройшли підготовку, та водночас була необхідність невідкладно щось робити...

— Я на вас не гніваюся, ви ні в чому не можете собі докоряти.

Мовчання.

— Практика інтуїції, — сказала вона, помовчавши, — потребує вміння відпустити ситуацію, для нашого суспільства воно незвичне, бо наше ментальне призвичаєне все контролювати. Хочу сказати… у такому контексті невдача на початковому етапі — річ нормальна. У будь-якому разі невдача складає частину навчання… невдача — це навіть частина нашого життя. З першого разу чогось великого не зробиш. Секрет успіху полягає в тому, щоб цікавитись більше нашими діями, ніж результатом наших дій. Намагатись поліпшувати кожен жест та кожне слово, не переймаючись результатом. Коли людина переймається тільки тим, щоб добре зробити якісь речі, результат завжди буде на висоті наших початкових очікувань за умови, що ми не будемо на ньому фокусуватися. Черчіль казав, що успіх — це здатність іти від невдачі до невдачі, не втрачаючи ентузіазму.

Я глянув на неї.

— Дякую, Анно. Ваші слова дуже правильні, але контекст тут особливий. Кожна людина, задіяна у цій справі, потребує результатів, негайних результатів. Це — змагання на час, ставка — величезна. Від цього залежать людські життя. І ми не можемо дозволити собі мобілізовувати команди й посилати їх за помилковою адресою.

Це просто контрпродуктивно. Я не знаю, чи інтуїція існує, я не знаю, чи працює *Remote Viewing*, але стосовно мене ясно одне — це помилка кастінгу.

Анна делікатно промовчала й не зробила нічого, щоб мене втримати.

Вона відвезла мене в мотель.

На світанку наступного ранку я сів на перший рейс до Нью-Йорка.

На Бернз-стріт я опинився вранці, тягнучи свою валізку на коліщатах по покоцаному тротуару, настрій гірше нікуди. Цього, звісно, вистачило, щоб підняти за тривогою мою гарненьку рудоволосу сусідку, яка спробувала мене спокусити, коли я ще не встиг відчинити хвіртку в садок.

— Наш еколог знову зробив невеличку ескападу на Гаваї? — сміючись, запитала вона.

— Вашингтон, *DC*. Не так і смішно.

— Твоя правда. І погода препаршива.

— Ти навіть не уявляєш!

— Чому ж ні? Моя кохана вчора була там. Ви могли там перетнутися.

— Твоя кохана?

Вона кивнула. Я був настільки здивованим, що не зміг це приховати.

— Ну ж бо, що за вигляд, — сказала вона, лукаво усміхаючись.

— Я не знав, що ти... ну... бі.

— Чому ти так кажеш? Я не бі! Я завжди була з жінкою.

— О... перепрошую... я не підозрював. Але... дуже добре... тобто я не бачу жодної проблеми...

Вона посміялася з моєї ніяковості. Вона не могла навіть припустити, що моя розгубленість зумовлена не її гомосексуальністю, а моєю великою помилкою впродовж кількох місяців. Як я міг настільки помилятися щодо її почуттів до мене? І все це через те, що вона виходила поговорити зі мною, щойно я з'являвся перед її вікном...

Я зайшов до будинку, презирливо глянув на свій відбиток у великому дзеркалі при вході й заварив велику чашку чаю.

Скільки разів у житті моє неправильне тлумачення фактів і жестів інших приводило на хибний шлях. І скільки разів ці тлумачення могли спонукати мене ухвалити помилкові рішення? І якою мірою все це вплинуло на мій життєвий шлях?

Образ Крістен, моєї колишньої, промайнув мені перед очима. Те, що спонукало мене її покинути, ґрунтувалося на реальності... чи на неправильному тлумаченні того, що в її поведінці змушувало мене страждати? Либонь, неможливо знати...

Я спробував прогнати все це з голови.

Я зателефонував коучу з *media training*. Терміново призначив зустріч. Сьогодні, на 17 годину.

І взявся продумувати, як я говоритиму про свою останню книжку у передачі Опри. Мені також спало на думку скласти перелік усіх делікатних запитань, які вона може мені поставити, і знайти на них переконливі відповіді. Але в голові постійно виникала Крістен.

Наближався полудень, і я не витримав. Мусив дізнатися.

Крістен одразу ж зняла слухавку, вочевидь здивована моїм дзвінком, однак у доброму гуморі і відверта для розмови. Ми обмінялися кількома приємними банальностями, потім я вирішив промацати ґрунт.

— У тебе зараз є хлопець?

Коротка пауза.

— Так. Між іншим, ти його знаєш, це Крістофер.

— Крістофер Рабін?

— Так.

Але це неможливо! Крістофер Рабін був сусідом Крістен, найрозкутішим із тих, кого я знав, завжди джинси-кросівки-світшот. Цей хлопець був антиподом чоловіків, з якими вона зазвичай зустрічалася, коло неї, мов оси коло м'яса під час обіду в літньому саду, завжди роїлись багаті, вбрані з голочки піжони-нікчеми.

— Я гадав, що ти любиш тільки типів, які вихідними вбираються в костюми від Армані.

— Зовсім ні. Я завжди віддавала перевагу чоловікам, які не сприймають себе серйозно.

Я не міг отямитись. Але мусив за будь-яку ціну обговорити справжній мотив мого дзвінка.

— Хотів про дещо з тобою поговорити. Тобі це може видатись дивним, але хочу, щоб ти знала, що я телефоную не з метою докорів, аж ніяк, але певний час мене мучить питання і...

— Що саме ти хочеш знати?

— Бачиш, якраз перед тим, як ми розійшлись, я...

— Коли ТИ мене покинув. Я змирилась.

— Е-е-е... так, справді. Перед тим, як я тебе покинув, ти анулювала раз за разом дві вечері, два запрошення, одна у мене вдома, друга — в ресторані. І щоразу ти це робила дуже лаконічними повідомленнями. Типу, швидко відписатись. Не знаю, чи ти пригадуєш...

— Так, і дуже добре.

— Бачиш, я ніколи не запитував, чому ти анулювала ті вечері... Тоді я вирішив, що тобі набридло і ти не хочеш продовження, що я, зрештою,

169

не той тип чоловіка і ти в такий спосіб хочеш мені повідомити, що між нами все скінчено...

— Що за маячня! Ти спроектував на мене свій принцип дії, старий! Ми, жінки, не боягузки. Коли хочемо покласти край стосункам, кажемо про це — і край.

Я відреагував:

— А есемески?..

— Усе дуже просто: першого разу виникла нагальна справа на роботі. Треба було докладно переглянути досьє одного клієнта на ранок наступного дня. Я добре пам'ятаю, бо есемеску писала на зборах. Наступного дня, поспавши чотири години, о сьомій я була вже готова, щоб довести справу до кінця. Просто не було часу подумати про тебе. Причина другої відмови ще гірша. Мій батько потрапив по швидкій у лікарню. Я була у нього в палаті перед операцією. Користуватись мобільними телефонами було заборонено, але я все-таки ввімкнула свій, щоб швидко надіслати тобі повідомлення. Я цього не забуду... Ми три дні чекали, як вирішиться його тяжкий стан. Він видряпався, але було гаряче. У такі моменти усвідомлюєш, що життя тримається на ниточці... Саме тому його не слід сприймати надто серйозно.

## 13

Волл-стріт падав. Чикаго падав. Лондон падав. Токіо падав. Париж падав. Франкфурт падав...

Баррі Кантор розгорнув *Wall Street Journal*, рукою відсунувши стос сьогоднішніх газет на столі.

Уся преса розповідала, що палій узявся за інвестиційні фірми. Вони утримують значну частину світової економіки... Виступати проти цих фірм означало гратися з опорами карткового будиночка.

Баррі Кантор зняв слухавку і набрав президента. Він мав скористатись очевидною невдачею лабораторії в Форт-Міді й переконати його назавжди зупинити цей вартісний проєкт.

* * *

**Вашингтон, DC. Осідок ФБР**

Повертаючись із туалету, Роберт Коллінз помітив миготіння червоної кнопки на стаціонарному телефоні. Водночас завібрував і мобільний.

— Коллінз.

— Джессіка, з центральної. Я щойно залишила вам повідомлення на стаціонарному телефоні.

— У чому річ?

— Тривога в одній із бостонських веж: щойно пролунало повідомлення про евакуацію, музика з «Поклику лісу» звучить і досі. Зараз середина робочого дня, у вежі повно людей. Це призвело до масового безладдя. Вже є поранені.

— Ім'я й адреса вежі.

— Вежа Стейт-стріт на Лінкольн-стріт, 1, Бостон, Массачусетс.

Він швидко поклав слухавку й набрав номер інженера, якому доручив стежити за хакерством в інтернет-мережі аудіосистем веж.

— Це ви, Стане?

— Так.

— Це Коллінз. Почалося, у нас нова атака. Записуй швидше адресу: вежа «Стейт-стріт» на Лінкольн-стріт, 1, Бостон, Массачусетс. Музика звучить досі. Знайди мені цього негідника і чимшвидше визнач його місцезнаходження.

— Буде зроблено, — сказав Стан і від'єднався.

Роберт стукнув кулаком по столу.

— Я його таки схоплю! — промовив він, стиснувши щелепи.

Це — його справа. Він знав це від самого початку. Її зможе вирішити він, і ніхто інший. Ані дурнуваті *Remote Viewers*[1], ані Ґленн зі своїми

---

[1] Дистанційні візуальники. (*Тут і далі прим. перекл., якщо не зазначено інше.*)

172

ідіотськими передчуттями. Його подолають тільки логіка й інтелект.

Уявляючи Ґленна вчора, який марно стоїть на посту в Колумбусі, тимчасом як палає будівля у Веллі-Форджі, він радів, що не захотів із ним їхати. Фіаско в Колумбусі принесло йому певне задоволення. Він цим не пишався, але це було саме так.

*Зараз палій у Бостоні... Вчора ввечері у Веллі-Форджі, а наступного дня вранці вже за п'ятсот кілометрів? Йому складно діяти одному, хіба що все було докладно організовано кілька місяців наперед. Малоймовірно.*

*Ворушись, Стане, ворушись.*

Роберт нервово потарабанив пальцями по столу, потім підвівся, підійшов до вікна, знову заходив по кабінету. Наразі він міг тільки пасивно чекати й саме це люто ненавидів.

*Ну ж бо, Стане, ворушися.*

Він почувався наче в клітці, як той танцівник хіп-хопу, якого змусили дві години медитувати в позі лотоса.

Нарешті озвався стаціонарний телефон, він ухопив слухавку.

— Так, Стане!

— Є, я його локалізував.

— Давай адресу.

— Сентрал-стріт, 2, Сомервіль, Массачусетс. Останній поверх, квартира 23. Десять хвилин від Бостона.

— Ок, записав, висилаю кавалерію.

\* \* \*

Чотирнадцятьма хвилинами пізніше п'ять агентів SWAT[1] елітної групи ФБР безшумно зайшли в непримітну чотириповерхову будівлю на околиці Бостона, ще сім непомітно зайняли позицію назовні. Командир групи спритно кинувся на сходи, за ним уся команда у чорному бойовому спорядженні з голови до ніг, в шоломах і масках, у броньованому взутті й жилетах, з пістолетами-кулеметами МР-10 у руках.

Опинившись на останньому поверсі, він на мить завмер, прислухаючись до найменшого шуму, потім сторожко й повільно пішов по темному коридору до дверей під номером 23. Прислухався, марно спробував заглянути у замкову щілину й подав короткий знак підривнику групи. Той безшумно підійшов та акуратно розмістив вибуховий пристрій на дверях. Чоловіки відступили,

---

1 *SWAT (Special Weapons and Tactics Teams)* — спеціальні збройно-тактичні команди. (*Прим. авт.*)

зайняли відповідні позиції для атаки, націливши зброю на двері в очікуванні сигналу.

Командир зачекав натхнення. Цей вирішальний момент завжди найбільш хвилюючий у подібних операціях. Найнебезпечніший також. Сигнал, який він збирався подати, був точкою неповернення, починаючи з якої події нанизуватимуться неймовірно швидко й непередбачувано. Потрібно враз мобілізувати всю свою енергію при надзвичайній концентрації, щоб одним поглядом охопити всю сцену, всіх протагоністів, всі небезпеки й за мить ухвалити правильні рішення, щоб нейтралізувати одного або кількох безумців, зберігши, якщо можливо, їм життя. І, якщо можливо, самому залишитися живим…

Він глянув на своїх людей. Усі були готові.

Подав очікуваний сигнал, і підривник замкнув підривний пристрій.

Вибух був потужним, двері розлетілися на шматки в оглушливому гуркоті, який мав захопити безумця зненацька. Командир групи відчув приплив адреналіну, що його не могло подарувати жодне інше ремесло, і разом із колегами кинувся у квартиру, звідки долинув пронизливий вереск.

Напівморок.

Затягнуті штори.

Запах дичини.

Дві людські постаті на ліжку праворуч. Руки сховані. Найгірша конфігурація.

— Руки вгору! — проревів він, скерувавши на них зброю.

Подумки він виділив їм секунду до того, як вистрілить. Голі руки одразу ж виринули з-під ковдри.

— Не ворушитись!

Він тримав їх на прицілі, доки хлопці оглядали інші кімнати.

— Порожньо! — крикнув один із них.

— Нікого! — обізвався другий.

— Скрізь чисто! — підсумував третій.

За мить усі п'ять агентів стояли коло ліжка з націленою на нього зброєю.

— Підводьтеся ДУЖЕ повільно, тримаючи руки над головою!

Ошелешений начальник групи побачив, як з постелі вибираються голі й наполохані хлопець і дівчина, яким не більше ніж двадцять років. Вони повільно відступали, доки не торкнулися спинами стіни. У дівчини із заплаканими очима тремтіли вуста. Вона незграбно схрещувала ноги, марно намагаючись приховати інтимне місце, і, тримаючи руки вгорі, намагалась, однак, прикрити ліктями груденята.

Хлопець виглядав переляканим. У нього тремтіли руки й ноги.

Контраст між їхніми тендітними оголеними тілами й імпозантними, накачаними й до зубів озброєними поліцейськими у чорному бойовому спорядженні був разючим і шокуючим. Командир групи на якусь мить задумався, чи не переплутав номер кімнати, але впевнився, що ні. Чи ж це помилка колег із Вашингтона?

Він ухопив халатик, що лежав на стільці, й кинув його дівчині.

— Прикрийтеся.

Вона одразу схопила й за мить одягнула його, шморгаючи носом.

Хлопець, напівридаючи, почав щось белькотіти, голос застрягав у спазмованому від страху горлі.

— Повторіть голосніше!

На смерть переляканий, з розгубленим і благаючим поглядом, він намагався побороти неконтрольовані конвульсії щелеп.

— Я... мені... дуже прикро... я... не хотів... нічого поганого... присягаю... це... просто... щоб посміятись.

## ~ 14 ~

Заклопотана Анна сиділа в лабораторії Форт-Міда сама. Невдача Тімоті Фішера і те, що він її покинув, ускладнювали справу. Якщо лабораторія не зможе задовольнити запит президента, то їй буде складно відновити свій річний бюджет через норовистість Сенату. А можливо, він цього взагалі не захоче робити. Від самого початку пошук фінансування був предметом складних трансакцій. У Сенаті проєкт щоразу опинявся між молотом і ковадлом двох опозиційних груп: прихильників ультрарелігійних поглядів, для яких дослідники із Зоряної брами прагнули суперничати з Божим задумом, та прибічників ультрараціонального підходу, для яких цей проєкт був низкою марень.

Але вперше виник ризик справді опинитись у глухому куті.

Тепер, коли Анна втратила свої інтуїтивні здібності, її невдача з формуванням нової групи *Remote Viewer* ставала безпосередньою загрозою особисто для неї, а також компрометувала тяглість проєкту. Скрутній ситуації, в якій вона опинилася, не позаздриш. Анна відкинулася на спинку крісла і глибоко зітхнула.

Тімоті її розчарував. Вона так вірила в його потенціал і гадала, що він, швидко опанувавши метод, застосує його у справі підпалів. Чому ж він зазнав невдачі геть у всьому? У його останній візуалізації ніщо не надавалося для захисту, і Роберт Коллінз цим просто насолоджувався, він і так ніколи не приховував свого скептицизму.

У відчаї вона взяла документ, на якому занотувала всі деталі стосовно зруйнованої будівлі, й уважно їх перечитала, сподіваючись знайти бодай якийсь непрямий зв'язок з описом Тімоті.

Де в біса міг бути прихований той чортів номер 41? Можливо, загальна дирекція підприємства займала сорок перший поверх? Ні, неможливо, Коллінз казав, що це була не вежа, а сукупність споруд радше ширша, ніж висока. Можливо, це кількість їхніх офісів у світі? Вони, напевно, розкидані скрізь. Вона набрала у Ґуґлі «Венґард» і включила пошук.

На першій позиції офіційний сайт фірми. Вона клікнула і зайшла на сторінку про підприємство. Як і сподівалася, там був перелік офісів. Серце закалатало сильніше, коли нарахувала чотири в США. За кордоном вийшло п'ятнадцять, що давало дев'ятнадцять загалом. Аж ніяк не сорок один.

Повернулася на сторінку Ґуґл, а тоді клікнула на ярличок «Відео». На екрані з'явилися десятки результатів, пов'язаних із «Венґардом», здебільшого інтерв'ю з керівниками, фінансистами, економістами. Ось і відео CNN під назвою «Пожежа у «Венґарді», знята з висоти». Вона клікнула на нього.

Подію було знято з дрона чи гелікоптера. Будівлю було видно досить здалеку. Полум'я роздирало ніч посеред темної зони, цілком певно заліснeної території за містом. Потім камера наблизилася, повільно оглядаючи всю структуру на віддалі. Видно було, що будівля складалася фактично із нечисленної групи з п'яти чи шести споруд, можливо, поєднаних між собою, — горіли всі.

Далі камера повільно набрала висоту, відкриваючи весь розмах пожежі. Анна подумала про всіх переляканих працівників, які в паніці кинулись утікати, можливо, в навколишній ліс. А скільки їх, оточених полум'ям, залишилося всередині? В усі часи вогонь був одним із найбільших страхів для людини.

Анна не могла відірвати очі від екрану, він наче магніт притягував погляд своїм зловісним видовищем. Раптом, коли камера дала загальний огляд всієї сцени, її серце стислося. Вона завмерла і навіть перестала дихати.

Будинки були розміщені особливим чином. Якщо дивитись згори, вони утворювали палаючу цифру 4 посеред лісу. А поруч — майже досконала цифра 1: у темряві вирізнялася світла, осяяна вогнем поверхня видовженого паркінгу.

## 15

Просторий, гарний кабінет Баррі Кантора в Білому домі був залитий сонцем, крізь широкі вікна можна було милуватися високими деревами у вилизаному до найдрібніших деталей саду. Дивлячись на високу стелю, прикрашену ліпниною й обрамлену елегантним карнизом, пройоми, прикрашені пілястрами з канелюрами й увінчані скромними капітелями, стіни кремового кольору і білі дерев'яні панелі, можна подумати, що ми в помешканні Великого Ґетсбі. Ґленн бував тут неодноразово, і його щоразу охоплювали емоції від думки, що він перебуває за кілька кроків від Овального кабінету: від кабінету радника його відділяли їдальня та Зала засідань.

Товстий килим вбирав звуки, сприяючи спокійній позачасовій атмосфері, що майже контрастувало з динамізмом самого радника президента.

— Не дуже радійте, — озвався Роберт Коллінз своїм скрипучим голосом, — метео анонсує повернення туману сьогодні ввечері.

Ґленн стримав усмішку. Роберт мав похмурий настрій відтоді, як його велика ідея зловити хакерів мережі спалених будівель привела всього-навсього до арешту жартівника. Палій осідку «Венґарда» подбав про те, щоб не залишити анінайменшого сліду на своєму шляху.

Баррі Кантор також зайняв місце за невелим столиком з червоного дерева для засідань і взяв слово:

— Мета нашого зібрання — ухвалити рішення щодо нашого плану. Пані Саундерс, ви кажете, що ваш інтуїтивіст, врешті, мав рацію при описанні цілі...

— Справді, — підтвердила Анна. — У його звіті йдеться про сіро-рожеву будівлю та наявність цифр 4 і 1. Ось повітряне фото осідку «Венґарда» у Веллі-Форджі. Споруди дійсно рожеві й сірі й сукупно утворюють обриси цифри 4, а паркінг обіч нього — цифру 1.

Кантор узяв поданий нею документ і розглянув.

— Цього не заперечити, — підтвердив він. — То чому ви пішли хибним шляхом?

— Ми невдало витлумачили звіт Тімоті Фішера, — сказав Ґленн. — Було цілком очевидним, що 41 вказує на адресу, тим паче що одна з фінансових фірм розміщувалась у сіро-рожевій будівлі й мала 41 в адресі. Це, безумовно, підштовхнуло нас до помилки.

— У цьому й полягає проблема з *Remote Viewing*, — поквапився додати Роберт. — Він дає сиру інформацію, з якою невідомо що робити!

183

Баррі Кантор замислено похитав головою.

— Це, власне, те, що ЦРУ ставив на карб інтуїтивістам «Золотої брами», — промовив він. — Багато точної візуалізації, але її майже не можна використати...

Анна глянула на них, але промовчала.

— Разом із тим у нас немає жодних інших зачіпок, — сказав Ґленн. — Краще мати загадкові інформації, ніж не мати жодних.

— Це видається очевидним, — погодився Баррі Кантор. — Треба повернути Фішера й продовжити.

— Я спробую переконати його повернутись, — сказала Анна.

Кантор насупив брови.

— Переконати?

— Він вважає, що це поразка, і повністю демотивувався. Окрім того, має підготуватися до телепередачі. Його запросили на передачу Опри Вінфрі, яка буде за кілька днів. Він грюкнув дверима. Я нічого не гарантую, але спробую вмовити його змінити думку.

— Він пішов, тікаючи від невдачі, — сказав Кантор. — Якщо ви розкажете про його успіх, у нього виникне спокуса продовжити роботу.

Роберт стенув плечима.

— Ми марнуємо час, бігаючи за норовистим інтуїтивістом.

— Ви також несете за це відповідальність, — сказала Анна. — Ви були налаштовані проти з першого тренування.

— Його треба переконати залишитися, — мовив Ґленн, обернувшись до колеги. — У нас немає вибору; сам знаєш, що на розбирання підірваних будівель підуть тижні, тільки тоді поліційні експерти зможуть почати обстеження. А скільки ще будівель підірве цей божевільний за весь час? Скільки людей загине?

— Наразі інформації про ймовірну кількість загиблих немає, — заперечив Роберт.

— Це стане відомо тільки після розбирання завалів. Ти можеш узяти на себе ризик очікування?

Запала мовчанка... яку Роберт досить скоро розбив своїм різким голосом, опустивши очі:

— Гаразд, продовжимо з Фішером. Але годі гаяти час, йому слід одразу дати ЛСД.

Ґленн глянув на Анну, обличчя якої разом потемніло.

— Ми вже говорили про це в минулому, — різко сказала вона. — І я на цьому стоятиму далі.

— Цього вимагає ситуація, — сказав Роберт.

— Абсолютно виключено, — повторила вона.

— Ми всі знаємо, що ЛСД подвоює інтуїцію.

— А також те, що цей наркотик зіпсує йому життя, — продовжила вона.

— Це не такий і важкий наркотик, — озвався Баррі Кантор. — Не можна стати залежним від кількох доз.

— Авжеж, — підтвердив Роберт.

— Проблема не в тому, ви добре це знаєте. Вам відомі дуже особливі ускладнення, які цей наркотик може мати на нього. Вам, як і мені, відомо, що це покладе край його кар'єрі письменника.

У розмові виникла незручна пауза.

— Ситуація дуже серйозна! — раптом сказав Кантор. — Волл-стріт падає, і в його фарватері опиняються біржі всього світу. Президенту дзвонив прем'єр-міністр Японії, французький президент, німецький канцлер та багато інших осіб. Ми маємо зробити все, щоб якнайшвидше зупинити цього шаленця.

— Можливо, але це не причина, щоб зашкодити одній людині, — заперечила Анна. — Я абсолютно проти.

— У грі інтереси держави, пані Саундерс, — сказав Кантор. — Цей палій — загроза рівновазі нашого суспільства.

Анна глянула йому просто у вічі.

186

— Ми живемо не при диктатурі. У цій країні повага до індивідуального життя стоїть вище від інтересів держави.

Вона замовкла, і тиша запала в кімнаті. Ґленн подумав, що Анна зіграла вдало: раднику президента важко заперечити одну з підвалин ліберальної демократії, тим паче в стінах самого Білого дому.

— У будь-якому разі Фішер має продовжити, — сказав Кантор.

— Якщо він захоче припинити підготовку до передачі з Опрою, — зазначив Роберт. — Не так і просто зробити, щоб у нього виникло бажання повернутися...

— Ця передача справді геть недоречна зараз, — сказав Ґленн.

— Робіть що хочете, але переконайте його, — наказав Кантор.

— Спробуємо, — відповів Коллінз.

— Мені потрібні не спроби, а результати.

\* \* \*

Я сидів за столом перед вікном свого будиночка і не міг відвести очей від екрану комп'ютера. Анна зателефонувала мені й повідомила новину, я захотів констатувати це сам, на власні очі побачити образ місця, розрізнені елементи якого мені, схоже, вдалося вловити.

Але супутникова зйомка «Венґарда» в Ґуґлі, якщо вона справді відповідала моєму звітові, ні про що мені не говорила, ні в чому не відображала внутрішні образи, які в мене могли виникнути під час сесії *Remote Viewing*. Я не впізнавав місця, не візуалізував його таким, як бачив на екрані. Я всього лише вловив елементи, які вочевидь його складали, фрагменти, позбавлені індивідуального значення, немовби інформація прийшла до мене не в наповненій сенсом цілісності.

Це розбурхувало уяву і дуже тривожило.

Я поцікався в Ґуґлі про відстань між Форт-Мідом і Веллі-Форджем. Сто вісімдесят кілометрів! Скажімо, сто п'ятдесят пташиного польоту. Мусив зізнатися, що попередні пояснення Анни про припустиме функціонування інтуїції не могли заспокоїти моє здивування, вдовольнити моє нерозуміння. Для мене цей подвиг був геть ненормальним! Хіба можливо, щоб мій розум зміг вловити інформації, розміщені за сто п'ятдесят кілометрів від місця, де я тоді перебував?

І, до речі, це справді був мій розум? У якийсь момент я усвідомив ці інформації, отже, моя свідомість мала до них доступ? Яким чином? Я знову й знову ставив собі це запитання, намагаючись розглянути різні можливості, та що більше я шукав раціональних і заспокійливих пояснень, то більше мене охоплювало сум'яття перед нездатністю їх знайти; поступово всередині мене наростала крайня розгубленість у передчутті відповіді, яка напрошувалась, тимчасом як я намагався прогнати її з голови.

Від цієї відповіді паморочилась голова, адже вона повністю перевертала догори дриґом усе, що я знав, як досі думав, про себе, про своє життя, про моє розуміння світу й Усесвіту. Досі я вважав, що моя свідомість — це плід моєї мозкової діяльності: вона виникала з мого мозку, вона була плодом його функціонування. Але якщо це справді так, то як вона могла доступитися до інформацій, розміщених за сто п'ятдесят кілометрів від мого мозку? Була лише одна можлива відповідь — відповідь, яка розхитувала все, в чому я був упевнений: моя свідомість перемістилась у те місце, щоб вловити там якісь шматочки.

Коли я спробував збагнути, що за цим стоїть, довкола все закрутилось, ніби я опинився в епіцентрі циклону: якщо моя свідомість може переміщатись в інше місце, то чи вона справді міститься в мойй черепній коробці? А якщо вона не залежить від мого фізичного тіла, то чи це справді моя свідомість?

## 16

Жодної новини з місця розкопок на трьох руйновищах. І абсолютно незвична річ — жодної вимоги від палія. Як це пояснити?

Роберт Коллінз терпіти не міг ситуації, коли доводилося наче бігти на місці. Він кипів від роздратування, як водій «Феррарі» у нескінченному заторі.

Ґленн спокійно, повільно переставляючи ноги, зайшов до кімнати. Як він може залишатися таким безтурботним за подібних обставин? Ґленн належить до типу людей, які пройдуться пилососом по вітальні, перш ніж викликати пожежну команду до палаючого будинку.

— У мене гарна новина, — сказав той.

— Ти вийшов на передчасну пенсію?

— Я отримав від Тімоті Фішера згоду повернутися на один день.

Роберт здивовано звів брову.

— На один?

— Так.

— Просто так, він приїде, трохи побуде і поїде?

— Бодай так.

— Ми ж не в «Клубі Середземномор'я».

— Він має готуватися до передачі.

190

— Звісно, це важливіше, ніж зупинити суспільного ворога № 1.

— Роберте...

— Це все, що ти маєш мені сказати?

Ґленн сперся на підвіконня.

— Я вивчив тривалість звучання музики щоразу перед початком пожежі.

— Ти знову про цю музику?

— У різних приміщеннях тривалість різна.

— Просто випадковість.

Ґленн похитав головою.

— Такий професіонал, як наш палій, нічого не робить випадково.

— До чого ти ведеш?

— Найкращим поясненням, як на мене, є те, що він вичікує, доки збіжить час, необхідний для евакуації всіх присутніх. Він прагне не вбивати, а намагається знищити підприємства й дестабілізувати економічну систему. Це означає, що він присутній на місці й може спостерігати за евакуацією з приміщень. Якби нам вдалося опинитись на місці досить швидко після оголошення тривоги, його можна було б піймати, я певен.

Роберт стенув плечима.

— Є тисячі кабінетів, з вікон яких можна бачити вхід до кожної вежі ділових центрів.

— Звичайно, але він не може мати доступу до всіх, це неможливо. Отже, він неодмінно сидить десь у громадському місці, в пабі, ресторані, сквері чи просто на вулиці.

— І навіть якщо й так, наш хитрунчику? Ти вважаєш себе здатним ідентифікувати його серед тисяч людей, які тікають, і сотень роззяв, які за ними спостерігають?

Замість відповіді Ґленн зажував ведмедика з шоколадної пастили.

* * *

Я повернувся у Форт-Мід. Двома годинами раніше надіслав е-мейл коучеві з *media training*, повідомивши про перенесення заняття. Мені забракло сміливості це озвучити.

Вечоріло, в парку лабораторії було затишно, туман був не такий непроникний, як минулого разу. Ми вмостилися за тим самим дерев'яним столом під високими буками. Я вбирав приємні пахощі підліску й слухав посвист птахів з різних боків.

Анна попросила Ґленна й Роберта дати нам під час сесії спокій, вони підкорилися, хоча Ґленн продемонстрував своє нетерпіння роздратованим жестом. Вони пішли, запаливши цигарки. Місце позбулось аури їхнього стресу. Залишився тільки мій, бо я надалі відчував вагомість ставки, а успіх попередньої сесії примножив очікування щодо мене.

— Ми посунемо свої дії до фази 3, — сказала Анна.

— І що це означає?

— Перша фаза, як ви знаєте, полягає у встановленні природи цілі через малюнок ідеограми. У другій фазі ви входите з ціллю в контакт через відчуття і образи, які починаєте вловлювати. У третій ви маєте вловити її форму у трьох вимірах і намалювати малюнки, щоб її зобразити.

— Маю вас попередити: у малюнку я на рівні мармизка-огірочок.

— Це неважливо, фломастер сам усе зробить.

— Вам видніше...

— Фаза 3 починається, коли ви готові, коли ви достатньо відкриті для цілі.

— І... як я про це дізнаюся?

— У певний момент ви отримаєте те, що називають головним AI. Тобто головне *Avis Impactant* — сильнодіюче попередження, повідомлення. По суті, це — сильна думка про ціль, яка виникає у вас тоді, коли ви починаєте вловлювати її сенсорні характеристики. Це — знак, що ви достатньо відкриті для цілі, аби бути здатним осягнути її форму.

— Гаразд...

— Готові?

Переді мною лежав стос білих аркушів, у руці я тримав фломастер. Я глибоко вдихнув приємне лісове повітря, щоб розслабитись, змітаючи з голови всі клопоти. Почув кілька коротких щебетань пташок у кронах високих дерев, оповитих ніжним маревом туману, що сочився крізь гілки.

— Можемо починати, — сказав я.

— Рушаймо.

Як зазвичай, я написав своє ім'я, ім'я Анни, місце і час початку сесії у правому верхньому кутику аркуша, потім у лівій колонці думки й емоції, які мені заважали.

— Ціль — це нова будівля, на яку заміряється палій, — сказала Анна.

І назвала мені координати, які вона йому надала; моя рука почала рухатись...

Минуло добрі пів години, доки я впорався з двома фазами й вловив, що йдеться про споруду, тільки про споруду, що вона тверда, холодна, металева, скляна, велика, висока, там присутній блакитний колір і прозорість. У якийсь момент я почав повертатися до того самого, продукуючи синоніми. І, як не дивно, мені стало недобре. Ніби щось у мені відкидало цю ціль.

— Мені не подобається це місце. Це місце... гниле...

— Хочете сказати, що ця споруда в поганому стані?

— Ні, гниле з огляду на те, чого зазнають його мешканці. Або те, що вони пережили. Відчуваю багато емоцій, тривоги, стресу, а ще суму. Все те місце ним наче просочене. У мене враження, що з цією будівлею пов'язано багато злості й навіть ненависті. Я відчуваю їх так, наче сам перебуваю всередині серед них...

— Певним чином ви таки там... У *Remote Viewing* це називається відчуттям присутності в цілі. Це вказує на вашу велику відкритість. Це почуття і є головний AI. Запишіть це в центральній колонці.

Я зробив те, про що вона просила.

— Тепер, — сказала вона, — уявіть, що ви стоїте перед ціллю.

— Гаразд. Я уявляю себе там...

— На якій відстані ви від неї?

— Метрів за п'ятдесят, як на мене.

— На що це схоже?

— Ну...

— Спробуйте нашкрябати те, що сприймаєте...

— Ви будете розчаровані, я справді малюю паршиво.

— Усе нормально, плювати...

Я взявся зображати уривки образів, які проминали у мене в голові, але мене блокувала сама думка про необхідність передати образи в малюнках, настільки я знав про свою бездарність у цій царині. Каліка щодо рисунка.

— Гаразд, — за якийсь час сказала вона, кладучи край моїм мукам. — Зробимо так: поставте кінчик фломастера посеред аркуша, заплющіть очі й нехай ваша рука тремтить, малюючи маленькі спіральки. Ось так... Тепер, коли ваша рука рухається, нехай вона робить спіралі, а ви зосередьтеся на сприйнятті цілі, давши руці керуватись тим, що бачите, не ставлячи жодних запитань. Ось так... дуже добре...

Її методика дала свої плоди: оскільки моя рука отримала імпульс руху, вона була розблокована, і коли я, нарешті, розплющив очі, то побачив закорючки, які все-таки більш-менш зображували те, що я візуалізував.

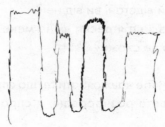

196

— Окей, — сказала Анна. — Тепер уявіть, що ви проходите повз один бік цілі, і робіть те саме. Але цього разу пропоную відійти трохи далі, десь на сотню метрів, і занотувати те, що є довкола.

— Гаразд.

Мені здавалося, що так легше дістатись до інформацій, зокрема їх представити.

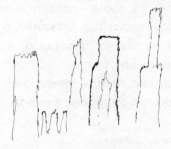

— Побачили, — сказала Анна. — Уявіть, що ви гігант, потім заплющіть очі й простягніть руку перед собою, щоб торкнутися своєї цілі в різних місцях і побачити, яку інформацію ви одержите.

Я включився в гру. Уявив себе навпроти будівлі такого ж розміру, що і я, на відстані руки, і простягнув руку, щоб її торкнутись, помацати, відчути.

— У деяких місцях вона шорстка, в деяких гладенька... я бачу блакитну пташку... і звідкись у голові виринуло слово «АДМІРАЛ»... я бачу чоловіка... з оголеним торсом... він у червоних плавках… піднімається по драбині. Гадаєте, це тлумачення?

Анна похитала головою.

— Не думаю. Не на цій стадії. Відкритість вочевидь велика, ви вловлюєте багато речей про свою ціль… Але повернімося до будівлі, опишіть, що ви відчуваєте у зв'язку з нею.

Дивно, але те, що я простягнув руку перед собою і торкався того, що, можливо, було не чим іншим, як ментальною проєкцією, допомагало мені доступитись до образів.

— Вона висока, так-так, вузька і висока. По суті, це вежа, велика, розширена в основі, ніби стоїть на виступі.

— Що ще ви бачите?

— Блакить, багато блакитного.

— Це вежа блакитна?

Я засумнівався. Простягнув обидві руки й погладив віртуальну вежу перед собою, як зробив би сліпий, щоб познайомитись із невідомим предметом.

— Я не певен, чи вся вежа блакитна… не думаю… але блакитне є, цілком певно.

— Дуже добре. Що ще?

Я намагався зібрати більше інформації… марно.

— Думаю, більше не матиму нічого…

Вона мовчки вичекала кілька митей. А тоді розбила тишу.

— Дуже добре. На цьому зупинимось. Напишіть свій висновок і позначте годину завершення. Піду покличу наших друзів.

Вона повернулась із ними за кілька хвилин. Анна сперлась на стовбур бука. Агенти підійшли до столу, Ґленн тримав руки в кишенях, а Роберт схрестив їх на грудях, ставши трохи збоку.

— Хочу одразу сказати, що не знаю, чи мої інформації можна буде використати, — попередив я.

Вони не відреагували, мовчки дивились на мене.

Я прокашлявся.

— Тоді ось: на мою думку, ціль — це вежа серед густої міської забудови, можливо, в оточенні інших веж. Навколо жодних природних елементів, води також немає. Є блакитне, характерні ознаки цієї споруди: тверда, холодна. Металева, скляна, велика, висока, має певну прозорість. Не знаю, що пережили ті, хто в ній, але там багато стресу, тривоги, суму й злості. Можливо, й ненависті. Всередині чи довкола вежі.

Я глипнув на Ґленна і Коллінза. Вони були незворушні.

Я набрався духу, перш ніж наважитись повідомити решту.

199

— Я бачу блакитну пташку і слово «АДМІ-РАЛ», а також чоловіка в червоних плавках, який піднімається драбиною.

Я глянув на них. Їхні обличчя були непроникні.

— Оце і все, — сказав я.

Мертва тиша.

Анна показала їм мої каракулі.

— Можливо, це зачіпка, щоб спробувати іденти-фікувати вежу серед ділових центрів країни...

Роберт закотив очі до неба, не зронивши ані слова. У мене майнула думка, чи не вмовила його Анна мовчати. Але вираз його обличчя був таким же виразним, як і слова.

Ґленн озвався статечно, тоном, який, вочевидь, хотів бути приємним, але це надавало йому такої патерналістської коннотації, що викликало радше роздратування, ніж приємне відчуття. Йому, на-певно, також дали інструкції мене не ображати.

— Я не зовсім певен, що ці елементи зможуть нам прислужитись у такому вигляді... Чи можете ще щось додати?

Я похитав головою.

— З огляду на те, що в кожному американсько-му місті є свій діловий квартал з хмарочосами, а ваше крокі схоже трохи на те, що бачимо... е-е-е... скрізь, буде... не так і легко щось встановити.

— Я погано малюю, — сказав я, — але образ вежі досить чіткий у мене в голові. Гадаю, я міг би її впізнати, якби побачив.

Ґленн зажурено похитав головою.

— Якщо нам доведеться роздобути й показати вам фото тисячі веж, аби ви могли вибрати якусь одну, вона до того часу вже впаде...

— А який однострій в адмірала? — запитав Роберт, вийшовши з аутизму. — Білий?

— Не знаю. Власне, я побачив слово, а не форму.

— Адмірал і багато блакиті — це, природно, наштовхує на думку про море. Йдеться про місто на узбережжі?

— Важко сказати: я не вловив води на місці цілі. Звісно, це може бути й місто на узбережжі, але в такому разі вежа стоїть не на березі.

Знову запала тиша.

— А ще була блакитна пташка і чоловік у червоних плавках? — уточнив Ґленн.

— Так.

— Взимку? — сказав Роберт. — Тоді ціль знаходиться на Багамських островах, а не в нас!

— Це фіскальний рай, — сміючись сказав Ґленн. — Там має бути чимало фінансових контор!

— По суті, пташка схожа радше на хижу, ніж на острівну.

Роберт скривився.

— Гаразд, — промовив він, повеселішавши, — працюємо з тим, що маємо.

Узяв мобільний телефон і подзвонив.

— Складіть перелік усіх фінансових фірм, що розміщені на вулиці, яка названа на честь адмірала або її назва є омонімом до слова «адмірал». Негайно!

— Або ж це може бути фірма, в логотипі якої є адмірал, — запропонував Ґленн.

— Адмірал як логотип? — засумнівався Роберт.

— Так, як адмірал Родні чи адмірал Нельсон.

Роберт роздратовано зиркнув на нього.

— Ми шукаємо фірму трейдерів, які крутять бабками, а не контору торгівців пивом, які цідять білий ром.

Ґленн усміхнувся.

— Справді, ті хлопці більше вливають у страхування життя, ніж у горілку.

Раптом Анна скрикнула:

— Дивіться, метелик!

Ми підвели голови, вона вказувала на метелика, який кружляв довкола нас.

— І що?

— Є метелик, якого звуть Білий адмірал! Місце може бути пов'язане з метеликом!

Мить замішання, а тоді Роберт знову взявся за телефон.

— До пошуків додайте фінансові контори, в логотипі яких є метелик або ім'я чи адреса якось із ним пов'язані.

— Не варто, — сказав я. — Гадаю, я знайшов.

Усі погляди зосередилися на мені.

— *Білий адмірал* — це символ Нью-Йорка.

Якусь мить ніхто не реагував.

— *Метелик?* — з недовірливою гримасою перепитав Роберт. — Метелик є символом Нью-Йорка?

Я підтвердив кивком.

— Це його офіційний символ, але про це відомо тільки нью-йоркцям, а ще...

І додав:

— А на прапорі міста — блакитний орел.

* * *

За півтори години ми летіли на гелікоптері над Мангеттеном у променях призахідного сонця. Ґленн і Роберт намагалися показати мені фото з інтернету нью-йоркських веж, але жодна не була схожа на ту, що я візуалізував, знімки були зроблені під іншим кутом.

— Ви тільки те й робите, що літаєте з Нью-Йорка у Форт-Мід і назад, — крикнув Роберт, перекриваючи гул мотору. — Треба було купити вам абонемент!

Сили безпеки й пожежники були попереджені. Всі в тривозі чекали наших інструкцій. Пілот змусив нас вимкнути телефони, наші накази він міг передати по бортовому радіо.

— Ворушіться, — раптом сказав мені пілот. — Є туман, стає небезпечно, ми ж не можемо літати тут вічно.

Ворушитись, ворушитись... Як я мав тут ворушитись? Я не зводив очей із лісу хмарочосів під нашими ногами. Я вдивлявся в них зусібіч. Обводив поглядом переплетіння веж у пошуках ментального образу, який мені з'явився. Це було нелегко, бо він прийшов до мене вдень, тоді як у місті западали сутінки. Запалювались і звідусіль блищали тисячі вогнів, нічого не можна було розгледіти.

За нормальних обставин я залюбки політав би над Мангеттеном уночі. Але зараз я був повністю мобілізований на те, щоб вчасно визначити ціль, і переживав, що не зумію. Всі на борту відчували тиск, я це відчув, так само, як відчув наслідок цього тиску в своєму тілі; моя грудна клітина стиснулася, горло пересохло, а звукові вібрації мотора глухо відлунювали у черепній коробці.

Гелікоптер методично пролітав по квадрату над містом, зі сходу на захід і з заходу на схід, повільно просуваючись на північ, на кожному віражі ми лягали майже на бік. Але я був надто поглинутий своєю місією, щоб боятись.

Ті незліченні вежі були схожі одна на одну, геть безликі, банальні далі нікуди, а відтак нерозпізнавані. Тільки кілька з них виділялись із того тлуму своїм розміром і демонстрували свою знайому зовнішність.

Це передусім Всесвітній торговий центр ліворуч, далі трохи північніше — Емпайр-стейт-білдінг, трохи вище — Крайслер-білдінг. Я вгадував розміщення Вашингтон-Сквер-парк, який скидався на темну розриту яму. Впізнав житлову вежу під номером 432 на Парк-авеню, схожу на ванільну вафельку, вузьку й високу, потім ми підлетіли до Центрального парку.

— Зараз полетимо на схід парку, — сказав пілот.

Що довше ми облітали квартали, то більше я усвідомлював, наскільки неможлива моя місія. Вежі накладались одна на одну своєю бездушною потворністю. Відповідно до того, як вони пропливали перед моїми очима, жах дедалі більше хапав мене за горло і душив, бо я навдивовижу ясно

205

розумів: хай би якою виразною була візуалізована мною вежа, я ніколи не розпізнаю її серед цього бетонного стовповиська.

На півночі Центрального парку хмарочоси рідшали, поступаючись місцем будівлям, висота яких була значно скромнішою порівняно з моєю ціллю.

— Давайте розвернемось і пройдемо над західною частиною парку. Чи не могли б летіти трохи повільніше? Ми летимо надто швидко, я не все можу розгледіти...

— Ок.

Гелікоптер намалював коло до Гудзона і пірнув на південь.

Я знову гарячково вдивлявся в кожну будівлю — марно.

Діставшись південного кінця парку, гелікоптер знову взявся прочісувати територію зі сходу на захід і з заходу на схід.

Щойно я її зауважив, я знав, що це вона.

— Он там, — закричав я, вказуючи пальцем. — Ота вежа, там...

І коли я читав освітлену назву на її верхівці...

— Барклі!

...мені на очі натрапив її логотип.

Блакитний орел.

206

— Це вона! Я певен!

Моє серце гупотіло зі швидкістю сто п'ятдесят ударів. Збудження сягнуло пароксизму. Тілом пробігали нервові спазми.

Оскільки сусідні споруди вищі за неї, я не помітив її при першому обльоті.

— Швидше телефонуй на базу, — гукнув Роберт до пілота.

Кожен затамував подих, але відчувалася стримана екзальтація всієї команди.

Пілот набрав номер і вмикнув голосний зв'язок, почулося шипіння, потім потріскування голосу співрозмовника.

— Отримано, — сказав той. — Я передав інформацію. Залишайтесь на лінії.

Гелікоптер трохи наблизився до вежі Барклі, залишаючись на відповідній висоті. Скатертина туману витала над її дахом, створюючи ореол пухнастої вуалі.

Минуло тридцять чи сорок секунд, аж лінія знову почала шипіти.

— Їх уже поінформували, — сказав тріскучий голос. — Тридцять вісім хвилин тому було дано сигнал тривоги. Людей з вежі евакуювали.

— Таку мать! — скрикнув Роберт, б'ючи кулаком по лівій долоні.

Дізнавшись, що вежу евакуювали, я був страшенно розчарований, а водночас радий, що моя інтуїція виявилась точною. Але фрустрація домінувала...

— Гляньте, — раптом гукнула Анна. — Чоловік на даху!

Скатертину туману трохи віднесло вбік, і ми справді побачили людську постать на вершечку хмарочоса. Це був трохи дивно вбраний чоловік, який нагадував римлянина в тозі. Він розмахував, піднятими до неба руками, помітивши нас.

— Господи! — сказала Анна. — Пожежа вже почалася...

Змішуючись із туманом, над вежею повільно піднімалися клубки диму.

Я був ошелешений.

— Він не зможе втекти, — сказав вражений Ґленн.

Роберт похитав головою.

— Він приречений.

— Його треба забрати! — сказала Анна пілоту. — Сідайте на дах!

— Неможливо.

— Звісно, що можливо! Там досить місця, гляньте!

— Надто ризиковано.

— Не можемо ж ми дивитись, як він гине на наших очах! Годі гаяти час, давайте за ним!

Пілот похитав головою.

— Дивіться: з ліфтової шахти виривається вогонь. Він надто зменшує видимість, не говорячи про туман. Маневр дуже небезпечний. Я не можу сісти.

— Тоді киньте йому канат, — сказала Анна, — чи ще щось, мусить же бути засіб забрати його на борт.

— На гелікоптері є мотузяна драбинка на кінці троса. Але цей чоловік не зможе піднятись на борт. Кабель прикріплений під апаратом і не підведений до дверцят. Він призначений для того, щоб перевозити військових у підвішеному стані, а не для того, щоб піднятись у кабіну пілота.

— Нехай учепиться за драбинку, — сказав я, — ми його десь опустимо.

— Буде чистісіньким божевіллям переміщати його у повітрі, — сказав пілот. — Драбинка метляється в різні боки. Він не тренований військовик: не втримається.

— Краще спробувати, ніж його приректи! — вийшла з себе Анна.

Її голос відлунював у кабінці, чутно було тільки гудіння мотора.

Анна мала рацію. Ми не могли відлетіти, нічого не спробувавши. Цього не можна було допустити…

— Дим густішає, — зауважив пілот. — Маневр буде дуже небезпечний. Не кажучи вже про сильний жар із ліфтової шахти, звідки з хвилини на хвилину можуть почати вилітати язики полум'я. Я не можу самостійно взяти на себе ризик піддавати кожного з нас смертельній небезпеці, підлетівши ближче.

На якусь мить запанувало замішання, доки ми усвідомлювали, що на кону наше власне життя…

— Я… готова так ризикнути, — не зовсім упевнено промовила Анна.

Ґленн похитав головою, стиснувши губи із сердитим виглядом. Відчувалося, що в ньому відбувається жахливий внутрішній конфлікт. За мить він таки повільно кивнув.

— Я також, — промовив він.

Щодо мене, то я боявся, дуже боявся. Але чи міг я погодитись, щоб невинна людина загинула через мою відмову ризикнути? Як я зможу спокійно жити, маючи це на сумлінні?..

— Я також, — мовив я ледь чутно.

Правда полягала в тому, що я, навпаки, мріяв якнайшвидше відлетіти від вежі й опинитись на твердій землі.

Усі повернулись до Коллінза.

Він сидів із серйозним застиглим обличчям. І дивився просто перед собою, мовчазний, непроникний.

— Зараз або ніколи, — сказав пілот. — Дим густішає.

— Роберт? — озвалась Анна.

Він не ворухнувся.

Ми всі були підвішені до його вуст.

І тоді я збагнув, що таємно сподіваюся на його відмову, сподіваюся, що він візьме на себе відмову приреченому, забезпечить мені порятунок, не навантажуючи моє сумління. Мені стало соромно за свій егоїзм, я щосили почав бажати, щоб Роберт також погодився.

— Окей, — нарешті кинув він.

— Я спробую, — сказав пілот. — Якщо не вмієте молитись, маєте тридцять секунд, щоб навчитись.

Ґленн перехрестився.

Анна закусила нижню губу.

Гелікоптер повільно наближався до даху хмарочоса, втрачаючи висоту. Чорний дим лизав віконця кабіни, оточуючи нас.

Мертва тиша панувала в кабіні.

Гелікоптер завис за добрий десяток метрів над дахом.

211

Пілот потягнув за ручку, і через частково за-
склений каркас низу я побачив, як під гелікопте-
ром розгортається мотузяна драбина.

Тепер чоловіка було видно трохи краще.
Сорокалітній чоловік стояв, загорнувшись в якусь
шаль чи шматок тканини.

Пілот узяв у руки мікрофон. Його голос відлу-
нював у кабіні.

— Станьте на першу сходинку драбини і три-
майтесь, — наказав він. — Не намагайтесь підні-
матись. Повторюю: по драбині не піднімайтесь.
Тримайтесь міцно, ми вас кудись перенесемо.

Чоловік не змусив себе просити. Він зловив
мотузяну драбину і став на першу перекладину,
спровокувавши одразу ефект маятника.

Унаслідок цих рухів тканина, яка прикривала
його плечі, впала.

Він був у плавках.

Вони були червоні.

Кожен на гелікоптері затамував подих. Апарат трохи піднявся і дуже повільно перемістився вбік. Нас оповивав дим, і я питав себе, як пілоту вдається орієнтуватися. Коли ми відлетіли від краю вежі, чоловік завис над порожнечею. Подумки поставивши себе на його місце, я різко відчув запаморочення в усьому тілі. Я не зводив очей від урятованого, потерпаючи від думки, що він може не втриматися на драбині. Гелікоптер повільно піднявся, наміряючись проминути сусідні вежі, що були вищі за нашу. Клубки диму поступилися місцем туманним випарам, які, здавалось, об'єдналися, щоб оточити нас білою ватою й приховати небезпеку.

На борту панувала цілковита тиша. Ми були бліді.

Ґленн, як і я, дивився на врятованого крізь маленьку шибку під ногами. Анна закрила обличчя руками. Роберт втупився вдалину.

Туман став таким густим, що я не міг бачити низ мотузяної драбини. Я боявся, що ми вріжемось у якусь вежу. Пілот просувався навпомацки, спираючись на пам'ять про розміщення сусідніх веж, усі вони були вищі за вежу Барклі. Мандражуючи, я вже жалкував стосовно свого

213

вибору надати допомогу цьому нещасному. Ми заплатимо за це своїм життям, цілком певно...

Я знову зиркнув під ноги: навіть мотузяна драбина була оповита туманом і зникла з виду...

— Чи нормально те, що раптом стало тхнути керосином? — запитав я.

У відповідь тільки рокотання мотора. Пілот, вочевидь, був зайнятий чимось іншим.

— Це тому, що ми піднімаємось дуже повільно, — відсутнім тоном пояснив він.

— Чи часто гелікоптери потрапляють в аварію? — запитав Ґленн.

— Стули писок, — звелів Роберт.

Від того, що я побачив, у мене захолола кров.

Анна голосно скрикнула.

Ми знову могли бачити драбину. Але на ній не було пасажира, вона в'яло розхитувалася в усі боки.

— Що сталося? — крикнув пілот.

Я був наче паралізований і не міг сформулювати весь жах ситуації.

Анна мовчки плакала, затуливши обличчя руками. Ґленн був геть ошелешений.

— Що сталося? — голосніше крикнув пілот.

— Вони плачуть, бо той тип упав, — пояснив Роберт.

Глибока ніяковість заполонила кабіну, важка, наче свинець, вона здушила нам горло. Мені було геть недобре. Нечутливість Роберта мене обурювала. Він вимовив це майже відстороненим тоном.

— І тому, що вони віслюки,— додав він.

Усі наші погляди схрестилися на ньому.

— Той тип упав з висоти одного-двох метрів, — пояснив він, — можливо, трьох. І якщо він зламав собі щиколотку, то просто незграба. Тож не треба влаштовувати тут концерт...

— Гляньте! — скрикнув я. — Ліворуч!

У просвіті між хмарами ми побачили чоловіка в червоних плавках на даху однієї з веж.

— Ви знали, що він відпустив драбину? — запитав я пілота.

— Ні. Я збирався його висадити на вежі в другому ряду. Ті, що найближчі до вежі Барклі, можуть постраждати, коли вона завалиться. Зараз викличу центральну, щоб йому відкрили вихід на даху.

Анна витерла сльози, що текли по щоках.

— Чортова кров! — промовив Ґленн, видихнувши все повітря, досі заблоковане в легенях. — Я не скоро від такого отямлюсь...

— Мені досі недобре, — озвався і я.

— І я все думаю, що саме цей тип міг робити на вежі Барклі у плавках, — сказав Ґленн.

Роберт стенув плечима.

— На останньому поверсі, напевно, є сауна чи басейн. Це зустрічається дуже часто, навіть в офісних будівлях.

— А тепер, — сказав Ґленн, — йому доведеться пройти по діловій вежі напівголим в час, коли люди виходять з роботи. Уявляєте той сором?.. Не хотів би я бути на його місці.

Роберт усміхнувся:

— Він може сказати, що банк залишив його в одних плавках.

Загальний вибух сміху задовольнив потребу одним рипом зняти накопичену напругу.

Але подумки я був не тут.

Я був цілком вибитий з колії тим, що щойно усвідомив: на момент мого сеансу інтуїції, який був за годину-дві до цього, чоловік у червоних плавках ще не піднімався по драбині... Моя свідомість не тільки перемістилась у просторі, щоб візуалізувати подію на відстані, вона перемістилась і в часі, щоб я міг вловити інформацію з майбутнього.

Година на вечерю. Пілот відмовився везти Анну у Форт-Мід при такому тумані. Змушена переночувати в Нью-Йорку, вона вирішила, що залишиться тут на весь день, щоб попрацювати зі мною над нашою справою. Оскільки я збирався покинути їх наприкінці дня, краще було скористатися цим часом разом, аніж марнувати його на непотрібні переїзди. Ґленн попросив місцеве відділення ФБР надати нам кімнату на одну добу. Ми повернемось туди після вечері, щоб провести ще один сеанс *Remote Viewing*, просунувшись далі в цьому методі, а завтра зранку зустрітись із Ґленном і Робертом та обговорити отримані підказки.

Мене переповнювала цікавість щодо подальшого розвитку методу й бажання взяти реванш. Непотрібність мого останнього, хоч і вдалого сеансу інтуїції стояла мені поперек горла. Фрустрація спонукала мене до продовження. Мені хотілося красиво все завершити.

ФБР замовило нам два номери на Мангеттені поблизу їхнього місцевого відділення, щоб я не їздив туди-сюди у неналежні години. Мені було дивно спати в готелі, коли твій дім не так і далеко звідси, але в цьому забігові проти часу важила кожна хвилина.

Гленн і Роберт зникли, щоб приєднатись до колег на місці драми. Ми з Анною вирішили швидко повечеряти разом, а тоді піти в новий робочий зал.

Коли друзі навідувались до мене в Нью-Йорк, я зазвичай водив їх у *Cantina Rooftop*, мексиканський ресторан, з вікон якого відкривалися неймовірні краєвиди на вогні Мангеттена. Але сьогодні ввечері ми мріяли забути про вежі бодай за вечерею. Тож ми вибрали невеликий дуже затишний ресторанчик з теплою атмосферою, зі стінами, оббитими тканиною у смужку мигдаль-коньяк, і сузір'ям лампочок, з-під абажурів яких із червоної міді лилося червонувате з золотистим відливом світло. Нам запропонували зручні невеликі крісла сучасного дизайну з дерева венге, оббиті сірим оксамитом.

— Мені так прикро, що мої інтуїтивні знахідки ні до чого не надалися.

— Мені також. А бракувало зовсім мало, — сказала Анна, беручи склянку «Мерло» з Напавеллі.

Ми цокнулись за успіх пожежників Нью-Йорка: вежа Барклі була спустошена вогнем, але не завалилась. Можна тільки пожаліти жертв,

218

яких було поранено внаслідок неймовірної тисняви під час евакуації.

— Літаючи оце зараз над містом, — сказав я, — я збагнув, наскільки йому притаманна чоловіча ідентичність. Усі ці вертикальні хмарочоси вишикувано в жахливо раціональній послідовності, без відчуття краси і без легкості. Лише бетон і метал, усе це грубе, холодне і стирчить...

Вона усміхнулася.

Я ковтнув червоного вина. Інтенсивний фруктовий і деревний смак.

— Причому, — сказала вона, — спочатку Нью-Йорк був дуже природним жіночним місцем. Скотт Фіцджеральд назвав його «зеленими грудьми Нового Світу»...

— А тепер це — найбільший урбаністичний центр США, квадратна сітка артерій з безліччю авто і будівлями скільки сягає око, Волл-стріт...

— Чоловічі якості завжди виграють, бо за своєю природою вони конкурентноздатні. Але жінки виграють у довгостроковій перспективі. Мати Земля поверне свої права...

Нам принесли наші замовлення: тушковану яловичину для мене і лазанью з овочами для Анни.

Ресторан був заповнений, але було негамірно.

— До речі, про майбутнє, — сказав я. — У мене все перевернулося від того, що я інтуїтивно відчув майбутню подію. Фактично... у цьому немає сенсу, це просто неможливо, адже майбутнього ще не існує. Геть незрозуміло...

Анна послала мені досить чарівну усмішку, її очі сяяли, підкреслюючи матовий колір обличчя.

— Спочатку це вибиває з колії. Потім звикають, побачите...

Вона взялась за свою лазанью.

Я спантеличено дивився на неї.

— З вами таке траплялось?

— Сотні разів, у лабораторії.

— Я не можу в це повірити, даруйте. Я не знаю, як пояснити те, що трапилось із тим типом у червоних плавках, але це заганяє в куток. Напевно, це якийсь збіг або марення, не знаю.

Вона промовчала.

— Ви ж бо розумієте, що це неможливо? — перепитав я.

— У лабораторії, — спокійно сказала вона, — було навіть передбачено історичні події, наприклад, напад на фрегат *USS Stark* у травні 1987 року, у Форт-Міді його докладно описали... за два дні до того, як це сталося.

Я труснув головою.

— У це годі повірити. Це неможливо...

Вона їла свою лазанью, ніяк не реагуючи і не дивлячись на мене. Вочевидь, моя недовіра її геть не вражала.

— Це неможливо в площині вашого бачення світу й часу.

Я поклав виделку.

— Тобто?

— Ви вважаєте, що живете у визначеному й стабільному світі, у якому відбуваються події, що перетікають з минулого в майбутнє.

— Ну... це справді видається ясним.

Оскільки вона не відповідала, додав:

— Зрештою... звісно, я не кажу, що все стабільно. Скажімо, у світі є речі інертні, як каміння й предмети, є живі істоти, які рухаються, діють, з плином часу старіють і вмирають.

— Отже, ви бачите час як постійний лінеарний перебіг подій, що йдуть одна за одною у стабільному світі, який спирається на непорушні речі, якими є матеріальні предмети.

— Певним чином, так.

— От тільки це не зовсім відповідає реальності...

— Але...

— По суті, ніщо з цього не є правильним.

Якщо в житті є щось, що виводить мене з себе, то це заперечення речей очевидних. Наче наразі вона з великим апломбом стверджувала, що її чорний светр жовтого кольору.

— Є речі, які непросто прийняти, — вела вона далі, — однак вони справжні. Буває, що наші органи чуття нас підводять, що наші відчуття виявляються помилковими, що спосіб, у який ми уявляємо речі, не має нічого спільного з реальністю.

— Певною мірою, так, я знаю...

— Досить глянути на небо, щоб побачити, що сонце начебто обертається навколо нас. Коли у XVI столітті Коперник стверджував протилежне, ніхто йому не вірив, він навіть викликав загальне обурення. Століттям пізніше Галілея запроторять у в'язницю за те, що він показав, що Коперник мав рацію. Століття було не досить, щоб змінити апріорні судження... Суд інквізиції навіть зобов'язав його відректися, змушуючи визнати, що Земля не рухається. Очевидці розповідають, що він, однак, пробурчав вбік, собі під ніс: «І все-таки вона крутиться!»

— Так, але в наш час Церква більше не контролює науку.

— Для того щоб мати хибні упередження, Церква не потрібна. Просто видимість інколи буває оманливою. Коли ми летіли на гелікоптері з Форт-Міда, небо було світло-блакитне, під нами простягалося море хмар, білих хмар, які утворювали щільну масу, через неї ми не могли бачити землю. Змалку я вважала, що на них можна стрибати й злітати вгору, як на бавовняному матрасі.

— Я також!

— А коли ми спустилися на Мангеттен, ми, звісно, пройшли крізь ці хмари, які виглядали дуже тонким, легким і повітряним туманцем, крізь який стало видно вежі. Туман не мав у собі ніякого накопичення білого матеріалу і насправді був сукупністю манюсіньких, крихких і прозорих крапелиночок води, що зависли в повітрі. Те, що нам, дітям, здавалося твердим матеріалом, насправді є здебільшого безповітряним простором, всіяним часточками води.

Анна легко постукала долонею по столу ресторану, вийшов приглушений звук.

— Ви вважаєте, що цей стіл є твердим інертним предметом...

— Це важко заперечити, — сказав я.

— Однак це не так.

Я знову відчув, як у мені наростає роздратування.

— Матеріал складається з атомів, які зібрані в молекули. І все це міцне.

— Але якби ваш погляд був досить проникливим і міг розрізнити атоми й те, що їх складає, ви знову побачили б дещо, схоже на туман: 99,9 відсотка об'єму атома складаються з вакууму, в якому плавають елементарні часточки, дуже віддалені одна від одної, і хмари електронів... А у світі часточок панують вібрації й хвилі. Там немає нічого непорушного. Навіть вакуум між часточками заряджений потужною енергією: нічого інертного... Фактично немає чогось застиглого, всі часточки перебувають у постійній взаємодії між собою. Найтвердіший камінь насправді є вібрацією полів, взаємодією сил, які створюють у нас ілюзію стабільності, хоча насправді є ефемерними: камінь перетвориться на порох.

Вона трохи помовчала й додала:

— Світ не сукупність речей, це — мережа подій.

Вона замовкла, але не зводила з мене погляду своїх блакитних очей, ніби хотіла, щоб її слова мали час дійти до моєї голови.

*Світ не сукупність речей, це — мережа подій.*

Звісно, це не відповідало моєму способу бачення речей, тобто... подій! І взагалі, уявляти, що світ спирається на тверді й міцні предмети, має в собі щось заспокійливе...

Анна, напевно, прочитала мої думки, бо додала:

— Ніщо не є застиглим, усе є непостійністю, як кажуть буддисти.

Я обмежився кивком, зберігаючи певний сумнів.

Довкола йшло жваве обслуговування, офіціанти літали між столами, приймаючи замовлення й розносячи готові страви.

— Але це не пояснює, як можна візуалізувати майбутнє, — зауважив я.

— Попереджаю, що все, що стосується часу, сприйняти ще важче.

— Спробуйте все-таки, — розсміявся я.

Вона неквапливо ковтнула вина, смакуючи його, потім набралася духу.

— У XIX столітті фізики вважали, що майже зрозуміли, як функціонує світ. Їхні рівняння влучали в точку, інколи з певними заокругленнями, і давали нам нудне механістичне бачення Всесвіту: матерія складається з атомів, які нагромаджуються в молекули, як кубики конструктора, їхнє розміщення і швидкість можна було обчислити дуже точно, гравітацію пояснювали закони Ньютона, а гази підкорялися законам термодинаміки. Час минав регулярно і постійно, Всесвіт скидався на гігантську машинерію, де все пов'язується і може бути пояснене послідовністю причин і наслідків, які обов'язково можна передбачити. Таке розчароване бачення світу було настільки тужливим, що призвело до романтичної течії в літературі, музиці й живописі: митці хотіли знову присвоїти собі життя й почуття і не знати наперед, у кого вони закохаються! Потім на зорі XX століття такі фізики, як Макс Планк і Луї де Броглі, зацікавилися світом нескінченно малого і виявили, що атоми фактично складаються зі значно дрібніших часточок... які не підкоряються законам класичної фізики! Так виникла квантова фізика. Механістичне бачення світу зазнало краху, забравши із собою достовірності класичних фізиків.

— Але який стосунок це має до часу?

— До того часу класична фізика сприймала час у візії Іссака Ньютона, він плинув регулярно й постійно у будь-якій точці Всесвіту. Але після Планка і де Броглі у 1905 році Айнштайн показав, що час зазнає впливу маси тіла й швидкості. Це було неймовірно важливе відкриття, яке все ставило під сумнів, хоча й не змінило нашого життя. Все йде так, наче нічого не трапилось.

— І... в чому саме полягає цей сумнів?

— Це означає, якщо ви візьмете два щонайточніші годинники і поставите один на рівнині, а другий на вершині гори, то згодом зможете констатувати, що вони показують різний час: на горі час минає швидше.

— Справді?

— Справді.

— Але... в такому разі який із них показує правильний час?

— У цьому-то й питання! Відповідь: немає *правильного часу*, бо немає якогось одного часу.

— Але ж це маячня! Не може бути кілька часів... у той самий час!

— Це вибиває з колії, але це те, що вимірюють. Між іншим, це враховують у функціонуванні навігаторів. Супутники, які їх ведуть, віддалені від Землі, тобто там час минає повільніше. Інженерам доводиться регулярно програмувати зміну часу на годинниках навігаторів, аби постійно компенсувати це відставання, інакше різниця в часі щохвилини зсувала б нас на десять метрів щонайменше!

— Я ніколи про таке не чув.

— Наведу інший приклад. Уявіть: напередодні обіду ви бажаєте своїй сім'ї смачного й під час їжі сідаєте у космічний шаттл. Якби існував космічний апарат, здатний летіти зі швидкістю, близькою до швидкості світла, ви повернулися б додому після обіду і виявили б... що ваша сім'я померла мільйони років тому.

Я сидів занімілий.

Анна спокійно жувала лазанью.

А в моїй тарілці лежала непочата тушкована яловичина.

— Але це немислимо, — сказав я. — Мені важко уявити й зрозуміти, що все це означає насправді. Бо якщо немає часу абсолютного, універсального, то чим з-поміж усього є ми? І, до речі, скільки нам років?

— Це настільки немислимо, що це монументальне відкриття зрештою мало позначилось на нас, як я вже казала. До Айнштайна наукові відкриття підводили нас до перегляду нашого бачення світу й до адаптації. Але цього разу ні! Це було надто запаморочливо. Відтак ми далі жили, як і раніше, так, ніби час існує в абсолюті. Навіть філософи відвернулись від науки. Доти вони нею живились, спираючись на відкриття, щоб починати міркувати по-новому, вести нові дебати. Але тут фізика стала надто абстрактною, надто складною. Великий філософ Бергсон таки спробував: він зустрівся з Айнштайном і провів з ним дебати про поняття часу. Це був справжній діалог глухих... Отже, філософи відійшли... Самі ж науковці відчули, що земля хитнулась під ногами, їм самим запаморочилося у голові від того, до чого могли призвести їхні відкриття. Тож у наш час переважна більшість з-поміж них відмовляється про це думати: фізики відвернулись від філософії. Вони поринули у свої математичні розрахунки і намагаються не думати про метафізичні наслідки своїх відкриттів і явищ, які їм вдається виявити.

Вона замовкла й усміхнулась.

— Я не збиралася порушувати цю тему з вами, — сказала вона. — І, власне, навіть боялася, що ви поставите ці запитання.

— Чому в біса?

Вона стенула плечима й занурила кінчик виделки в лазанью.

— Через острах, що ви також відчуєте запаморочення і пошлете все подалі. Я воліла б, аби ми зосередилися на сеансах *Remote Viewing*, щоб зупинити палія. Ставка просто величезна... До речі, нам не варто засиджуватися за столом...

Я вирішив узятись за свою страву.

— Утім, — сказала Анна, — попри все це, залишається багато непевностей, і врешті-решт не всі фізики згодні щодо природи часу. Зокрема дивує ось що: закони, які керують світом нескінченно малого у квантовій фізиці, зовсім інакші порівняно із законами, що діють у світі, видимому простим оком у класичній фізиці. Пояснення, чому це так, немає, але функціонують вони по-різному...

По суті, виглядає так: немовби часу і навіть простору на квантовому рівні не існує. Маю два вражаючі приклади. На початку 80-х років одному французькому фізику на ім'я Ален Аспе вдалося провести експеримент, який показав, що дві часточки, розділені великою відстанню, можуть одразу ж взаємодіяти одна з одною. Я сказала одразу, тобто передача інформації від однієї до другої відсутня: коли щось трапляється з однією з них, друга реагує одразу, хоча вони перебувають дуже далеко одна від одної. Так буває, навіть коли між ними мільйони кілометрів. Виглядає так, ніби на квантовому рівні, тобто на рівні нескінченно малих речей, простору не існує...

— Від цього справді паморочиться голова. Але заспокойтеся: наразі я не збираюся кидатись навтьоки!

Анна усміхнулась і повела далі:

— Ще більш запаморочливим є досвід щодо часу: фізик Джон Вілер, батько водневої та ядерної бомб, запропонував дослід, який показав, що дія на фотон (елементарну частинку) може змінити свою... минулу траєкторію!

— Але це неможливо! Минуле не можна змінити!

230

— Видається, що так, — продовжувала вона. — Інший великий фізик, Тібо Дамур, французький учений, який недавно отримав золоту медаль Національного центру наукових досліджень Франції й отримав Велику премію Академії наук, каже, що існують далекі світи, де час тече... але не в тому напрямку, що в нас!

Справді, є від чого голові заморочитися...

— За місяць до смерті Альберт Айнштайн написав лист, який закінчив такими словами: «Відмінність між минулим, нинішнім і майбутнім зберігає тільки значення стійкої ілюзії».

— І все-таки моя тушкована яловичина холодна, хоча, коли її подавали, вона була гаряча. Вона захолола з перебігом часу... Це не ілюзія. І ще, дивлячись у дзеркало, я добре бачу, що в мене геть інший вигляд, ніж на моїх фото років десять тому!

— Але ваше обличчя таке ж, як і ваша яловичина: вони належать до світу видимого, макроскопічного, а не мікроскопічного.

— Дякую за порівняння.

— Схоже, що у цих двох світах час різний.

— Як не прикро, але для мене це нічого не означає. Я ніяк не збагну, як може існувати кілька часів водночас.

231

Анна подала офіціантці знак принести рахунок.

— Одна відповідь, і мусимо йти, тим гірше для вашої яловичини: останні дослідження показують, що квантовий світ складається з потенційних можливостей, з мінливих, неокреслених подій, які не йдуть одна за одною у заданій послідовності залежно від причин, що породжують наслідки. Так начебто в нескінченно малому можливо геть усе і йому протилежне також. Але є дещо, що може дати тіло цим подіям, надаючи їм природу, суть чи напрямок, які вони незворотно збережуть.

— І що це?

Вона глянула мені у вічі, і раптом у мене виникло відчуття, що вона зазирнула в самісіньку глибину моєї душі.

— Ваша свідомість.

— Моя свідомість?

— Так, свідомість людської істоти, яка спостерігає за цими подіями. Було показано, що, починаючи з моменту, коли людина спостерігає за тим, що відбувається в нескінченно малому, реальність, яку спостерігають, застигає такою, якою вона постала нам у той момент, наче світ стабілізується і стає реальним лише тоді, коли на нього накладається свідомість.

— Це геть приголомшує...

— Авжеж.

— На думку спадають філософи Далекого Сходу, які вважають, що світу передує чиста свідомість...

Анна замислено погодилась.

— А що стосовно часу? — запитав я. — Ви казали, що на квантовому рівні часу начебто немає. Але де тоді ви ставите нашу свідомість, власне ту, яка зафіксовує реальність того, за чим спостерігає? На якому вона рівні?

Вона усміхнулась.

— Хто може відповісти? У будь-якому разі — і це тільки моя думка — якщо матерія підпорядкована часові, дух — у жодному разі. Старіє і вмирає тіло, а не свідомість.

Мені раптом пригадались слова товариша, який був поранений у серйозній аварії. Він розповідав, що пережив цю сцену як у заповільненій зйомці, дивлячись зверху, немовби свідомість відділилася від тіла і була просто спостерігачем, який не відчуває ні страху, ні болю.

— Свідомість існує поза часом, — додала вона. — І, власне, тому вона може завдяки інтуїції отримати інформації як минулі й нинішні... так і майбутні.

Слова Анни наче зависли в повітрі, час, здавалося, заповільнився і застиг. Я не міг відвести погляду від її очей.

Офіціантка принесла рахунок у маленькій коробочці, яку поставила на стіл із сухим стуком, що прозвучав як сигнал про кінець. Час повернувся у звичний плин.

Анна простягнула руку до коробочки, але я не хотів, щоб вона платила, тож швидко потягнувся, щоб першому вхопити рахунок. Але Анна на якусь соту секунди була швидшою, і в останній момент моя рука накрила її руку.

Здавалося, її це здивувало так само, як і мене, вона навіть захотіла руку забрати, але... зрештою, відмовилась...

Ми обмінялись тривалими, виразними і мовчазними поглядами.

— Нам час іти, — сказала вона.

## ~ 19 ~

### Осідок ФБР. 26, Федерал-плаза
### 23-й поверх, Нью-Йорк

— Будьте як удома, — сказав агент, який провів нас у простору залу засідань. — Зала сьогодні вільна, тож вона ваша.

*Нам пощастило, що вона вільна, подумав я. Уже близько десятої вечора...*

— Дякую за прийом, — сказала Анна.

— Ласкаво просимо, — промовив агент, сорокалітній чоловік у сірому костюмі з блакитною краваткою. — Трішки історії: оскільки вчора ви були зайняті пожежею в банку Барклі, то знайте, що в цьому самому кабінеті ФБР трохи більш як сто років тому, у вересні 1920 року, ми проводили розслідування про замах на будівлю банку «Джей Пі Морган»[1] на Волл-стріт.

— Історія-потрясіння, — сказав я.

Агент показав, де можна набрати води, і зник.

Анна підійшла до скляних стін, крізь які відкривався широкий краєвид освітлених веж Мангеттена.

---

[1] *JPMorgan* — американський фінансовий холдинг.

— Та вежа без вікон геть понура! — сказала вона.

Якраз навпроти, на другій лінії, посеред міста височіла будівля не менш як тридцяти поверхів без жодного вікна, моторошно схожа на гігантський бункер. Про неї говорили у місцевій пресі, коли актор Том Генкс умістив її фото на своєму твіттер-аккаунті, назвавши «найжахливішою вежею, яку йому коли-небудь доводилося бачити».

Офіційно вона належить АТ&Т[1], але є велика підозра, що в ній стоїть шпигунське обладнання АНБ[2]. Гігантська станція радіоперехвату, схована у фортеці в осерді Нью-Йорка...

— Такий непрозорий моноліт має трохи дивний вигляд.

— Задуманий так, щоб протистояти ядерному вибухові...

— Страшенно гнітючий, далі нікуди.

— Ваші методи набагато менш вимогливі щодо матеріалу, — розсміявся я.

Анна усміхнулась і поставила сумку на стіл.

---

[1] AT&T (American Telephone and Telegraph Company) — Американська телефонна і телеграфна компанія.

[2] NSA (National Security Agency) — Агентство національної безпеки.

— Влучне зауваження, — відповіла вона, — тепер до праці. Фаза 4!

— Почнімо.

Вона вийняла і розкрила теку.

— Коротко підсумуємо: у фазі 1 ми виявляємо природу цілі, аналізуючи ідеограму. У фазі 2 входимо в контакт із ціллю через відчуття й образи, які починаємо вловлювати. У фазі 3 вловлюємо її форму у трьох вимірах й робимо крокі, щоб її представити. У фазі 4 мета полягає в тому, щоб отримати більш концептуальні інформації: для чого служить ціль; діяльність, яку там ведуть, якщо вона є; вигляд осіб, які там, імовірно, перебувають, а також їхні емоції. У цій фазі образи, які виринають у вашій голові, рідко бувають тлумаченнями, бо ваша відкритість для цілі велика, відтак їх здебільшого приймають і враховують.

— Невже справді вдається все це вловити?

— Авжеж. Ці інформації записуються в спеціальних колонках для кожної окремо, я покажу як. Як ви вже знаєте, у методі все дуже систематизовано, все це дуже важливо, зокрема для того, щоб почергово використовувати обидві півкулі вашого мозку, що сприяє інтуїції.

— А як відбувається перехід із фази 3 у фазу 4?

— Цілком природно: коли ви зробите три-чотири сторінки начерків у фазі 3, інформації, які виникають у цьому процесі, стають менш чуттє-вими і більш концептуальними. Це — знак того, що ваша відкритість поглиблюється і ви вступа-єте у фазу 3.

— Окей.

— У будь-якому разі я тут для того, щоб вас скерувати, а також спонукати, забезпечуючи добрий ритм процесу, адже тут дуже важливо просуватись плавно, залишатись у потоці.

— Дуже добре. Над якою ціллю будемо га-рувати?

— Ґленн Джексон хоче, щоб ми з'ясували задум, який скеровує вчинки палія, та спробува-ти зрозуміти, що ним рухає.

— Невже інформації такого типу справді мож-на роздобути?

— Абсолютно.

— Зрештою, ви ніколи не казали, доки мож-на йти за інформаціями, отриманими інтуїцією... Що ще можна вловити?

Вона глянула мені у вічі з легкою посмішкою на вустах.

— Все. Завдяки інтуїції можна знати геть усе.

— Виходить, ви ще гірші за АНБ!

* * *

Сесія була дуже виснажливою. Можливо, накопичилась утома? Або через місце, таке далеке від природного оточення, коли я все зробив у парку Форт-Міда.

Єдиним відчутним досягненням було те, що я знайшов мотивацію, яку можна було поєднати з екологією і збереженням природи, що для нас обох було сюрпризом: адже ми знаємо контори, які більше забруднюють довкілля, ніж фінансові.

Але Анна зазначила, що це добрий знак: з огляду на те, що це не дуже логічно, було мало шансів на те, що йдеться про ментальну розробку; мої міркування зможуть дати інформацію, значно очевиднішу.

Була глибока ніч, коли ми дісталися своїх готельних номерів.

Завтрашня зустріч із Ґленном і Робертом була запланована на 7:30 у місцевому бюро ФБР, але я був надто знервований, аби заснути. Потягнувся за пультом, щоб увімкнути телевізор, але отямився. Сидіння перед екраном не допоможе заснути.

Телевізор...

Образ Опри пронизав мені уяву, і я відчув хвилю стресу. Зателефоную коучеві після

239

ранкового засідання. Я обов'язково маю з ним побачитись на першому сеансі по обіді, коли звільнюся від зобов'язання тут. Я ж пообіцяв повернутись на двадцять чотири години. І не затримаюсь довше.

Напевно, мій стрес наклавася на нервове напруження, бо в мене геть зникло бажання спати.

Раптом у голові сяйнула думка — немов маленька лампочка загорілася.

Я захотів спробувати дещо самостійно в *Remote Viewing*. Хотілося знайти шлях або вказівку, щоб просунутись у цій справі, знайти щось інше, ніж просто місце чи намір.

Анна завжди казала, що дуже важливо сформулювати ціль інформації, перш ніж почати сесію, щоб скерувати свідомість у тому напрямку. То що саме сказати, що попросити?..

Ну ж бо... що доречного міг би я дізнатись? Завдяки чому могла б посунутися справа?

Я марно прокручував ці запитання в голові, безрезультатно... Ніяк не міг уявити, що саме пошукати.

Нарешті сформулював своє запитання так: «Хочу знайти інформацію, яка підкаже, як вирішити цю справу».

Звичайно, це було трохи притягнуто за вуха, і я гадки не мав, наскільки суттєве таке формулювання. Анна назвала б його надто розмитим чи концептуальним, але мені так хотілося спробувати.

Моя сесія тривала три чверті години.

Врешті-решт, те, що мені вдалося візуалізувати, було настільки безглуздим, що я його одразу відкинув.

## 20

Коли наступного ранку у нью-йоркському офісі ФБР розпочалося засідання, щонайменше можна сказати, що я встав не з тієї ноги. На місце прибув із десятихвилинним запізненням, всі вже були там: Анна, Ґленн, Роберт і навіть Баррі Кантор на відеозв'язку; його обличчя, проєктоване на великому екрані, робило його присутність ще відчутнішою, зокрема більшою.

Я ледь чутно перепросив, коротко привітався з присутніми і швидко зайняв єдине вільне крісло, що стояло за великим овальним столом коло Анни. Товстий сірий килим був трохи потертий, а меблі з акажу, які п'ятдесят років тому, напевно, здавалися розкішними, надавали кімнаті трохи старомодного вигляду, її ретростиль трохи псував своєю анахронічністю величезний екран.

Я внутрішньо усміхнувся, подумавши, що цей екран останньої моделі забезпечував належну раму вифранченому раднику президента, тимчасом як Ґленн і Роберт цілком добре вписувалися у нинішній декор зали.

Я вмирав від бажання випити кави, але не наважився її попросити. Засідання почалося, Баррі Кантор коментував курси на Біржі.

— Сигнал тривоги у вежі Барклі було подано якраз перед закриттям Волл-стріт. Інформація була одразу ж ретрансльована і призвела до нового падіння курсу. Годиною пізніше падіння акцій почалось у Токіо. На сьогодні те саме спостерігається на всіх європейських біржах. Увесь світ дивиться на нас. Британський прем'єр-міністр зателефонував у Білий дім, стурбований тим, що це зачіпає один з найбільших англійських банків.

Слово взяв Ґленн Джексон, який підсумував перебіг подій. Кантор похвалив мої інтуїтивні здібності, які могли б допомогти зберегти ціль вчасно і, можливо, навіть зупинити злочинця.

— На даний момент Тімоті Фішер здатний вловлювати майбутні інформації, — додала Анна. — Це багатообіцяюче для продовження справи.

— І зовсім не цікаво, оскільки він збирається нас покинути, — перервав її Роберт.

Я відчув його прагнення мене звинуватити, але не мав бажання знову виправдовуватися. Тож обмежився тим, що включився з підсумком нашого вчорашнього вечірнього сеансу інтуїції.

— Гадаю, мені вдалося встановити мотивацію палія, — повідомив я, по черзі обводячи всіх поглядом.

243

Витримав паузу, щоб приберегти ефект, перш ніж продовжити.

— На мою думку, атаки палія мають... екологічну мотивацію. Навіть якщо видається, що це не має зв'язку з його злочинними діями, він переймається збереженням природи й довкілля.

Мою заяву зустріла цілковита тиша. Вони, вочевидь, не очікували такого висновку, який мав перетасувати карти й неодмінно відкрити нові зачіпки в розслідуванні.

— Це все? — несподівано поцікавився Баррі Кантор, чим немало мене здивував.

— Власне... так. Гадаю, це все-таки досить суттєво...

У мене не було часу, щоб образитися, бо я помітив дуже відчутну ніяковість Ґленна і Роберта.

— Пан Фішер, — поквапився пояснити Ґленн, — можливо, не знайомий з останніми результатами розслідування...

— Тобто? — запитав я.

— Бачите, — сказав Ґленн тоном, який цілком виразно був націлений на нейтралізацію будь-якого конфлікту, — ми справді встановили мотивацію, пов'язану з природою, навіть якщо вона не зовсім зрозуміла.

Безсумнівно, мої інтуїтивні знахідки були ні до чого: мій поїзд завжди приходив із запізненням. Настав час припинити це все.

— У будь-якому разі факти ще раз підтверджують точність інтуїтивних знахідок Тімоті, — зазначила Анна.

— Це справді так, — визнав Кантор.

Скидалося на те, що мене вважають якоюсь вразливою істотою, чиє себелюбство треба захистити будь-якою ціною. А що ще залишалося їм робити, адже вони знали, що так чи інак наприкінці дня я піду? Їхнє ставлення почало серйозно мене дратувати.

— І останнє, — додав я.

Я не збирався говорити їм про це, але, переконавшись у точності своїх попередніх інтуїтивних пошуків, я був готовий ризикнути. Окрім того, роздратування спонукало вийти зі стриманості.

Я обернувся до Анни:

— Вчора ввечері я провів сесію самостійно.

— Он як...

— Мені випало щось дивне. Щось безглузде. Що з ним робити — вирішувати вам.

— Гаразд, — сказав Кантор.

— Так ось: я бачив чоловіка років сорока з обрізаним лівим вухом, який на відстані скеровував щось, схоже на іграшку. На машинку з дистанційним керуванням.

Жодної реакції, окрім Роберта, який, як я зауважив, стримував усмішку.

— Я над цим поміркував і вирішив, що це може бути пов'язано з методом запалювання, але мені більше нічого не відомо. Можливо, пізніше з'явиться і продовження.

Після засідання я попросив пів години, щоб прочитати електронну пошту, зателефонувати коучеві з *media training*, а головне — випити подвійне еспресо, щоб таки прокинутись.

Мене провели до зали, де ми з Анною були напередодні ввечері, і дали код доступу до наявного тут комп'ютера.

Я збирався дістати телефон із кишені, щоб потелефонувати коучеві, коли почув сигнал про отримане повідомлення.

Воно було від агента.

*Передачу Опри анульовано. Не хвилюйся, знайдемо щось інше. До зустрічі. Білл*

Це було неочікувано...
Величезне розчарування...
Я наче занімів...

246

Справді жорстокий удар. Прийшов край обіцянкам про можливість набрати обертів, моя кар'єра просто... зачекає. Скільки часу? Деякі письменники терпляче і марно чекають усе життя, і під кінець стають озлобленими, нещасними і вважають, що їх так і не зрозуміли. Деякі здаються за кілька років і хапаються за підробітки, витерши з CV гарні дипломи з літератури, щоб не видаватися надто кваліфікованими працівниками на запропоновану посаду.

Хтось постукав у двері.

Юна працівниця принесла мені каву, я подякував. Дивився, як вона віддаляється, і думав, чи доводиться їй вдовольнятися посадою, що не відповідає кваліфікації.

Що ж, не треба піддаватися. Я надто добре знав, наскільки депресія може перетворитися на спіраль, що спускається вниз. По схилу легко скотитись, але важко піднятись. І взагалі, можливо, Білл справді зможе влаштувати іншу передачу? Треба в це вірити. Головне — вірити.

Я сів за комп'ютер і підключився до повідомлень. Нічого термінового. Я зачинив віконце.

Треба було трохи переключитись... Я поцікавився пресою в інтернеті. Нічого надзвичайного, всі заголовки про пожежі, з вражаючими фото

з вежі Барклі. У багатьох статтях ішлося про зло-
чинця як про активіста із захисту довкілля.

Більшість асоціацій із захисту довкілля опу-
блікували комюніке, щоб виступити проти пожеж
і засудити будь-які жорсткі заходи щодо природи.

Один журналіст розмірковував про відсутність
чітких вимог, навіть якщо «Поклик лісу» був пев-
ним натяком на одну із них, писав він.

*Поклик лісу? А це що за штука?*

Довелося взятися за вчорашні газети й дізна-
тися про історію з музикою, яку передавали ра-
зом із сигналом тривоги.

Напередодні... Чому ФБР нічого мені не ска-
зало?

І тут мені спало на думку, що вони знали про
мої екологічні симпатії. Не минало й тижня, щоб
я не підписав якусь петицію в інтернеті на підтрим-
ку одного з незліченних заходів на користь при-
роди. Вони мали це знати і боялись, що екологіч-
ні симпатії палія можуть мене розхолодити. Проте
я ніколи не підтримав би жорстокості, хай би якою
була мета. Ніколи.

Я ковтнув кави.

Щоб не впасти в депресію, віддамся всім єством
розслідуванню. Це буде найкращим рішенням.
Працювати, щоб забути, пройти точку неповер-

нення, знаючи, що приносиш користь. Посприяти виявленню злочинця, щоб потім собою пишатись.

Раптом, як і вчора, у мене виникло бажання швиденько провести самостійну сесію. Цього разу я точно знав, чого просити, яку ціль шукати.

Зв'язок між фірмами, які послужили мішенню, і захистом природи.

Я завівся з пів оберта, знаючи, що будь-якої миті може прийти Анна. І відразу занотував це побоювання у колонці «Несприятливі перешкоди».

Усе пройшло дуже швидко, значно швидше, ніж напередодні ввечері у готелі.

Я швидко дійшов висновку, що відповідь, яку ми шукаємо, є природним дуже широким елементом з наявністю води. Я бачив зелене, багато зеленого, а посередині дві лінії, які зміїлись і, нарешті, сходились. Одна була чорна, друга — кольору охри. Зійшовшись, вони линули паралельно, чорна й жовта, одна обіч другої, і зрештою зливалися, утворюючи єдину брунатну лінію.

Хтось інший, але не я, міг би впертись у стіну. Але я досить добре знав місця, щоб одразу ж їх розпізнати.

Лінії — це річки. Одна — чорна, друга — кольору жовтої охри: вони вели свій шлюбний танець довгими-предовгими кілометрами і, нарешті, віддалися одна одній, утворивши найбільшу в світі річку, яка була могутнішою за вісім інших разом узятих.

Зв'язок між фірмами, на які замахувався палій, і захистом природи була Амазонка.

Збуджений власним відкриттям, я підвівся й заходив перед скляними стінами. Жахлива вежа без вікон навпроти визивно дивилась на мене, ніби погрожувала дослідити моє приватне життя і його зґвалтувати.

Амазонія. Гаразд, у цьому був сенс, ці фінансові фірми мали, звісно, якийсь зв'язок з екологічною драмою, що там зав'язувалася. Але який? Мені треба було довідатись більше, якщо я хотів передбачити наслідки і, можливо, дізнатись, якими будуть наступні цілі.

Я вийняв телефон. Я не знав, як за це взятись, зате знав, хто може зробити це для мене.

— Вітаю, Тімоті! — почув радісний, добре знайомий голос.

— Привіт, Лінн! Як справи у моєї гарненької сусідки?

— О, якщо від тебе чути улесливі слова, значить, тобі щось потрібно...

— Угадала! Це терміново, Лінн. Я знаю, що ти, будучи журналісткою, проводила дослідження про знищення лісів в Амазонії. Мені потрібно знати, який зв'язок існує між фінансовими конторами, що згоріли останніми днями, й Амазонією. Чи не маєш цього під рукою?

— Під рукою не маю, але можу пошукати.

— Ти — ангел.

— На коли тобі це потрібно?

— Е-е-е... на вчора.

— Чи тобі коли-небудь казали, що час протікає з минулого в майбутнє?

— Власне, зовсім недавно я дізнався, що в деяких точках планети це буває навпаки.

— Але не в Нью-Йорку, друже.

— Шкода.

— То я записую: коли в мене з'явиться забагато зморшок, ти даси мені адресу такого місця, щоб я могла там пройтися.

— От тільки доведеться остерігатись, щоб твою подругу не засудили за розбещення неповнолітніх.

— Ще чого? Я візьму її з собою!

— Один момент: стосовно пошуку — це супертаємно.

— Я розповім це Аль Капоне, коли наступного разу прийде за своїм сухим кормом.

У двері постукали, на порозі стояли Роберт і Ґленн. Вони старанно зачинили двері за собою.

Я подякував Лінн і відключився.

— Хіба Анна не тут? — запитав я.

— Зараз прийде, — відповів Ґленн.

— Сідайте, — запропонував я, вказуючи на стіл. — Будьте як удома.

Вони сіли з усмішкою.

— Маю для вас гарну новину, — повідомив я, ледве приховавши гіркоту.

— Он як!

— Мою телепередачу анульовано. Я зможу працювати далі над цією справою.

— Новина справді чудова, — сказав Роберт.

— Сподіваюсь, без якихось особливих наслідків для вас, — додав Ґленн.

— Якось переживу.

— Власне, тепер пропоную не гаяти часу, — заговорив Роберт. — Маю до вас розмову.

— Я вас слухаю.

— Ось така ситуація. Ви продемонстрували свої інтуїтивні здібності, жодних сумнівів щодо цього, окрім одного моменту: ваші інтуїтивні знахідки надто запізнюються. Найприкріше те, що вони правильні й могли б допомогти завадити руйнуванню двох останніх споруд.

— Роблю все, що можу, — досить сухо відповів я.

— Я не сумніваюся, — сказав він із підбадьорливою, геть дисонуючою усмішкою.

Доброзичливість йому геть не личила.

Ґленн, який сидів трішки осторонь, погодився, жалісливо глянувши на мене.

*Які ж вони обидва важкі для спілкування...*

— Пане Фішере, — озвався Роберт, — чи ви вже вживали ЛСД?

Я не сподівався почути такого дикого запитання.

— Навіть якби так, невже ви думаєте, що я звірився б поліцейському?

Роберт поновив свою гидку фальшиво-заспокійливу посмішку.

— Ми з Ґленном з кримінальної поліції, а не з відділу боротьби з наркотиками.

— Чому раптом ви про таке питаєте?

Він вийняв із кишені пакетик із прозорого пластику й поклав його переді мною. Всередині — мініатюрні упаковочки, прикрашені фігурками ангелів.

— Ці дози контрольовані в лабораторії, немає жодного ризику.

— Стривайте... я ж не сплю... Я в офісі ФБР, і поліцейський пропонує мені наркотик?

Він усміхнувся.

— Як вам відомо, його призначають навіть лікарі...

— Але навіщо я мав би його вжити?

— Візьміть один пакетик і покладіть під язик.

Я спантеличено дивився на нього.

— Але нащо в біса я мав би щось таке робити?

— Бо це прискорить і подвоїть ваші інтуїтивні здібності. Ви самі ошалієте від результатів.

Так. Ось і пояснення...

Мене охопили різнорідні думки. Переспектива блискавичних наслідків, звісно, була спокусливою, але я ніколи не вживав анінайменшого наркотика. Якщо я втримався у студентські роки, то не для того, щоб пірнути туди тепер.

До того ж пропозиція йшла від Роберта. Чому пропонує він, а не Анна? До речі, де вона? Хіба Роберт обізнаний з інтуїцією? Я глянув на Ґленна. Він відсунувся трохи вбік, сидів якийсь млявий, схиливши голову вниз і позираючи скоса, і, здавалося, почувався не дуже комфортно.

— Я не певен, що хочу вживати подібні субстанції, — сказав я.

— Немає жодної небезпеки, — заявив Роберт. — І звикання не буде. Тим паче одноразовий прийом не зробить вас залежним. Жодного ризику.

Я вагався.

Щось у мені говорило не вживати. Як знати, чи це... інтуїція, чи просто страх? Як розпізнати? Анна казала, що страх належить до ментальних процесів у голові, тоді як інтуїція проявляється в тілі. Тож звідки у мене це почуття недовіри? Від голови чи від тіла?

Ідентифікувати не так і легко... Що саме я відчув, слухаючи слова Роберта? Що спонукало мене сказати собі його не брати?

— Час не чекає, пане Фішере.

*Ніколи не ухвалювати негайних рішень, якщо відчуваєш чийсь тиск.*

У голові зблиснула ця фраза, і я вирішив взяти її за лінію поведінки. Гарні рішення — це рішення, які добре *відчуваєш*. Слухати повідомлення свого тіла під тиском інших осіб неможливо.

— Я подумаю.

У цю мить у двері постукали.

Роберт узяв мішечок з ЛСД і сховав у кишеню.

— Думайте швидше, — сказав він, доки в кімнату заходила Анна.

Вона наблизилася до столу.

Відповідь на мій запит прийшла раптово: це було якесь відчуття у животі, немов легке стискання, відчуття ледь помітної задухи.

255

— Тімоті працюватиме з нами далі, — сказав Ґленн. — Його передачу анулювали.

— О-о-о...

— Можете спокійно працювати, — сказав Роберт, підводячись.

Ґленн зробив те саме, і вони пішли, залишивши нас удвох.

Анна підійшла до полиці попід стіною і взяла склянки.

— Перепрошую за запізнення. Роберт послав мене в секретаріат, щоб організувати мій переїзд сьогодні у Форт-Мід. Я вважала, що це було врегульовано.

— Тоді я маю зробити те саме.

— Можливо, ви волієте залишатись у Нью-Йорку, у такому разі я поселюсь у готелі.

— Робіть, як вам краще.

Я відповів машинально, бо думки були деінде.

— Маю дещо вам сказати.

— Слухаю, — сказала Анна, наливаючи воду у склянки.

— Хотів би почути вашу думку. Роберт Коллінз запропонував мені вжити субстанцію для підвищення інтуїції. ЛСД.

Я помітив, як у її погляді промайнуло неймовірне здивування.

— Ні, — промовила вона усміхаючись. — Не вживайте.

Я чітко відчув, що її усмішка була вимушеною, а буцімто розслаблений вигляд приховував внутрішню напруженість.

— Що не так?

— Ви цього не потребуєте, то навіщо споживати подібні субстанції?

— Я відчуваю, що ви напружені.

— Аж ніяк. Пропоную братися за нову сесію. Ви готові?

— Мені здається... що ви щось від мене приховуєте. І хотів би знати, що саме.

Вона похитала головою усміхаючись, але всередині, я відчув, усе в ній вирувало.

— Анно, поясніть цю історію з ЛСД.

— Вам же сказали, це підстьобує інтуїцію, але вам воно не потрібно. Почнімо?

— Я маю вам довіряти. Це неможливо, якщо ви щось приховуєте.

Вона застигла, повільно похилила голову, зробила гримасу, закусила губу.

Досить тривала пауза, потім підвела голову й глянула на мене.

— Тільки я вам нічого не казала. Домовились?

— Гаразд.

Вона обернулась і глянула на зачинені двері, потім повільно відкинулася на спинку крісла й глибоко вдихнула.

— Після повернення з творчої відпустки я виявилась єдиним представником нашої служби, всю групу було знищено. До мене дуже часто зверталась із проблемами як ЦРУ, так і ФБР; паралельно з сеансами інтуїції я мала підготувати майбутню організацію, почавши від нуля, поміркувати про набір працівників тощо. Я була геть виснажена, плюс тиск, пов'язаний зі ставками національного й міжнародного рівня справ, стосовно яких мене просили інтуїтивісти. Я була на межі «вигоряння». Коли Ґленн Джексон прийшов, щоб залучити мене до ідентифікації серійного вбивці, якого розшукувала вся поліція, величезні очікування, які покладались на мою інтуїцію, були... надмірними.

— Зрозуміло...

— Я прочитала звіт про дослідження щодо впливу ЛСД на інтуїцію. І піддалася спокусі після консультації з керівництвом. Не хотіла, щоб це обернулось проти мене. І ще хотіла, щоб хтось був поруч під час експерименту, щоб оберегти мене від побічних наслідків наркотика: втрати відчуттів і точок опертя, після чого з деким траплялися нещасні випадки, скажімо, хтось стрибнув із вікна, упевнений, що може літати, не кажучи вже про ризик параноїдальної маячні... Коротко кажучи, я хотіла, щоб за мною наглядали, якщо щось піде не так. Мені дали зелене світло...

Вона помовчала. Я нетерпляче чекав продовження.

— Я вжила цей наркотик і...

— Він спрацював?

Вона неквапливо підтвердила.

— Перевершив усі мої сподівання. Десь упродовж чотирьох годин це було щось нечуване. Я докладно пройшла протокол *Remote Viewing*, а далі був прорив... Усі справи ставали ніби прозорими. Я мала доступ до всього. Варто було належно сформулювати запитання, і образи виринали перед моїми очима неймовірно чітко, звуки ставали виразними, запахи реальними, відчуття повносилими... Вдавалось геть усе. За ті чотири години я змогла відповісти на запитання всіх розслідувань, які велись на той час. Водночас знайшла відповіді й на свої внутрішні запити. Неочікувано мені стало все відомо про друзів, родину, мої минулі закоханості... Це наснажувало, збуджувало, окриляло... Світ відкрився мені. Я була всезнаюча. Щойно я ставила запитання, як одразу

259

отримувала відповідь. Уперше в житті я отримала відчуття нечуваної безмежної могутності...

Вона замовкла. Я бачив, що спогади про той досвід змусили певним чином пережити його знову, наче її перенесено в минуле.

Раптом обличчя Анни спохмурніло.

— Складнощі з'явилися пізніше...

— Побічні ефекти?

— О-о-о... я омину нудоту, яка виникла пізніше, блювання годинами... На той момент це, здавалося, ніколи не закінчиться, але я вижила. Однак справжня драма стала очевидною три дні по тому.

Вона знову помовчала. Потім повела далі:

— Навідався Ґленн Джексон, цього разу він був у супроводі свого колеги Роберта Коллінза. Я була вільна, впродовж тих чотирьох годин усі мої завдання були вичищені під впливом наркотика. Стрес минув, ніякого «вигоряння» на горизонті. Тож я вирішила провести сесію *Remote Viewing* просто так, без жодної субстанції. Для мене від самого початку все було ясно: це буде один раз, один-єдиний. Не могло йтися про те, щоб стати залежною. У мене душа не наркоманки.

Вона глибоко вдихнула.

— Я більше не змогла. Нічого не виникло. Зовсім нічого. Жодного образу, жодного звуку, жодного відчуття. Нуль інформації. Моя інтуїція зникла. Назавжди. Впродовж тих чотирьох годин я віддала все. Висушила джерело. Все вимерло.

Вона закусила губу і мовила:

— Мені це більше ніколи не вдалося.

Важка тиша запала в кімнаті.

— Мені так прикро, — промимрив я.

Це було щиро.

Раптом від співчуття мої емоції переметнулись до жаху.

— Роберт знав про все це?

— Так.

— Тобто він знає, якщо я спробую наркотик, то...

Анна повернулася до мене й підтвердила:

— Це позбавить вас інтуїції, отже, зупинить вашу кар'єру письменника.

У моєму мозку закипів гнів, наче потік, що забив у підземній печері.

— Це підло й низько, я...

І тут я згадав про обіцянку не розказувати про Аннину таємницю.

Я був заблокований.

— Я нічого не казатиму, але не хочу далі працювати для цього типа. Це неможливо!

Анна повільно похитала головою.

— Не думаю, що ви будь-коли працювали для нього. Гадаю, допомогти спіймати цього злочинця для вас так само важливо...

— Можливо, однак я не хочу його бачити. Я отримав свою дозу. Не турбуйтеся, я знайду якесь вибачення й причину, щоб вийти з цієї справи, вас не компрометуючи.

Анна зітхнула.

— У будь-якому разі це відіб'ється на мені, — прошепотіла вона.

— Не розумію чому.

— Як ви знаєте, у мене немає нікого з інтуїтивістів на прикметі. Я самотня жінка, яка керує лабораторією інтуїції і в якої не тільки немає власної інтуїції, а й відсутня команда. Я недорого заплатила б за свою шкіру.

— Ви тут ні до чого.

— Моє керівництво не потребує пояснень, а вимагає результатів.

— Ви — федеральний службовець, чи не так? Вас у будь-якому разі не можуть звільнити.

Вона стенула плечима.

— Так думають усі, і помиляються: американський службовець може втратити свою посаду у будь-який момент, зокрема за відсутності результатів.

Я цього не знав.

Запала мовчанка, кілька хвилин ніякової тиші, яку перервала Анна.

— Подивіться на Ґленна. Він хороша людина. Я йому довіряю, йому, напевно, нелегко щодня терпіти свого колегу. Але він любить свою роботу, усвідомлює її корисність, тож ставиться до нього по-філософськи. Я не раз чула зневажливі слова Роберта про нього, але Ґленн на те не зважає, він зосереджений на своїй роботі, на тому, що для нього важливо...

— Анно, я розумію, що ви хочете на мене вплинути, але майте на увазі: в мене зовсім інша ситуація порівняно з Ґленном, Роберт мені не колега, я не зобов'язаний із ним працювати. На біса, у цій справі я волонтер. Неприпустимо, щоб людині віддячували пожиттєвим вироком: неспроможністю виконувати свою роботу! Ви таке уявляєте?

Вона спокійно погодилась.

— Звісно, але ми обоє знаємо: хай би що ми вирішили робити в житті, на нашому шляху завжди знайдуться неприємні особи, через яких виникне бажання все кинути. Невже через це ми маємо звертати зі свого шляху, зі шляху, який ми для себе обрали? Я так не думаю, бо інакше ви віддаєте свою долю в руки тих осіб і під кінець життя, обернувшись назад, усвідомите, що, власне, вони визначили ваш вибір. Ви мимоволі забезпечили їм можливість, на яку вони не заслуговували.

Вона пильно на мене дивилася, намагаючись вловити мою реакцію.

Це був підхід зовсім з іншого боку...

Я ковтнув води.

— Маю подумати.

— Бути вільним — означає діяти на підставі власного вибору, а не через реакцію на те, що кажуть чи роблять інші.

Вона замовкла, я замислено покивав головою.

Я пригадав обіцянку, яку дав собі сьогодні вранці: не ухвалювати рішення одразу, якщо відчуваю тиск ззовні.

Підвівся й зробив кілька кроків до скляної стіни; мені треба вловити сигнали власного тіла.

Що я відчуваю при думці, що маю відмовитися від участі?

Не ясно... Те, що я вловлював... внутрішньо... було... чимось на кшталт заглибинки в животі, якоїсь незначної порожнечі. Чи це було приємно?.. Гм-м.

Я глибоко вдихнув, щоб змінити внутрішній стан.

Що я відчуваю тепер при думці про подальшу участь?..

Виникло враження напруженості грудної клітки й живота, але це не була напруга, зумовлена нервами, стресом чи неспокоєм, ні, це радше скидалось на те, що мої м'язи напружились, щоб перейти до дії.

Моє тіло знало, що я маю робити.

Я обернувся до Анни.

— Гаразд, я буду...

І тут задзвонив мій телефон.

Білл Крімсон.

— Секунду, — перепросив я Анну, — це мій агент. Я відповім, це важливо.

— Без проблем.

— Алло, Білле?

— Говоритиму коротко, Тіме, — почувся його хрипкий голос. — Я видряпав передачу Опри і, оскільки ти нездарний виступати по телевізору, рву собі дупу, щоб терміново організувати тобі *media training* з найкращим коучем Нью-Йорка. А що при цьому виробляєш ти? Ти не озиваєшся! Ти переносиш зустріч, потім її анулюєш, знову переносиш... причому до тебе ніяк не можна додзвонитись і...

— Але...

— Помовч! На додачу, Опра анульовує твоє запрошення. Я шаленію, дзвоню п'ятнадцять разів і, нарешті, добиваюся до постановника, щоб дізнатись причину відмови і передомовитись, і про що я тоді дізнаюся? Що тут втрутилось ФБР, яке дало їм зрозуміти, що тебе краще не запрошувати... Що це за маячня?! Я не знаю, та й знати не хочу, що ти виробляєш у приватному житті, не знаю, як тобі вдалося потрапити на очі ФБР, але точно знаю, що я не хочу більше про тебе чути. Ніколи! Чуєш? Кінець!

Розгніваний, він поклав слухавку.

Я просто остовпів від здивування.

## 21

Анна штовхнула двері кабінету, де нас мали чекати Ґленн і Роберт. Вони заскрипіли.

Ґленн сидів там один; це була невелика кімнатка без вікон, перегріта, зі спертим повітрям. Він сидів на стільці з коліщатами перед комп'ютером з пожовклою від давнього бруду клавіатурою.

— Ви бачили Тімоті? — запитала вона.

Він розвернувся на стільці й опинився просто перед нею.

— Так, бачив і чув. Як і всі люди, наявні принаймні на пів дюжині поверхів.

Анна зачинила двері й сперлась на стіну.

— Його можна зрозуміти. Хочете чи ні, а я скажу: те, як ви вчинили, не тільки обурливо, а ще й не дуже розумно. На що ви сподівались? Що він дякуватиме вам за його дискредитацію?

Ґленн відкинувся на спинку стільця, і вона відхилилася.

— Не знаю точно, але підозрюю, що це ініціатива Роберта, мене не попередили. Та не треба перебільшувати, відміна телепередачі не означає дискредитації...

— Все набагато серйозніше. Його агент дізнався, що це прохання ФБР, і відмовився працювати з Тімоті. Можете уявити наслідки? Цей агент дуже впливовий у літературних колах... є ризик, що Тімоті скрізь прогорить. Під загрозою вся його літературна кар'єра. Від нього може відмовитися навіть видавець.

— Я...

Він похитав головою.

— Я не розумію, як це стало відомо, — сказав Ґленн. — Не знаю, чому Роберт не був стриманішим щодо своєї посади у розмові з людьми Опри. Загалом, нам вдається досягнути бажаного без розкриття приналежності ініціатора. Але Роберт робив це з добрим наміром, сподіваючись, що Тімоті продовжить працювати над цією справою...

— Що ж, ви виграли: він не хоче більше вас бачити. Що він вам сказав?

— Я був сам. Він верещав, що ми маємо зробити що хочемо, але домовитись про перенесення програми, інакше, цитую: «зіллє наші таємні методи пресі».

Анна скривилась.

— Ви щось робитимете?

— Не так і легко...

Анна випросталась і задоволено зітхнула.

— Що ж, мені також уже час. Я більше нічого не можу для вас зробити. Бувайте.

І відчинила двері. Ґленн звів брову.

— Чи немає у вас іншого інтуїтивіста, щоб підключити до справи?

— Ні.

— А підготувати нового?

— Доки він стане працездатним, у цій країні не залишиться жодної фінансової контори, — сказала вона, виходячи з кабінету.

* * *

Я вийшов з будівлі Федерал-плаза, переповнений обуренням, гнівом і образою.

Ці люди блокували мою кар'єру, підривали моє життя.

Яке ж рішення я міг ухвалити? Жодного! Хіба що молитися, щоб вони бодай якось виправили скоєне. Я злився і палав обуренням. Як можна служити громадському добру, застосовуючи методи розбійників?

Мені треба було позбутися стресу, але як? Не знайшовши відповіді, вирішив повернутися додому.

Оминув будівлю на Волл-стріт і спустився Бродвеєм. Небо досі було сірішим за мій стан душі. Людей на тротуарах було чимало, як тих, що працюють, так і тих, що ловлять ґав; рух на шосе значно активніший, як на пізній ранок.

Підійшовши до Центрального парку, де гуляло кілька туристів, я пішов по сходах, що спускалися на станцію метро, і зайшов на платформу прямої лінії до Квінза. Десь хвилин сорок п'ять на дорогу. Поїзд метро заскреготав і рушив. Я сів, затулив обличчя долонями й зосередився на глибокому диханні. Я маю заспокоїтись, перелаштуватись, повернутись у позитивне поле. Маю переконати себе, що гірше ніколи не буває напевним. Що Білл Крімсон не обов'язково знищить мене в очах мого оточення, можливо, він зацікавлений тільки у тому, щоб перегорнути сторінку і взятись за щось інше... Я намагався розслабитись, прогнати з голови негативні емоції, намагався медитувати, заплющивши очі й повністю усвідомлюючи потік своїх думок...

— Гадаєш, на поромі буде досить місця?

Дитячий голосок.

— Звісно, любий, — голос старшої пані у відповідь. — Дивись, ось ми й приїхали, виходимо!

Минуло кілька секунд, перш ніж я збагнув сенс почутих слів, хоча й не збирався в них вникати. Розплющив очі: поїзд зупинився на Південній поромній станції! Я сів у протилежний бік і поїхав на південь! Зірвався з сидіння і вискочив з вагона, коли двері вже зачинялися.

Уже на платформі знову побачив бабусю, яка крокувала поруч із внуком.

— А до Стейтен-Айленд далеко? — запитав хлопчик.

— Ні, менш як пів години.

— Ми побачимо статую Свободи?

— Так, ми пройдемо неподалік.

— Справді, бабусю! Справді? — зі зворушливим ентузіазмом перепитував малюк.

Щойно я їх минув, як у мене виникло бажання самому піти в Стейтен-Айленд, покинути бетонне місто й подихати морським повітрям, пройтися по пляжу, ні про що не думаючи... У мене не було жодних планів, я міг вільно дослухатися до своїх бажань...

Мені не довелося чекати порома, уже на ньому й під час поїздки я купив і з'їв снек, спершись на борт палуби й вдихаючи вітер і солоні бризки. Діставшись острова, я сів на метро до Донган-хіллз, потім пішки пройшов по Сів'ю-авеню, гарній широкій вулиці з розкішними будинками на відстані один від одного. Після Мангеттена майже інша планета! Двадцятьма хвилинами пізніше я був на Мідлен-Біч.

Величезний пляж простягався скільки сягало око під неспокійним небом. Ані душі, ніхто

271

не наважився блукати тут під кінець зими, що затягнулася. Тільки кілька чайок привітали мою появу пронизливими криками. Вітер приємно пахнув океаном і свободою.

Я роззувся, сховав взуття в зарості, закотив штанини й рушив уперед по білому холодному піску.

Я йшов кілометр за кілометром по берегу, забувши про час і взагалі про все на світі, йодовані бризки хльостали мене по обличчю, маленькі хвильки щезали у мене під ногами у пінному шелестінні. Коли живеш у непевності, наймудріше рішення — мати довіру. Довіру до життя, довіру до себе, віру у свою щасливу зірку... Неспокій тільки перекриває нам доступ до власних ресурсів, уражає наше здоров'я і робить наше товариство неприємним для інших. Довіра — це ключ до склепіння нашої рівноваги, нашої сили і здатності відновитися. Мати довіру навіть тоді, коли все здається втраченим, коли не бачиш виходу і коли майбутнє видається таким же затьмареним, як листопадове небо.

З потоку міркувань мене вирвав телефонний дзвінок. На якусь мить з'явилась надія, що гарна новина підживить мої позитивні думки, але ж ні, це була Лінн, яка повернулась у моє життя.

272

— У мене чимало інформації, — кинула вона для початку.

— Чудово.

Не буду ж я їй казати, що вона мені більше не потрібна. Втім, попри все, мені так хотілося знати приховану суть цієї історії.

— Скажи-но, що тобі відомо про проблеми Амазонії, аби я могла доповнити результатами своїх досліджень?

— Що мені відомо? Отож... як і всім, мені відомо про катастоофу, яка там заповідається: я знаю, що амазонські ліси знищуються дуже швидко, здебільшого для розвитку сільського господарства, відгодівлі биків та вирощування плантацій сої; що зменшення зелених насаджень призводить до скорочення дощів, що, своєю чергою, вбиває інші дерева; ситуація досягла точки, коли південь Амазонії поступово перетворюється на савану. Дослідники кажуть, що досить втратити 20 відсотків лісу, щоб решта також була втрачена. Що ще... Що це буде катастрофа, бо дерева містять вуглець, який при згорянні чи просто при розкладанні викидають в атмосферу у вигляді вуглекислого газу. І що в цьому сценарії, який розгортається на наших очах, міліарди тонн вивільненого вуглекислого газу здатні потрясти клімат усієї планети.

— Хороший підсумок. Тепер запитання, яке дало мені змогу поглибити пошуки для тебе: кому вигідний злочин?

— Влучне попадання. Наскільки я знаю, бразильським землеробам, яких підтримує уряд, що відмовляється скористатись уроками всього світу. Причому він знає, що вирощена в Амазонії соя продається, зокрема, китайцям та європейцям, які використовують її для відгодівлі власних биків. Коротко: все крутиться довкола биків.

— Все це правильно, але є й інша річ, про яку ніколи не згадують. Щоб зрозуміти сили, які лежать в основі знищення лісів, потрібно простежити за грошима від початку до кінця, щоб знати, хто ними користується. І тут мені дещо вдалося виявити: за мотузки в Амазонії смикають іноземні інвестори. Ці інвестори — це... крупні фінансові фірми й великі західні банки.

— Чи до них входять фірми, вежі яких були спалені?

— Власне, не всі.

А бодай тобі!

— Пройдемо по переліку. У Балтиморі спалено вежу Ті-Роу-Прайс[1].

---

[1] *T. Rowe Price* (Ті-Роу-Прайс) — американська холдінгова компанія, яка керує групою із 156 взаємних фондів.

— Так.

— Ті-Роу-Прайс входить до американських фінансових товариств, які вклали дев'ять мільярдів доларів у розвиток двох бразильських гігантів агробізнесу, що домінують на ринку сої і ведуть активну вирубку лісів.

— Ясно.

— У Веллі-Фоджі — вежа Венґард. Та сама історія.

— А вежа Барклі у Нью-Йорку?

— Банк Барклі, якому в 2012 році «Грінпіс» присудила Премію ганьби — це один із трьох банків, які фінансували бразильського гіганта з виробництва яловичини JBS, на рівні мільярд двісті тисяч доларів.

— А в Чикаго осідок у вежі мала фінансова контора *Capital One*[1], якщо не помиляюся.

— Так, але я нічого там не знайшла. Скидається на те, що вона ніяк не пов'язана з тим, що діється в Амазонії.

— Ай... Досить одного винятку, щоб завалити всю теорію...

— Мені прикро... Я нишпорила в усіх напрямках, та ця контора, начебто, нічим не може собі дорікнути у цій царині.

---

[1] *Capital One Financial Corporation* — американська банківська холдингова компанія, що спеціалізується на кредитних картках і автокредитах.

— Тим гірше. У будь-якому разі безмежно дякую за твої пошуки. Це справді суперлюб'язно.

— Коли повертаєшся? Твій кіт ніяк не дочекається...

— Незабаром буду вдома. До зустрічі!

Дорога додому зняла залишки стресу, що осіли на денці. Я вирішив дивитися на речі позитивно: ця справа позбавила мене старого буркотуна Білла Крімсона, з яким мені ніколи не було комфортно; я знайду собі іншого, кращого агента, шанобливого й ефективного, когось, хто вірить у мене, — це, зрештою, важливіше, ніж уявна репутація.

Сонце сідало, коли пором віддав швартові. Я влаштувався на носу палуби й, спершись на поручні й відчуваючи свист вітру у вухах, віддався кілевій хитавиці, яка при кожному коливанні викликала дивовижне враження занурення в темні води океану.

Удалині один за одним загорілись вогні Мангеттена, схожі на вогники надії, обіцянки, можливості, що їх життя припасло для мене в майбутньому.

Телефон завібрував якраз тоді, коли ми причалювали на Вайтголл-Термінал.

Я — Джоан, асистентка Опри. Перепрошую за непорозуміння, вашу передачу відновлено.

276

*Зустріч, як і передбачалось, у неділю до 13 год. у студії. Увага: це прямий ефір, початок передачі о 13:30*

*Yes!*

Я не міг втриматися і не побачити в цьому повідомленні впливу віднайденої мною довіри, начебто Всесвіт став на одній хвилі з моїм внутрішнім станом.

Вийшовши на причалі, я зателефонував у кабінет *media training*, щоб домовитись про зустріч, але мені відповіли, що угоду розірвано. На якусь мить щось схоже на розгубленість ледве не заполонило мій розум, але я відкинув її, не давши нагоди бодай якось подіяти на мене. Я не хотів більше йти на дно. Тим гірше для коуча. Я сам дам собі раду.

У будь-якому разі у моєму випадку йшлося не про те, щоб опанувати техніку відповіді під час інтерв'ю, а радше про те, щоб позбутися жаху від перебування в телестудії. Жах... Знову страх, страх від того, що тебе оцінюватимуть... А хіба страх від того, що про тебе судитимуть, не є потребою бути оціненим, бути визнаним?

Я згадав слова Анни про мою потребу у визнанні, яка стояла на заваді доступу до інтуїції. Ця бісова потреба у визнанні постійно втручається в наше життя, впливаючи на те, що ми вибираємо, й перешкоджаючи бути самим собою. Це зумовлює те, що ми обираємо не те, це робить нас рабами й псує нам життя, а ми навіть не завжди це усвідомлюємо. Як тільки я мав зробити щось привселюдно, скажімо, щось зіграти, взяти участь у спортивних змаганнях чи виступати перед аудиторією, одразу втрачав усі свої здібності через присутність інших людей.

Як чудово навчитися бути просто самим собою, не засипаючи себе запитаннями, не переймаючись оцінкою решти.

Вдруге за день я ухвалив рішення про необхідність довіри, просто довіри, й вирішив рухатись, зберігаючи почуття, що заякорилося в мені. Інколи простий факт ухвалення певного рішення для себе справді дає ефект.

Тож коли годиною пізніше я дістався дому, був у дуже погідному настрої.

Я не одразу відімкнув двері, бо ключ якось дивно заїдало в замковій щілині. Щойно я ввімкнув світло, як тривога, немов той хижак на здобич, ринула на мене й здушила так, що забило дух.

Меблі були перекинуті, а всі речі безладно розкидані по підлозі; наче над магрібськими ринками пролетів ураган.

Отетерівши, я стояв на порозі перед великим дзеркалом, що посилало мені моє перелякане зображення.

Я завжди боявся пограбування, і от тепер став його жертвою.

Зі здушеним горлом і серцем, що стиснулося, я повільно ступив усередину. Одяг, предмети, сувеніри... все, що було для мене дороге, розкидано, опаскуджено, зґвалтовано. Навіть із шафок у коридорі все було викинуто, їхній вміст сумно валявся на підлозі. Я помітив свої дитячі фото, розкидані впереміш із трусами, сорочками, теками з нотаріальними актами, шкарпетками, податковими деклараціями... Мене ледь не знудило.

Я ступив кілька кроків у вітальню, стояв, майже втративши голову, в своєму скрутному становищі, не знаючи, за що братися. Звісно, треба було викликати поліцію, потім усе поскладати, роботи було на кілька годин. Треба також перелічити все, що було вкрадено, й викликати страхувальника. Нічого не забути. Майнула думка, що, можливо, були викрадені родинні речі, батькові сувеніри, і знову стиснулося серце.

Виникло також бажання все вимити та дезінфікувати. Якби можна було пройтися по всьому в будинку струменем води, я так і зробив би, щоб вимити бруд від вторгнення у мій таємний сад.

Далі зайшов у спальню, все ще із здушеним горлом, готуючись внутрішньо до сцени, яка на мене чекала, боячись, що там стоїть роздерте ліжко. Але коли я ступив у кімнату, на очі мені потрапило дещо інше, від чого в жилах кров застигла.

Посередині білої-білісінької стіни над моїм ліжком червоним чорнилом було написано ДВА слова, які налетіли на мене, немов наказ, який проревіли:

ЦЕ КІНЕЦЬ

Це було взято з моєї останньої книжки, де події відбувалися у Нью-Йорку у 20-х роках: коли мафіозна банда, яка діяла в місті, вимагала від когось припинити свою діяльність, вона йому погрожувала, посилаючи вбивцю, який писав ці два слова кров'ю на стіні спальні. Якщо той на це не зважав, його знекровлене тіло знаходили пізніше підвішеним за ноги.

Йшлося аж ніяк не про крадіжку зі зломом, все було гірше, оскільки ціллю був я особисто, і я мусив усвідомити очевидність, хай би якою складною й неприйнятною вона була: палій ідентифікував мене як свого переслідувача, він мене визначив, достеменно вистежив і тепер погрожував.

Раптом я відчув себе дуже погано, я був вибитий з колії і в небезпеці.

Літери на стіні блищали, ніби чорнило ще не висохло. Мені раптом стало страшно. А якщо він досі тут? Я негайно схопив телефон, щоб викликати поліцію, але стримався. Моя роль у цій справі класифікувалась як «Таємниця-Безпека». Було досадно, але в мене не було іншого виходу, як дзвонити Ґленну чи Роберту...

Слухавку взяв Ґленн, і я розповів, що сталося.

— Залишайтеся на місці, — сказав він. — Я повернувся у Вашингтон, але негайно вишлю до вас групу.

Іронія долі полягала в тому, що палій хотів змусити мене припинити пошуки тоді, як я вже це зробив...

Але як у біса він дізнався про мою роль у цій справі? Як це було можливо, адже я перебував у закритій військовій зоні Форт-Мід? Це було незбагненно.

Я підійшов до стіни. Чорнило здавалося ще вологим. Раптом у мене зародився сумнів, і я торкнувся пальцем нижнього краю останньої літери.

Він став червоним, я підніс його до носа. Це було те, чого я боявся.

*Господи, сподіваюсь, це кров не...*

— Аль Капоне! Аль Капоне!

Я оббіг усі кімнати будинку, кличучи його. Пригадав, що через переляк я не зауважив, що кіт не вийшов мені назустріч, як робив щоразу. Я обдивився все довкола, але його не знайшов. Я геть ошизів. Його ніде не було. Майже не вірячи, у відчаї я піднявся драбиною на горище: він ніколи туди не лазив.

Непрошений гість туди не навідувався, речі стояли на своєму місці, тобто безладно, але той безлад був моїм, упізнаваним, знайомим.

— Аль Капоне!

Жодного сліду кота... Я був сам не свій, ладен розридатися.

*Мій маленький коханий котик...*

Уже збирався спускатися, коли мою увагу привернула коробка, картонна коробка поруч із іншими. Підійшов.

Там, забившись у куток, лежав Аль Капоне, пригнічений, але живий. Я взяв його на руки й розридався, притиснувши до грудей. Цілував його в лобик і колисав, що він так любив, але кіт не замуркав. Бідолаха пережив потрясіння.

Я перевів подих.

*Тепер усе гаразд.*

Я досі стояв там, пестячи його, коли мій погляд зупинився на іншій, значно меншій коробці.

Батьковий пістолет.

Коли зацілований Аль Капоне заспокоївся, я випустив його на підлогу й підняв коробку зі зброєю. Відкрив і взяв важкий пістолет, відчувши холод металу. Секунду повагався й сунув його в кишеню, до другої поклав комплект набоїв.

Десятьма хвилинами пізніше під'їхала група ФБР разом із криміналістами й усім шумом-гамом. Нове втручання у приватну сферу, але воно забезпечувало спокій.

Я очікував, що мене почнуть розпитувати про значення напису на стіні, але група, напевно, отримала інструкції, бо слідчі обійшлися без питань.

Була майже друга година ночі, коли я пішов спати, все посклавши й сяк-так вимивши стіну у спальні. Я був виснажений, але для мене було важливо бодай якось позбутися ознак вторгнення. Щось на кшталт перегорнути сторінку й знову зробити дім своїм. Але тепер загроза витала над моїм мозком, заливала мене тривогою, наче прооперована пухлина, про яку весь час думаєш, чи одного дня вона нишком не з'явиться знову.

Я взяв пістолет, це була досить стара напівавтоматична «Беретта». Смикнув затвор, щоб послати перший патрон у патронник, і поклав на столик коло узголів'я. Ніколи не думав, що доведеться спати з пістолетом біля подушки.

Сказав собі, що треба поставити броньовані двері, а на вікна першого поверху ґратки. Та чи так уже мені хотілося жити запакованим, як у в'язниці?

Мені все-таки вдалося заснути: навіть розтривожене, ментальне врешті-решт піддається вимогам тіла. Якщо тільки це не був поклик душі на кілька годин повернутися до Джерела...

Але посеред ночі я раптово розплющив очі.

Тишу в кімнаті, що поринула в морок, ледве порушував посвист вітру у камінній трубі.

Я знав.

Палій не стежив за мною до будинку. Востаннє я був тут доти, як мені вдалося надати корисну інформацію ФБР, відтак мене ніяк не можна було запідозрити у тому, що я його вистежую.

Якщо він знав, де я живу, то геть з іншої причини.

## 22

Занепокоєний Ґленн роздратовано похитав головою і відсунув кілька ранкових газет, що лежали на столі.

— Палій передав той самий ультиматум усій пресі, — підсумував він. — Щоразу як в амазонському лісі буде знищено еквівалент площі Центрального парку, він підпалить нову будівлю.

Розлючений Роберт зітхнув, міряючи кімнату кроками.

— У нас принаймні є кілька днів, — нарешті зронив він.

Ґленн похитав головою.

— Мене це здивувало б. Гадаю, все відбувається значно швидше.

Нахилився до комп'ютера й задав пошук.

— Ось, послухай: «Амазонські ліси знищуються зі швидкістю сто сорок вісім гектарів на годину. Тільки в Бразилії це рівнозначно мільйону футбольних полів щороку...».

— Ого, оце так? А ті бразильці з біса серйозні хлопці...

Ґленн скривився.

— Якщо вірити тому, що я сьогодні вичитав у газетах, бразильці зовсім не чіпали б своїх лісів, якби не мали мільярдів, які їм надають наші банки й інвестиційні фірми, тим самим спонукаючи до дії.

Роберт зітхнув.

— Сто сорок вісім гектарів за годину... Центральний парк має десь три-чотири сотні гектарів, це означає, що через кожні дві-три години ми матимемо пожежу. До біса, це немислимо!

Ґленн замислено погодився.

— Гарна новина: тепер ми певні щодо його екологічної мотивації, на чому можемо зосередити своє розслідування; погана новина: він не задовольняється тільки фінансовими фірмами.

— На підставі чого такі висновки?

— Наприклад, Чиказька вежа. Там справді є фінансова контора, але вона не скомпрометувала себе в Амазонії, я перевірив. У цій вежі ціллю, без сумніву, була ADM, навіть якщо вони заперечують свою причетність до знищення лісів. Тоді поле імовірних цілей значно розширюється. Якщо доведеться охороняти всі контори, які шкодять природі, значить, треба перекрити Мангеттен і ділові центри по всій країні.

— А що таке оте *ADM*?

— Archer Daniels Midland[1] — гігант агробізнесу.

— Атож, — промовив Роберт, замислено киваючи. — У будь-якому разі все-таки дивно, що той тип стільки вичікував доти, поки повідомив про вимоги у зв'язку зі своїми вчинками...

— Хіба для того, щоб підсилити тривогу... Що менше знаєш, то більше боїшся, чи не так? Подивися на дітей.

— У мене немає дітей.

— Уяви, що маєш одну дитину. Якщо ти кажеш їй: «Прибери в кімнаті, інакше не матимеш десерту», вона знає, чого чекати, і це її не лякає. Але якщо ти скажеш «Прибери в кімнаті, інакше тобі не сподобається моє покарання», тим самим змусиш думати й прикидати.

— Насправді ти ще підступніший, ніж здаєшся. Фальшивий добрячок.

— Я ж нічого не придумав, прочитав це сьогодні вранці, — сказав Ґленн, беручи газету в руки. — Ось цитую психолога: «Людська істота потребує знати, розуміти, ніщо її так не тривожить, як відсутність інформації. У тисячу разів спокійніше, коли знаєш, хто ворог і чого від нього

---

[1] *Archer Daniels Midland* — широко відома як *ADM* — американська багатонаціональна корпорація з переробки продуктів харчування та торгівлі товарами.

чекати, хай би якою жахливою та загроза була, ніж залишатись у невіданні, джерелі всіх кошмарів та тлумачень, які породжують ще жахливіші страхи...».

* * *

Прокинувшись, я одразу зателефонував Анні.

— Палій належить до гіперінтуїтивістів, — повідомив я.

— Що?

Я ввів її в курс того, що трапилось зі мною після повернення додому.

Анна відповіла довгим мовчанням.

— Немає сумніву, що це хтось із ваших колишніх колег, той, хто був у Форт-Міді. Щоби бути здатним настільки точно інтуїтивно встановити локалізацію, треба було пройти підготовку у *Remote Viewing*.

— Тімоті, ви ж знаєте, що вони всі загинули.

— Ті, що були в активі, так, але лабораторія існує понад сорок років, мусять бути колишні учасники, які вийшли на пенсію.

Знову мовчання.

— Так, ваша правда.

— І саме тому він узявся за мене: він знає, що я переслідую за допомогою його власної зброї — інтуїції, ефективність якої йому відома, як нікому іншому. І знає, що я справді є загрозою для нього.

— Цілком можливо, Тімоті.

— Це означає, що відтепер я ніде не буду в безпеці. Навіть якщо сховаюся на іншому кінці міста у друзів чи десь далеко в селі, він зможе легко мене локалізувати.

У відповідь лише ніякове мовчання Анни.

— І оскільки інтуїція дає змогу проникати в майбутнє, — повів далі я, — він може наперед знати, що саме я збираюся робити! Мене заблоковано звідусіль, як того оленя на полюванні з гончими псами. Єдиний вихід — привселюдно голосно заявити, що я від усього цього відійшов, що більше не займаюся цією справою, яка, між іншим, мене не стосується. Жити як егоїст і повідомити про це — ось єдина опція, щоб залишитись у безпеці!

Знову тривале мовчання, потім Анна пробурмотіла невпевнено:

— Я... мені страшенно прикро, що я втягнула вас у цю справу.

Не збавляючи ритму, я передав свої висновки Ґленну, який сприйняв їх серйозно й заявив, що негайно починає розслідування про всіх колишніх працівників Форт-Міда, які ще живі.

— Я зараз же призначаю для цього групу, — повідомив він голосом, який демонстрував як бажання мене заспокоїти, так і намір накласти руку на злочинця. — Це — державна установа, тож отримати доступ до картотеки легко, зробимо все швидко.

Він поділився змістом ультиматуму палія, підтвердивши мою інтуїцію про його екологічні орієнтири.

— Все-таки шкода, що така благородна мета псується такими негідними вчинками, — сказав я.

— Звісно, але ми швидко його зловимо. Сьогодні вранці Баррі Кантор повідомив, що після того, як ви пішли, було залучено криміналістів. Оскільки вежа Барклі в Нью-Йорку не завалилася, вдалося знайти сліди системи запалювання. Тепер працюють експерти. Сподіваємось на зрушення і в цій площині.

* * *

Ґленн роздрукував перелік усіх учасників *Remote Viewers*, які працювали над проєктом *Stargate* від самого початку. Більшість із тих, що були живими, перебували на пенсії, тільки дехто далі працював в інших галузях у приватному секторі.

Він порівняв список з усіма активістами в царині екології по всій країні.

Жодного результату.

Він розширив пошуки на базу всіх активістів, прихильників і волонтерів екологічної партії чи асоціації.

Жодного результату.

Тоді він одну за одною перебрав особові справи колишніх учасників, шукаючи в кожного щось, що могло б спонукати до якоїсь особливої мотивації виступати за захист довкілля.

Цей відбір дав три імені.

Перший уже помер.

Другий жив в Аргентині, й аргентинська поліція швидко підтвердила, що він увесь час перебував у країні.

Третій був американським індіанцем, молодим пенсіонером.

Ґленн відчув, як прискорилося серцебиття.

— Я хочу знати геть усе про нього й родину, — наказав він. — Все, що може бути пов'язане з їхнім ставленням до природи.

Не минуло й пів години, як на столі в нього були перші відомості.

Сім років тому молодший син цього чоловіка, бажаючи відновити спосіб життя своїх далеких пращурів, повністю поринувши в природу серед амазонського лісу, приїхав у плем'я яномані на півночі Бразилії. Він створив там сім'ю і жив багато років, аж доки плем'я було змушене переміститися через гігантську пожежу, замовлену агропромисловою фірмою, яка за безцінь купила тисячі гектарів довкруж. Син організував спротив загарбникам, виступаючи за право племені жити далі у цьому лісі. Він єдиний мав університетську освіту, відповідно, найкраще підходив для перемовин із непоступливими бізнесменами. Але перемовини виявилися безрезультатними, і одного дня конфлікт вилився у протистояння між членами племені й бульдозерами, які прибули переорати землю. Сутичка була гострою, три члени племені загинули, їх розчавили бульдозерами. Серед них був і син. Поліцейське розслідування дійшло висновку про нещасний випадок.

Це точно він, сказав собі Ґленн.

Годиною пізніше еліта група ФБР увірвалася у скромний будиночок у невеличкій комуні Флемінгтон, за годину їзди від Нью-Йорка, у штаті Нью-Джерсі, й схопила підозрюваного, коли той збирався обідати. Чоловік заперечував свою участь, але підтвердити алібі на чотири вечори, на які припали пожежі, не зміг. Будинок обшукали і знайшли газетні статті з описом чотирьох пожеж, кожна старанно вирізана й покладена у відповідну теку. Огляд комп'ютера виявив численні пошуки стосовно атакованих будівель. Він неправно виправдовувався, посилаючись на свої симпатії до справи, яку захищали такими діями, однак заперечував свою причетність. Його заарештували, і Баррі Кантор наказав посадити його в камеру попереднього ув'язнення.

* * *

Через ці перипетії я ледь не забув про передачу.

*Завтра...*

«Усе пройде добре, — сказав я собі, відчуваючи клубок у грудях, — якщо віднайду стан довіри, що його зумів відчути вчора, коли крокував пляжем».

Я не мав сил іти по магазинах, щоб купити належний одяг, тож вирішив обійтися тим, що було на борту: чисті джинси, гарна сіра сорочка, темний піджак. Нейтрально, але добре. Так підійде.

До мене неочікувано навідалася Лінн. Вона бачила прибуття поліції вчора ввечері, але не наважилася висунути носа. Я пояснив, що став жертвою крадіжки, нічого більше. Вона розізлилася на себе за те, що нічого не помітила, що було справді дивно, адже вона цілісінькими днями зирила крізь вікно свого кабінету, що було якраз навпроти мого будинку.

Вона повела мову про необхідність встановити систему охорони, і під кінець розмови я міг би стати представником телеспостереження, настільки докладно вона охарактеризувала прикмети й переваги різних пропозицій у цій сфері. Якщо жоден літературний агент не захоче працювати зі мною, тепер у мене є план Б.

Мене врятував дзвінок Анни, який дав мені гарний привід припинити дальше розгортання каталогу.

— Це важливо, перепрошую, — сказав я Лінн, вибачливо скривившись, — і, боюсь, надовго.

Вона пішла після того, як я ще раз подякував за її вчорашні пошуки.

— Так, Анно, добридень.

— Можете говорити?

— Так.

— Чи ви вільні під час обіду?

— Сьогодні? А... ви що, не повернулись у Форт-Мід?

— Не маю підстав квапитись. На мене там не чекають.

— Тобто? Я не розумію...

— Мені подякували за роботу.

Почувши новину, я відчув нерозуміння, за ним одразу почуття провини.

— Це... пов'язано з моїм відходом?

— Це тільки прискорило рішення.

— Але... все-таки... хіба можна так швидко?

— Усе було на підході. Без вас вони знайшли б інший претекст. Керівник, за яким мене закріплено, має ультрарелігійні погляди, від моменту призначення шукає приводу закрити цей проєкт. Хіба сталося б якесь диво, він рано чи пізно свого добився б...

— Диво, як, скажімо, арешт палія завдяки лабораторії.

— Наприклад.

— Мені шкода.

— Перегорнемо сторінку... Якщо опівдні ви вільні, можемо разом поїсти та поговорити про щось інше, адже тепер ми не пов'язані роботою у зв'язці вчитель — учень.

Вона сказала це сміючись, і я був їй вдячний, що у такий спосіб вона зняла драматизм ситуації.

— Е-е... так... чом би й ні...

Щоб дістатися Мангеттена, вирішив поїхати на своєму авто. Відтоді як на мене чатувала загроза, метро здавалося мені надто небезпечним.

Ми зустрілись у Гринвіч-віладжі, найбільш задушевному кварталі Нью-Йорка, де вертикальність поступається місцем невисоким цегляним будинкам із ґаночками, що нагадують Англію, а неслухняні вулички позбулися суворого нью-йоркського шахового порядку, дозволивши собі обирати криві лінії.

Ми йшли тротуарами, обсадженими деревами. Перші білі квіточки японських вишень провіщали скорий прихід весни.

Просто жах, наскільки професійні стосунки можуть зумовити формальність відносин, коли кожен відіграє роль, що відповідає його посаді. Анна, яку я бачив зараз, не мала нічого спільного з тією, яку я досі знав. Вона була більш природна, і наше спілкування від самого початку велося значно невимушеніше, ніж доти. Ми більше не були професіоналами, які працюють, приймаючи виклик, а майже друзями, які пережили разом сильні моменти. Мені здалося, що вона була не така напружена, ніби після звільнення, як не парадоксально, вона позбулась якогось тягаря. Інколи в житті буває, що страх падіння гірший за саме падіння.

— Уже кілька місяців я живу в тривожному очікуванні, що це таки станеться, — сказала вона. — Тепер, коли це сталося, у мене немає підстав боятися.

— Дуже мудра позиція.

— Хоча й маю деякі клопоти щодо свого майбутнього: оскільки проєкт *Stargate* класифіковано як «Таємниця-Безпека», у моєму контракті записана умова про конфіденційність, я не маю права розповідати будь-що про роботу у Форт-Міді впродовж усіх цих років. Тож підготувати належне резюме буде дуже непросто...

— Мені дуже прикро...

— Не переймайся, я знайду вихід із цієї ситуації. Куди підемо їсти? Я вмираю з голоду.

— Ну... уявлення не маю, а ти?

Вона усміхнулась.

— Пропоную пошукати ресторан *інтуїтивно*.

— Тобто?

— Ціль — ресторан, де ми сьогодні обідатимемо, так? Він існує, отже, тобі треба просто вийти на зв'язок із місцем.

— Але ж... я не малюватиму ідеограм, стоячи на вулиці!

— Обійдемося без них. За ці кілька днів ти провів багато сесій, тепер, на мою думку, ти можеш спонтанно відкритись для цілі. Спробуємо?

— Окей.

— Заплющ очі.

Я послухався.

— Тепер відповідай на запитання: який він?

Перед очима блимнув жовтий колір. Я їй сказав про це.

— Дуже добре. Що ще?

— Є також коричневий колір, трохи зеленого, не зовсім чистий зелений колір, трохи з відливом до кольору морської хвилі.

— Гаразд. Що ще?

Я розсміявся.

— Чому смієшся?

— Я щойно побачив, власне... це не зовсім образ, це... наче я отримав інформацію, що Тарзан пролетів на ліані.

— Як ти про це дізнався?

— Гадаю, я почув щось схоже на крик... а потім виник більш-менш виразний образ.

— Так... Щось іще?

— Е-е-е... маю приємне відчуття... тепло... і смачно пахне...

— А який смак у того, що ти їси? Яка текстура?

— Це... щось м'яке... має смак... солонуватий і нагадує пасту... або, може, й пюре... у будь-якому разі щось досить плинне.

— Що ж, рушаємо на пошуки.

Я розплющив очі.

— І як ми це робитимемо?

— Будемо іти і дивитись, чи якийсь ресторан підходить під твій опис або чи не буде там офіціантки у костюмі Чіти!

Я був напівзацікавлений, напівсумнівався. Ми минули кілька вулиць, роздивляючись інтер'єр закладів. Нічого певного. Далі пішли по Густон-стріт, де закінчується Сохо. Нарешті опинились перед вітриною з білого дерева під темно-синім дашком. Усередині жовті стіни, паркет і бар кольору морської зелені.

— Ось ми і прийшли, — сказала Анна.

— Але я не візуалізував ані білого кольору вітрини, ані синього дашка.

— Ага, глянь на вивіску, — сказала вона, пирскаючи сміхом.

Я підвів очі: Джейн.

— Вмерти зі сміху.

Попри все це, я був трохи розгублений.

Ми вибрали маленький дерев'яний лакований стіл трохи збоку. Простий, але затишний декор.

На стіні, що навпроти, на екрані працював інформаційний канал.

Офіціант приніс меню.

— Я візьму овочі з соусом карі, — вирішила Анна.

— Оскільки тут є ньокі з рікоттою, у мене немає вибору...

— Навпаки! Доступ до майбутнього не забороняє його міняти. Інколи можлива ретроакція.

— Ну... в такому разі це не було майбутнє.

— Пригадай, що кажуть квантові фізики: на рівні нескінченно малих величин світ — це лише потенційності, і час протікає не так, як ми сприймаємо його на нашому рівні. Видається, що власне проекція людської свідомості на потенційну подію її стабілізує. Втім, це не обов'язково робить її остаточною. Усвідомивши майбутнє, яке ти збираєшся прожити, в подальшому можеш вирішити щось інше. Тоді ти проєктуєш свою свідомість на обране тобою майбутнє і, якщо щиро в нього віриш, воно має шанси стати реальністю.

— Виходить, що досить вирішити щось, аби воно вдалося? Мені здається, що багато людей кидаються в проєкти неймовірно мотивованими... і зазнають невдачі.

— Все значно складніше. Одного лише рішення замало, треба в це справді вірити. Не брехати собі, не робити вигляд, що віриш, інакше нічого не буде. Власне, в цьому полягає складність: віра не піддається постановам. Тож питання звучить інакше: що саме зумовлює те, що людина вірить або ні у здійснення чогось? Віра народжується в нас самих чи насправжки, є тільки плодом сприйняття вже написаного минулого? У мене немає готової відповіді...

— Однак усе це трохи туманно, хіба ні?

— Якщо ти бачиш це так, то так його і проживеш.

— Ти маєш на все відповідь, чи не так?

— Окрім страви, яку ти вибереш, — усміхнулася вона.

Я дочитав меню до кінця.

— Що ж... все-таки я замовлю ньокі, нічого іншого не хочу.

Ми замовили дві склянки червоного вина, які нам одразу ж принесли.

— Що ж, вип'ємо за безробітних, якими ми обоє стали впродовж двадцяти чотирьох годин.

— За безробітних, — повторила вона, цокаючись. — Зауваж, ти насправді не безробітний, адже тобі не мали платити.

— Звісно, ні. До речі, мою телепередачу відновили, навіть якщо в мене більше немає агента.

— Он як?

— Так, завтра о 13:30 в прямому ефірі. Не можу й описати, наскільки я боюся. Намагаюся про це не думати, але страх піднімається щогодини більше, немов прихований приплив, що готовий мене поглинути. Я геть втрачаю всю витримку, коли говорю привселюдно. А на телебаченні...

— Це кумедно.

— Аж ніяк. Це паралізує.

— Я хотіла сказати, що це дивно. Що саме тебе бентежить?

— Не знаю... Мені здається, що всі мене оцінюватимуть, бачитимуть мої вади...

Анна замислено похитала головою.

Нам принесли тарілки з паруючими стравами.

— Як на вигляд, дуже смачно, — сказав я.

Вона не відповіла.

— І з біса гарно пахне, — додав я.

Вона далі мовчала, блукаючи поглядом десь далеко, поглинена своїми думками.

Потім глянула мені у вічі.

— Чи ти мене цінуєш, Тімоті?

— Е-е-е... так, дуже.

Я не чекав такого запитання.

Вона скривилась, а тоді трохи нахилилася до мене.

— Маю тобі в дечому зізнатись, — сумно промовила вона.

Я звів брови.

— Хочу, аби ти знав мене не тільки з того, що видно назовні, — додала вона.

— Гаразд.

— Щоб ти знав... навіть мої маленькі недоліки.

— Якщо наполягаєш...

— Так от, — сказала вона, глибоко вдихнувши, — передусім... я схильна не виявляти бойовитості, я переключаюсь на щось інше, коли треба докласти зусиль. Потім... мені бракує трохи емпатії, коли бачу негативні емоції інших людей. Що ще? О, так... у мене завеликі ноги... порівняно з моїм зростом. Я...

— Та що з тобою, навіщо ти все це мені розповідаєш?

— Стривай, я не закінчила: я припускаюсь орфографічних помилок, щойно берусь писати. Я зловживаю шоколадом. Справжнісінька наркоманка. І не маю сили волі, щоб позбутися цієї звички. І ще... О, так, я часто схильна відкладати важливі речі на завтра. Ось, і що ти про все це думаєш?

— Думаю, що ще довго будеш безробітною.

— Ну ти й дурко, — сказала вона, пирскнувши сміхом.

Потім глянула з ангельською усмішкою, здатною розтопити серце кам'яного колоса.

— Чи ти мене досі поважаєш?

— Скажімо... бачу тебе не такою досконалою...

— І...

Я хотів витримати паузу, щоб трохи її помучити, але її чарівна усмішка зламала мою жорстокість.

— І... я тебе все-таки ціную.

В її очах зблиснули переможні вогники.

— Ось воно, — задоволено сказала Анна з широкою усмішкою.

— Що воно?

— Те, що я хотіла продемонструвати. Наші вади не перешкоджають тому, щоб нас цінували. Навпаки, вони роблять нас людянішими, — пояснила вона.

— Хочеш сказати, що я нерозумний, бо боюся говорити привселюдно?

— Так. От уже один недолік...

Вона знову чарівно усміхнулась і уточнила:

— Але я так само тебе ціную.

— Так... Якщо дозволиш, скажу, що ти була не дуже природною до сьогодні. Коли ми працювали разом, ти грала роль експерта, фахового й відстороненого. Ось уже дві години, як мені здається, що я розмовляю геть з іншою людиною!

Вона спокійно ковтнула вина.

— Бачиш, у світі праці менеджери інколи по-ідіотськи вірять, що для того, щоб бути ефективними, треба бути досконалими. Досить часто це змушує нас грати роль бездоганного професіонала... Що ж стосується мене, нагадаю, що я все-таки була в підвішеному стані. Доказ: мене звільнили.

— Телепередача для мене також належить до професійної сфери.

— Так, але твої патрони на тебе не дивитимуться. Нагадаю, що в тебе більше немає патрона.

— У мене ніколи його не було.

— Тим паче. Телеглядачі нормальні люди, яким плювати на твої недоліки. У будь-якому разі, гадаю, ця проблема має інше підґрунтя.

— Тобто?

— Ти сам не сприймаєш себе цілковито таким, як ти є...

— Навіть не знаю...

Вона поставила склянку й послала мені усмішку, щиру, доброзичливу і аж ніяк не спокусливу.

— Прийняття своїх недоліків звільняє нас від осуду інших.

Я також ковтнув вина, обдумуючи її слова. Я чутливо реагував на її компліменти.

— У будь-якому разі чи доводилось тобі бачити людей бездоганних?

— Ну... так: Баррі Кантор. Відверто кажучи, у цього типа є все: він вродливий, розумний, я навіть сказав би, блискучий, вміє слухати, добре висловлюється, елегантний, на додачу займає суперпост... Жодної вади.

— Повір, чоловіків без вад не існує.

— Я...

— Стривай! — вона раптом перервала мене, подавши рукою жест мовчати. — Дивись!

На екрані інформаційний канал дав титри: «Палія веж затримано». Звук був вимкнений, але субтитри мінялися. Журналіст пояснював, що завдяки розслідуванню вдалося заарештувати злочинця, якого розшукували по всій країні. Показали двох поліцейських, які вели чоловіка років шістдесяти в кайданах, він ішов просто на камеру.

— Господи! — вигукнула Анна, труснувши головою.

— У чому річ?

— Це неможливо...

— Що? Що трапилось?

Анна відповіла не одразу. Вона немов заніміла, не зводячи очей з екрана, з перекривленим обличчям.

Анна дочекалась кінця сюжету і обернулась до мене.

— Це неможливо, — сказала вона. — Я знаю цього чоловіка. Це — Елан Вокер, колишній працівник Форт-Міда. Я двічі з ним бачилась. Це найлагідніший і найлюдяніший чоловік з-поміж тих, кого знаю. Він абсолютно нездатний зробити щось подібне.

— Не знаю, що й казати... Гадаю, його заарештували на підставі вагомих доказів.

— Але цей чоловік настільки доброзичливий і щиросердний, що знайде для тебе вибачення, якщо навіть ти вкрадеш у нього авто чи даси привселюдно ляпаса.

— Знаєш, у більшості кримінальних справ сусіди винуватця стверджували, що це добрий, милий і послужливий чоловік.

— Але це абсолютно неможливо! Я категорично на цьому наполягаю.

— Скидається на те, що зміг...

Анна несподівано схопила мене за руку.

307

— Це не він! У мене є доказ! Я пригадала!

— Що саме?

Вона дивилася мені просто у вічі.

— Цей чоловік — пірофоб.

— Хто-хто?

— Пірофоб. Він боїться вогню! Навіть відходить від людини, яка підкурює цигарку. Він не може там залишатись!

Такий поворот, звісно, нашорошує.

— Треба щось робити, — непокоїлась вона. — Ми не можемо допустити, щоб засудили невинного! До того ж я знаю, що він дуже вразливий: втратив єдиного сина, не має сім'ї. Він не витримає у в'язниці...

Я повірив їй.

— На жаль, не бачу, що тут можна було б зробити.

— Найкращий спосіб довести його невинуватість — знайти справжнього злочинця.

— Анно...

— Це єдине рішення.

— Анно, я розумію, куди ти гнеш, але нагадую: я припинив. У будь-якому разі ФБР також припинило: вони мають винуватця, ти не змусиш їх поновити розслідування. Вже не кажучи про те, що наразі ти не в грі...

Вона не відповідала, але її страдницький погляд розривав мені серце.

Ми попросили рахунок і за десять хвилин були на вулиці. Мовчки — обом було якось незручно — пішли тротуаром Х'юстон-стріт, коли я почув за спиною, не надавши цьому жодного значення, пришвидшений звук мотора.

Раптом Анна, яка йшла праворуч, крикнула й різко смикнула мене за руку.

— Обережно!

У той самий момент сильний удар по лівому плечу збив мене з ніг, і я впав, перекотившись через себе.

Анна підтримала мене в падінні й не дала вдаритись головою об землю.

Гудіння мотора віддалялось. Я обернувся й помітив чорний фургон, який дуже швидко тікав.

— Як ти? — торкнулась мене Анна.

— Нормально, — відповів я, підводячись.

Плече боліло, але я був цілим.

Вулиця була майже порожня. Не треба було уникати ні пішохода, ні велосипедиста: тож у машини не було жодних резонів робити різкий випад убік, прискорюючи на моєму рівні.

Очевидність ситуації мене шокувала й ошелешила водночас: він зробив це навмисне.

У це не хотілося вірити настільки, що, попри все, я чіплявся за гіпотезу нещасного випадку. Можливо, тип за кермом говорив по телефону, чхнув або ще хтозна-що?

Це нагадало мені сцену з мого роману. Героя ледве не збила машина, в останню мить його врятував чоловік, потягнувши на себе; сьогодні так зробила Анна. От тільки надалі той чоловік виявився спільником винуватця. Він урятував йому життя тільки для того, щоб втертись у довіру. Різкий поворот авто був мізансценою, придуманою винятково з цією метою.

— Він хотів тебе вбити, — сказала Анна.

Фургон уже зник удалині. Довкола нас і на вулиці порожньо. Жодного очевидця, щоб встановити номер реєстрації.

— Не знаю. У будь-якому разі якби не ти, йому це вдалося б.

— Почувши його наближення, я повернула голову й побачила, що він їде просто по тротуару. Тобі пощастило, тебе зачепило дзеркалом: воно збилося під час зіткнення і пом'якшило удар. Як плече?

— Ніби нормально, — сказав я, легко масуючи його правою рукою.

— Чорт, це нестерпно!..

310

І все-таки важко повірити, що мене хотіли вбити. Звісно, була погроза на стіні моєї спальні, яка наказувала припинити пошуки, але, власне, я їх припинив!

— Чи, перш ніж зі мною зустрітись опівдні, ти казала комусь, що спробуєш мене вмовити продовжити? — запитав я.

— Ні. У будь-якому разі навіть не думала. Про арешт Елана Вокера я дізналася водночас із тобою, отоді я тебе й попросила.

В усьому цьому не було сенсу...

— Або ж за мною стежать від самого ранку. Побачили, що ми зустрілись і неправильно витлумачили, — міркував я.

Анна замислено трохи помовчала.

— Ти єдиний, хто здатен ідентифікувати його дуже швидко. Він, цілком певно, це зрозумів... Відтак, ти являєш собою перманентну загрозу для нього. У будь-який момент ти можеш вирішити його локалізувати й видати. Ти тримаєш його життя у своїх руках! Постав себе на його місце: він не може так ризикувати. Був би божевільним, якби хотів залишити тебе живим.

Її слова пролились, наче холодний душ.

— Якщо вважаєш, що вихід із розслідування тебе врятує, помиляєшся. Це все одно, що вручити себе йому, не вдаючись до захисту. Він не залишить тебе в спокої.

— Ти так кажеш, бо хочеш, щоб я повернувся до справи, щоб урятувати твого друга.

— Він мені не друг. Просто безневинна людина, яку помилково звинуватили.

Я труснув головою.

— Я пообіцяв собі не співпрацювати з ФБР. Вони повелись зі мною дуже гидко, сама добре знаєш.

— Я про це й не прошу. Але локалізувати цього злочинця можеш тільки ти. Приведи мене до нього. Я мушу його побачити, тоді зможу ідентифікувати, переглянувши особові справи всіх колишніх працівників Форт-Міда, які ще живі.

І, оскільки я мовчав, додала:

— Якщо не хочеш зробити це задля себе, зроби це, щоб урятувати невинного.

Усі ті слова роїлися у мене в голові, і, коли я безнадійно пробував переглянути імовірні рішення, мені досить швидко стало зрозуміло, що воно може бути одне.

Дуже просте. Втеча. Досить поїхати десь далеко, скажімо, десь на місяць на інший край країни до кузена чи друга або навіть за кордон. Він не поїде туди за мною: у нього є план для виконання, і він не відмовиться від нього заради втікача.

Це не було блискуче рішення, але могло гарантувати мою безпеку. Зрештою, я нічого у цій справі не просив. Я міг усе втратити і нічого не виграти. Краще зберегти інтуїцію для себе, при написанні романів.

— Про що ти думаєш?

Я не відповів, але, коли почав розглядати різні місця для імовірного перебування, в самісінькій глибині мого єства почало визрівати нове суперечливе почуття, це дивне почуття поступово перетворилося на думку і набуло форми запитання, поступово виринаючи з туману моєї підсвідомості.

Коли Бог, Життя та Всесвіт (або назвіть це, як хочете) наділяє нас даром, талантом чи вмінням, яке так чи інак може бути корисним іншим, чи ми справді маємо берегти його для себе?

## ~ 23 ~

### Білий дім
#### Кабінет радника президента

Ґленн кинув оком на годинник. Вони запізнювалися на пресконференцію. Навпроти нього Баррі Кантор стояв за своїм столом і по телефону обговорював із сенатором якесь бюджетне питання. Впродовж чверті години свого перебування тут Ґленн почув, як він однаково легко перестрибує з одного предмета на інший з різними співрозмовниками.

— Ходімо, — сказав Кантор, завершивши розмову.

Ґленн вийшов за ним у приглушену тишу коридору, який вони подолали пришвидшеним кроком. Вони проминули залу Рузвельта ліворуч та Овальний кабінет праворуч, потім коридор повернув ліворуч, і вони минули залу прессекретаріату, що навпроти Кабінету.

Щойно вони зайшли у залу пресконференції, гамір розмов одразу стих, а кваплі перешіптування супроводили рух камер в їхньому напрямку. Баррі Кантор підійшов до офіційного пюпітра, Ґленн став праворуч трохи збоку. Кантор попросив його бути поруч на той випадок, коли

314

запитання преси заторкнуть якісь спеціальні елементи розслідування.

Зала була переповнена. Сім рядів блакитних відкидних стільців були зайняті акредитованими журналістами, довкола юрмилася невелика нервова купка репортерів, фотографів і операторів. По підлозі в усіх напрямках зміїлися товсті кабелі, роблячи свій внесок до навколишнього сум'яття.

Затріщали фотоапарати й флеші. Через тепло від прожекторів і тисняву атмосфера видавалася задушливою. Ґленн ніколи не бачив стільки люду у цій кімнаті, де йшлося про внутрішню кримінальну справу.

Баррі Кантор вичекав кілька митей, аби фотографи могли натішитись, знімаючи його, і почав свою заяву з привітання з присутніми, почуваючись дуже комфортно й усміхаючись.

— Я дуже радий мати можливість підтвердити арешт палія веж.

Ґленн бачив його у профіль. Усі риси його розслабленого обличчя відображали вдоволення й гордість.

— Наша адміністрація, — сказав Кантор, — невтомно працювала від самого початку вдень і вночі, і праця кожного оплатилася.

До Ґленна прослизнула секретарка із заклопотаним виглядом. Вона простягнула йому папірець і прошепотіла на вухо:

— Подивіться, чи потрібно повідомляти це пану Кантору.

Ґленн узяв папірець і прочитав:

Горить будівля товариства Стейт-стріт у Бостоні. Прозвучала музика «Поклик лісу».

*Чортова кров! Забракло трьох хвилин, щоб отримати інформацію до початку пресконференції.*

— Кожен має відчути полегшення від того, що ми позбулися суспільного ворога № 1, — вів далі Баррі Кантор, — кожен має відчути полегшення від того, що може собі сказати...

Ґленн не вагався ані миті. Ступив крок і поклав аркуш на пюпітр перед очима радника.

Кантор продовжував у тому самому пориві без найменшої запинки. Тільки риси обличчя поступово змінювалися, повільно сповзаючи від переможної усмішки до виразу усвідомленої й мужньої рішучості.

— ...що віднині він може йти на роботу, не відчуваючи рефлекторного почуття страху. Втім, не треба забувати: заарештований підозрюваний, цілком певно, має змовників. Враховуючи наявні в справі елементи, я глибоко переконаний, що зараз, коли я з вами розмовляю, загроза досі залишається, будуть інші пожежі. Майбутнє покаже, чи я маю рацію, але вірю, що наразі кричати про перемогу зарано. Ми виграли одну битву, але війна не закінчилася. Тому закликаю кожного залишатись екстремально пильним. Для нас боротьба триває, і я покличу вас, щойно в розслідуванні з'являться нові деталі, які можна повідомити населенню.

* * *

Банани.

Я бачив банани і човен.

— Ти певен? — несміливо запитала Анна, вочевидь збентежена.

Я неквапливо розклав аркуші своєї сесії на столі, передивився ідеограму, переліки чуттєвих прикметників, підсумок, начерки... Так, жодного сумніву, я бачив те, що скидалося на корабель, воду, великий металевий червоний предмет і... банани.

Анна скривилася, продовжуючи застібати пальто, бо нас охоплювала волога свіжість саду.

Шукаючи природний куточок, щоб відтворити атмосферу, яка досі значною мірою сприяла моїм інтуїтивним пошукам, ми опинилися за п'ять хвилин ходу від ресторану у Вашингтон-сквер-парк, що йде вздовж Нью-Йоркського університету. Якщо влітку студенти брали його штурмом, то в цю пору він був відносно безлюдним; ми розташувалися за садовим столиком із вбудованою в центрі шаховою дошкою, довкруж попід деревами з бруньками — лавочки з дерева й кованого заліза. Хоча це далеко не природа: повітря нічим не пахло, було наче мертве, звіддаля долинали звуки авто.

Я знав цей квартал, бо кількома роками раніше тут мешкав. Щоб позбутися можливого переслідувача, який міг за нами стежити, ми сперша зробили крюк, зайшли у супермаркетик «Мортон-Вільямс» на Ла-Ґардіа-плейс й одразу вийшли з іншого боку на Бліккер-стріт.

— Банани, корабель, вода і щось червоне з металу, — повторила не дуже впевнено Анна.

Звичайно, в цьому не було ніякого сенсу, але це те, що мені з'явилося.

— Зрештою, можливо, це не дуже гарна ідея прийти сюди для сесії, — сказав я. — Це місце не таке й безпечне. І, можливо, спотворює результати.

— Чому ти так кажеш?

— На початку XVIII століття у Нью-Йорку була епідемія жовтої лихоманки. Мертвих ховали похапцем, просто закопували. У нас під ногами близько двадцяти тисяч трупів.

— Жартуєш?

— Ні, це правда.

— Господи...

Я почув шум позаду і швидко обернувся.

Нічого. На землі валялася гілка. Можливо, вона щойно впала.

Знаючи, що за мною стежать, я став геть нервовим.

— Гаразд, не розпиляймося, — запропонував я. — Пароплав, вода, банани й червоний метал. Про що це тобі говорить?

— Е-е-е... звісно, про тропіки, про Караїби, але це цілком поза сюжетом... Хіба що йдеться про корабель, що привозить банани, але це не набагато краще.

— Банановоз?

— Так, але це не будівля, до того ж не бачу зв'язку з екологією.

— Авжеж.

Я вдруге покрутив ці образи, що іще могло б об'єднати ці недоречні елементи, — нічого.

— Або це фінансове підприємство, в логотипі якого є банан, як у Барклі з блакитним орлом.

Анна пирскнула.

— Серйозно? Ти вкладеш кошти у фірму, в логотипі якої є банан?

— М-да... слушне зауваження.

— Що ще?

— Можливо, це якась контора, назва якої непрямо вказує на банан. А знаючи, що є ще корабель...

— Але телефонувати Ґленну й Роберту ти не хочеш, а в нас немає команди, яка могла б переглянути фінансові контори по всій країні, щоб вилущити їхні назви.

— Авжеж... Можливо, йдеться про фінансову фірму, яка розміщена в будівлі у торговому порту, на березі, де на причалі стоїть банановоз.

— Непогано. Імовірно.

— Фактично це, схоже, найкраща ідея на цей час.

Кілька митей я мовчки міркував, та нічого більше не спало мені на думку.

— То що, спробуємо? — запропонував я. — Проїдемо на місце? Не бачу жодного іншого варіанту...

— Так, але... в який порт? У цій країні їх, напевно, десятки.

— В ультиматумі палій говорив про атаку що дві-три години. Оскільки він у Нью-Йорку, то нікуди не поїде. Інакше не встигатиме.

320

— І де тут торговий порт?

— У Брукліні, на іншому боці затоки, якраз за Островом губернаторів. Я на авто, можемо дістатися туди дуже швидко по підводному тунелю. Я не знаю точно, як доїхати до порту, але з навігатором смартфона дамо собі раду.

На першому ж віражі плече віддало різким болем.

— Плече… Ти могла б сісти за кермо?

— Окей, хоча, можливо, за п'ять хвилин пожалкуєш.

— Я тобі довіряю, — збрехав я.

Десь за пів години авто повільно виїхало на набережну, яка в принципі призначалася для працівників порту. Ліворуч останні сонячні промені ховалися за морем за статуєю Свободи, даруючи морю останні сріблисті відблиски.

— Набережна геть безлюдна, — сказала Анна.

— Субота, кінець дня.

Величезні, довгі, низькі ангари змінювали один одного на залитому бітумом просторі; одні йшли паралельно, інші перпендикулярно набережній, деякі стояли на плаваючих платформах на морі. Поринувши в сутінки та туманні випари поблизу деяких доків, стояли напівпричепи: здавалося, водії покинули їх у монотонному шикувані.

— Яке паскудне місце, — зауважила Анна.

— Дуже. І тут важко уявити якусь фінансову фірму. Напевно, ми помилились.

— Я теж так думаю.

Я уявляв величезні кораблі-контейнеровози на причалі, але тут не було жодного. Тільки кілька скромних розмірів суден, вишикуваних уздовж одного з ангарів. Їхня зношеність натякала радше на рештки кораблетрощ, ніж на судна для активної морської торгівлі.

Ми повільно рухались уперед і поступово наближались до розкішної офісної, сучасної на вигляд будівлі, що стояла праворуч від шосе і фасадом дивилася на ангар, збудований уздовж набережної ліворуч.

— Можливо, там можна на щось надіятись, — сказав я, вказуючи на будівлю.

— Подивимось.

Ми повільно проїхали перед будівлею без жодного освітленого вікна. Паркінг «в ялиночку» перед будинком був порожній.

— Спробуймо подивитись далі, — запропонував я. — Якщо нічого не знайдемо, розвернемось і пошукаємо перелік підприємств, які розміщені в цій будівлі.

— Гаразд.

Щойно авто проминуло ангар, за яким ховався край води, як ліворуч перед нами постав величезний сірий корабель на причалі вздовж набережної, а неподалік від нього, навпроти нас — підйомний кран. Корабель був невисокий, але дуже довгий, можливо, півтори сотні метрів. Обтічний гладенький корпус однорідного сірого кольору без жодного ілюмінатора робив його схожим на військове судно. На іншому кінці корабля здалеку можна було бачити корму, на ній височіла своєрідна велика башта, останній рівень якої був засклений з усіх боків.

— Кран! — вигукнула Анна. — Він червоний!

Я затамував подих.

Портовий підйомний кран, який у сутінках височів навпроти нас, значною мірою був з'їдений іржею, але подекуди можна було угледіти рештки червоної фарби, що осипалася.

На корабельній башті виднілося світло. Можливо, це були іноземні моряки, які змушені провести вікенд на борту в очікуванні можливості розвантажити привезене, коли вранці в понеділок порт знову оживе.

Кран займав майже всю ширину берега, перешкоджаючи проїзду машин. Край набережної був ліворуч від нас. Анна поїхала вздовж, потім зупинила авто. Під'їхати до корабля було неможливо.

— Піду подивлюся пішки, — сказав я. — Треба обов'язково дізнатись, чи це бананово́з.

— Ні, стривай. Піду я, — заперечила Анна, вимикаючи мотор.

— Ні, не треба. Це місце підозріле, і вже стемніло, ризиковано, тож піду я.

— Звичайно, ні! Уяви, що ми таки на місці наступної цілі: якщо палій тебе побачить, то одразу впізнає.

— У мене є зброя, — сказав я.

— У тебе є зброя? — недовірливо перепитала вона.

— Так.

— Гаразд, але є також ризик, що, впізнавши тебе, він стане обережним, не викаже себе і зникне. Нагадаю: ми маємо його ідентифікувати.

Я завагався.

— Я мало кого бачила з працівників Форт-Міда, — додала вона. — Тож малоймовірно, що він зможе мене впізнати. Ти ж спалишся відразу.

Звісно, вона мала рацію.

— Якщо тобі буде спокійніше, можеш дати мені зброю.

Я вийняв «Беретту» з кишені й простягнув їй.

— Вона заряджена.

Анна взяла пістолет, спробувала засунути його в кишеню пальто, але він не вміщався. Тож поклала в сумочку.

— Усього п'ять хвилин, — сказала вона. — Сиди на місці.

І, не чекаючи відповіді, вийшла з авто. Її дверцята були з боку моря, і морозне повітря із запахом застояної води проникло всередину. Вона зачинила дверцята, акуратно їх притиснувши, й беззвучно рушила в бік корабля.

Я не міг заспокоїтися й уже винуватив себе за те, що відпустив її.

Анна пройшла під краном і рушила вздовж сірого суворого корпусу. Небо було чорним, скупчення хмар не пропускало місячних променів. Лише кілька високих ліхтарів, схожих на потворних комах, кидали кволе світло в ореолі туману.

Анна, одягнена в чорне пальто, рухалась уздовж набережної у напрямку кораблевої башти, регулярно поглядаючи на корпус у пошуках, безумовно, вказівки на тип вантажу. Мене щораз більше охоплювала тривога, немовби наближалось велике лихо. Чи це була інтуїція? Можливо, так, бо я відчував це у своєму тілі: моя грудна клітка стискалась. Але що я міг зробити? Не міг же я вийти і її погукати. Це привернуло б увагу, і ми обоє опинились би в небезпеці...

Чекати — це єдине рішення.

Анна далі рухалась уперед уздовж судна. Але тривога щораз більше охоплювала мене, грудна клітина стискалась сильніше. Треба було попередити Анну, швидше...

Надіслати повідомлення на телефон! Я занурив руку в кишеню... вона була порожня. Тоді я пригадав, що дав свою мобілку Анні, щоб вона за навігатором скеровувала нас дорогою сюди. Але потім вона сіла за кермо... О, так, вона поклала телефон на приборну дошку. Чому його тут не видно?

Анна вже підійшла на рівень башти й оглядала підходи, аж раптом залунала похмура музика, яка розірвала вечірню тишу, я одразу ж її упізнав.

«Поклик лісу»...

Музика відлунювала настільки голосно між ангарами й доками безлюдного порту, що минуло кілька митей, доки я зміг локалізувати її джерело: тільки побачивши Анну, яка руками затулила вуха, я зрозумів, що звук ішов із потужного корабельного динаміка, цей динамік, без жодного сумніву, було встановлено, щоб його могли чути на іншому кораблі в морі.

— Негайна евакуація, негайна евакуація, — пролунав штучний голос у мікрофоні.

Анна має повернутись, мені стало легше, коли я побачив, що вона розвернулась назад.

Тривожна музика залунала знову, я не зводив очей з корабля.

Раптом почулося гурчання мотора праворуч від мене. Я був настільки напружений, що аж підстрибнув від несподіванки, але швидко заспокоївся: це був усього лише автонавантажувач, який зрушив із місця. Нерви були натягнуті до краю, серце гупало. Слід було заспокоїтися, якщо не хотів отримати інфаркт через таку марницю. Я глибоко вдихнув.

Але коли усвідомив, що відбувається, то з горла вирвався крик. Величезний візок жовто-чорного автонавантажувача сунув на мене, виставивши вперед два товсті стрижні, схожі на бивні слона. У мене не було часу відреагувати, я не встигав відчинити дверцята, щоб вийти й утекти, агрегат був уже тут і за чверть секунди протне машину з мого боку.

Я напружив усі м'язи, готуючись до удару величезної маси сталевого агрегата по корпусу мого авто, але від того, що трапилось перед самісіньким ударом, кров захолола в жилах: обидва паралельні стрижні пронизали обшивку дверцят, наче масло. Вони пройшли якраз над моїми ногами, один здер шкіру на животі, другий розтрощив приборну дошку з жахливим тріском розірваного пластику й металу. Зіткнення різко мене труснуло. Запекла́ змертвіла шкіра під пупом, автонавантажувач від'їхав на метр і знову рвонув уперед. Я помертвів.

І ледве встиг уловити новий кут нападу стрижнів, намагаючись опинитись у проміжку між ними, мені це вдалося досить непогано, на цей раз стрижень заторкнув спину, але не поранив. Але навантажувач швидко від'їхав і знову кинувся вперед. Цього разу він опустив стрижні нижче, я поквапився захистити ноги, піднявши їх. Але стрижні не прошли кузов, а просунулися нижче, й одразу після нового поштовху, який мене труснув, я з жахом усвідомив, що авто піднято в повітря.

Усе відбулося надзвичайно швидко.

Я зрозумів його намір, коли він почав рухатись, боком посуваючи моє авто до краю набережної, піднімаючи його вгору. Я міг урятуватись, тільки вистрибнувши, доки не пізно. Але мої дверцята були заблоковані через тиск навантажувача. Треба було рятуватись через інші дверцята, дверцята водія. Я кинувся в цьому напрямку, але мене затримав пасок безпеки, який я миттєво розстібнув. Мені вдалося лише наполовину перенести ноги через центральний міст, — *Господи! Навіщо конструктори зводять отакі гори між пасажирами!* — як авто почало хилитися. І коли я відчув, що авто опинилось у повітрі, на якусь мить помітив частину обличчя нападника в кабіні.

Він був повністю лисим і в нього не було одного вуха.

Струс був дуже сильним, коли машина з усього маху вдарилась об поверхню моря. Мене буквально кинуло всередині, я опинився на лівому боці. Якимось дивом голова не вдарилась ані об скло, ані об кузов, і болю, який би мене стривожив, я не відчував.

Усе разом заспокоїлося, коли авто досить швидко почало занурюватись у воду. Я одразу ж збагнув складність ситуації і поквапливо підвівся, щоб прочинити дверцята з боку шофера, доки зовнішній тиск води зробить це неможливим.

*Запізно.*

Я зміг прочинити дверцята на кілька градусів і відчув могутній опір маси крижаної води, яка почала затікати всередину. Швидко зачинив їх, щоб зупинити надходження води. Але вода вливалась крізь чотири дірки від стрижнів автонавантажувача в інших дверцятах. Вона проникала і через вентиляційні сопла. Занурюючись у воду, авто швидко наповнювалося водою.

Я востаннє побачив крізь скло чорну блискучу поверхню океану, і все.

Авто повністю занурилось у воду. Раптово опинившись у занімілій тиші, воно невмолимо поринало у глибину, немов та цинкова домовина, що спускається в морські глибини у пошуках вічного фундаменту.

Всередині була суцільна темінь, я відчував, як крижана вода піднімається від стіп до стегон... Рівень піднімався неймовірно швидко.

*Швидше! Роби щось!*

У голові майнула ідея! Опустити шибку! Зовнішній тиск цьому не заважатиме, але одразу ж рине вода. Я піднявся на сидіння і згрупувався, щоб бути готовим до стрибка й вирватись крізь отвір, і натиснув на кнопку.

Але скло не опускалося... Електричний механізм був залитий водою.

Швидше, мені потрібен якийсь предмет, щоб розбити скло... але що?

У машині не було нічого, окрім набору карток на миття, старих рахунків за паркування й дорожніх зіпсованих карт!

Авто опускалось, та раптом осіло досить м'яко і майже одразу стабілізувалось. Холоднюща вода сягала пупа і піднімалась на очах... Я тут помру, ув'язнений і безсилий...

Домкрат!

Великий важкий металевий домкрат, який допоміг замінити колесо, мав валятися десь на підлозі з боку пасажира. Я кинув його туди, коли рушав під дощем у дорогу.

Рука була закоротка; я глибоко вдихнув і занурив голову, щоб його дістати. Помацавши рукою наосліп кілька митей, натрапив на нього і підняв. Вода була на рівні грудей. Треба квапитись: опинившись у воді, не матиму розмаху для удару.

Я чимдуж ударив посеред шибки.

Жодної тріщини. Скло було загартоване... Це паскудство виправдовувало свою назву.

І тоді я пригадав, що казав мені друг: ці шибки міцні посередині, а не по краях.

Вода вкрила плечі. У мене була крихта часу для останнього зусилля. В удар у верхній край я вклав усю свою злість... Скло розлетілось на друзки, потік ринув мені на голову. Секундою пізніше я опинився в цілковитій тиші, повністю занурений у воду. Ще дві-три секунди пішло на очищення домкратом рами від скла, щоб не порізатись, потім ухопився за верхній край і ковзнув з авто в темний океан.

Підйом був відносно швидким, моя голова раптово виринула з води, і я на повні груди вдихнув свіже повітря.

Я був живий!

Розплющив очі, і перед моїми очима відкрилась яскрава картина.

Величезний корабель був охоплений полум'ям, жовто-золотисті відблиски танцювали на воді, полум'я посилало на моє обличчя благодатне тепло, тоді як задубіле від холоду тіло здригалось у болісних конвульсіях.

На носі корабля, за кілька метрів від мене, оточений вогнем здоровенний щур кинувся на швартовий трос і побіг на сушу.

## 24

Коли гелікоптер, який привіз Роберта і Ґленна, шумно сів на набережній, здійнявши хмару пилу й викликавши численні брижі на поверхні океану, територія вже була оточена поліцейськими. Їх було не менше дюжини, у синіх одностроях з написом NYPD[1] білими літерами на спині.

*Велику частину набережної відділяли звичні стрічки «Місце злочину — Не заходити», що стримували журналістів і телекамери, які вже були тут.*

*Назустріч Роберту й Ґленну до трапу гелікоптера вийшли троє поліцейських, їх супроводжували пучки прожекторів, що там зійшлися.*

*Нормально,* подумав Ґленн. *Тут більше нічого фільмувати, адже море поглинуло корабель.*

Темні води океану, поверхня якого ледь-ледь брижилась від руху крил гелікоптера, виступали захисником невинних.

— І там, унизу, лежить корабель довжиною сто шістдесят три метри? — перепитав Ґленн, підходячи до краю.

Він нахилився над водою і втупився в темні глибини.

---

[1] NYPD (New York Police Department) — поліцейський департамент Нью-Йорка. (*Прим. авт.*)

— Сказитись можна! Жодного сліду...

— Банановоз! — нервово проскрипів Роберт. — Так званий еколог взявся за банани! Це те, що я казав від самого початку: у цих пожежах немає жодної екологічної мотивації. Це просто анархісти, які палять усе, що можуть!

— Не поспішай, побачимо, — сказав Ґленн.

— І так усе видно, — пробурмотів Роберт крізь зуби.

Ґленн похитав головою. Ця справа спочатку йшла не так.

— От тільки я думаю, що тут робив Фішер із Анною Саундерс, — сказав він.

— Це ж очевидно, — промовив Роберт. — Вони продовжують удвох.

— Але навіщо? Їх ніхто на це не уповноважував.

— Анна, вочевидь, сподівається повернутися на свою посаду, якщо їй щось удасться. Щодо письменника — навіть не знаю. Та він з першої хвилини мені не до шмиги.

— Де вони? — озирнувшись, запитав Ґленн у лейтенанта поліції, який ішов за ними.

— Їх примусово відправили в лікарню. Чоловік довго пробув у воді, був переохолоджений. Але в машину швидкої сідати не хотів, довелось наполягти, згідно з протоколом.

Ґленн кивнув.

— Ходімо до екіпажу, — сказав Роберт.

І попрямував до групи чоловіків, які стояли на набережній біля поліцейського оточення.

— Хто капітан? — голосно гукнув Роберт, підходячи ближче.

Один із чоловіків ступив крок назустріч.

— Ходімо зі мною, маю до вас кілька запитань.

Ґленн хотів відійти з ними трохи вбік, потім передумав. Все одно він не отримає більше інформації, ніж колега. У будь-якому разі коли вони вели допит удвох, Роберт брав справу у свої руки і монополізував слово. У Ґленна більше не було бажання боротися за своє професійне існування.

Тож він просто став спостерігати за членами екіпажу. Більшість стояла коло набережної: дехто палив цигарку, дехто телефонував, декотрі розмовляли між собою. Увагу Ґленна привернув моряк, який вочевидь тримався осторонь: сидячи на причальній тумбі, він не палив, не телефонував і не розмовляв. Спокійно дивився перед собою, хоч і був стурбованим. Якщо судити зі світлої шевелюри, йому було не більше ніж п'ятдесят, але за нещадної участі сонця у відкритому океані емоції, які траплялись на життєвому шляху,

335

назавжди закарбувалися на його виразному обличчі. На ньому, як у розгорнутій книзі, прочитувалась образа через несправедливість, страждання і гіркоту.

Ґленн відчув, що це його людина і підійшов до нього.

— Важкий удар для всіх, хто працював на його борту, — зауважив він.

Чоловік просто звів одну брову. Він належав до людей закритих, яких стільки разів розчаровували або зраджували, що вони навіть не намагаються цікавитись іншими.

Ґленн спокійно сів на пожежний гідрант, щоб бути на одному із ним рівні. Вийняв пачку цигарок, запропонував чоловікові, який відмовився, взяв одну собі. У темряві спалахнуло світло сірника.

— Мене звуть Ґленн, — сказав він. — ФБР. Мій колега пішов розпитувати капітана. Я ж чекаю...

І глибоко зітхнув, перш ніж додати:

— Нехай це буде між нами, він настільки хоче бути головним, що я не заперечую. Мені остогидло боротися...

Він сказав це просто так, без будь-якого розрахунку чи думки. Просто відчув, що це якраз те, що треба сказати.

Ґленн блукав поглядом по морю, яке геть завмерло після того, як гелікоптер стих. Освітлена статуя Свободи вдалині наче плавала в мороці.

Він знову зітхнув.

— Чортів суботній вечір...

Чоловік повільно обернувся до нього.

— Джо, — сказав він. — Я був другим рульовим.

Ґленн похитав головою, обмінявшись довгим поглядом із моряком.

Він одразу ж відчув, що просування цього чоловіка на вищу посаду було несправедливо заблоковано. У нього не було жодної об'єктивної причини так думати.

Проте він був у цьому певен. І раптом відчув симпатію до цього незнайомця, про якого нічого не знав.

— Ось уже одинадцять років, як я сиджу на тому самому місці, — сказав Ґленн. — Викладаюся по повній, але намарно.

— А мене не підвищують, бо забагато патякаю. Це мене й спалило. Тепер сиджу й не висовуюся. Так принаймні маю спокій.

Ґленн мовчки погодився.

— Це був банановоз, так?

— Так, майже новий.

— Це зробив той самий хлоп, що палить вежі останніми днями. Ви ж, напевно, про це чули? Ви ж слухаєте новини в морі?

— Так, я в курсі.

— Досі я був переконаний, що він еколог, який любить природу і нищить фірми, що фінансують спалювання лісів в Амазонії.

— Так казали в новинах.

— От тільки тепер усе доведеться переглянути. Транспортування бананів ніколи не завдавало шкоди природі... Усі мої розслідування раптом пішли коту під хвіст.

— Таки воно так.

Ґленн замовк і чекав. Якщо цей чоловік щось та знає, то заговорить. З власної волі.

Тільки треба втриматись від розпитувань.

Удалині туман поглинув статую Свободи. Не видно навіть окремих вогнів Острова губернаторів, що якраз навпроти.

Кілька чайок рядочком сиділи на краю набережної, повернувши голови супроти вітру. Одна на брючому польоті кружляла над поверхнею води, немовби чекала, що потонулий корабель викине вантаж риби. Сильно пахло йодом.

— Маю одне припущення, — промовив Джо.

Ґленн втримався від розпитувань.

— У будь-якому разі тепер я можу казати все, що хочу, не ризикуючи втратити роботу: вона зникла на дні, — вів далі Джо.

Ґленн нічого не сказав і довірливо чекав.

— Не варто думати, що банановоз чемно обмежується доставкою бананів, а далі спокійно знову повертається за ними. Насправді це не зовсім так.

Трохи мовчки подивився на чайок і повів далі:

— Раніше ми розвантажувалися на місці призначення, їх відносили на склади і чекали, доки достигнуть. Потім поставляли у крамниці. Тепер усе робиться інакше. Хлопці в офісі все порахували й дійшли висновку, що склади обходяться задорого. І знайшли рішення: прибувши на місце призначення, ми крутимось у морі, чекаючи, доки банани дозріють.

— Як крутитесь?.. Як зрозуміти «крутитеся»?

— Ми без зупинки днями й ночами намотуємо кола у відкритому морі, доки банани дозріють. І вже тоді їх відвантажуємо. Це може видаватись божевіллям, але виявляється, що палити мазут без будь-якої мети не так дорого, ніж орендувати склад.

— Ви жартуєте?

— Аж ніяк. Але... ми не одні так робимо. Насправді це дуже поширена практика.

Ґленну просто відібрало мову.

— Знаєте, в цій царині ми не найгірші, — уточнив Джо.

— Тобто?

— З бананами ми крутимось кілька днів. Є ж такі, що крутяться значно довше залежно від причини.

Ґленн витріщив очі.

— Найгірші випадки бувають з продуктами, які котуються на біржі, тоді це може тривати довго.

— Продукти, які котуються на біржі?

— Так. Візьміть, наприклад, супертанкер, який везе нафту. Коли він прибуває у пункт призначення, а курс бариля починає зростати, йому немає резону її віддавати, бо назавтра його вантаж стане дорожчим. А оскільки він перевозить п'ятсот тисяч тонн, вичікуванням можна заробити цілий статок. Тож танкер крутиться. Крутиться, доки піднімаються ціни. Так може тривати тижнями, а то й місяць...

— Чорт!..

— Не кажу вже, що для того, щоб крутитися, танкеру потрібен важкий мазут...

— Розумію...

— А коли курс падає, то ще гірше. Бо тоді вони зацікавлені в тому, щоб здати якнайшвидше. Тоді танкери пливуть на повну потужність,

340

використовуючи все пальне, при цьому спалюють максимум мазуту, тож доводиться часто поповнювати його запаси. Оскільки марнувати час на зупинки не хочуть, то танкер пливе в оточенні малих суден, які забезпечують його пальним у дорозі. Вони, своєю чергою, також з'їдають мазут. Годі й уявити забруднення природи при цьому. Хіба все розкажеш...

— Це обурливо.

— Не переживайте, ваш палій не нападатиме на танкер. Оскільки він еколог, то знає, що забруднить море. Натомість на його місці я потопив би радше круїзний лайнер, цілком певно.

— Він також брудить середовище?

— А то! Мій брат працює старшим матросом у «Карнівал корпорейшн». Ті мають флот, який налічує дев'яносто чотири судна. Не так давно європейці провели дослідження. І показали, що ці дев'яносто чотири нікчемних судна забруднюють більше, ніж двісті шістдесят мільйонів авто, що мчать по всіх європейських дорогах! Вони виробляють більше оксиду сірки, ніж усі тачки разом! По суті, вони забруднюють навіть на стоянці: їхні мотори мають працювати, щоб забезпечити світло на борту. І тільки для цього одне із таких суден на стоянці за день забруднює більше, ніж дванадцять тисяч авто. Те саме як щодо оксиду сірки, так і азоту чи навіть дисперсних часточок.

— Ошизіти...

— По суті, ваші тачки спалюють очищений бензин, який забруднює незначною мірою, але обкладається величезним податком. Ми ж у морі палимо важкий мазут, який бруднить максимально, але без жодних податків. Нуль податків.

— Де ж тут помилка?

— Не дивно, що наші заводи зачиняються тут, воліючи виробляти свою гидоту на іншому краю світу. Потім щоб доставити її сюди, знову спалюють мазут, але це майже нічого не коштує. А вам тим часом морочать голову з приводу того, щоб стару машину здати на металобрухт, і спонукають купувати нову, тоді як процес виробництва нового авто забруднює значно більше, ніж їзда на старому. Якщо ж на додачу, нове авто везуть з іншого краю планети, то рівень вуглецю сягає катастрофічних показників. Фактично їм глибоко на нас плювати по всіх пунктах...

## 25

Хтось хотів мене вбити. У цьому місті, у моєму місті, хтось, кого я не знав, хотів мене ліквідувати, покласти край моєму існуванню. Одна людина у цьому світі хотіла, щоб я помер.

Лежачи в машині швидкої допомоги, я впізнав підвісні конструкції Бруклінського мосту і зрозумів, що ми якраз перетинаємо вузьку морську протоку. У нічному освітленні вони були схожі на мідні струни гігантської арфи, що виділялися на чорнильному небі.

Звук нашої сирени долучився до звуків різної тональності, які відлунювали вдалині у місті, занурюючи Мангеттен як удень, так і вночі у дисонуючу симфонію, що зумовлювала його особливий шарм.

У перегрітій швидкій тхнуло медикаментами, а нерівності на шосе боляче відгукувались на моєму хребті.

Я викрутив шию, щоб побачити водія машини. Нас розділяло скло, але голос міг долинати, треба бути обачним.

— Я не можу їхати у цю лікарню, — сказав я неголосно.

— Ти, як і я, чув: це — процедура.

— Цей тип мене переслідує, двічі ледве не вбив. Усі на набережній чули, що мене везуть у Тіч-госпітал. Він може опинитись там раніше за нас.

— Але ж у тебе переохолодження...

— Забудь, це смішно, я почуваюся нормально.

— Пояснииш це, коли приїдемо.

— Ні. Коли приїдемо, ніхто не захоче нічого слухати. Мене запроторять у палату, і я там буду заблокованим.

Я ще більше притишив голос:

— Розв'яжи мене.

— Що?

— Розв'яжи мене. Ці придурки прив'язали мене до нош, я не можу й пальцем ворухнути.

Анна занепокоєно глянула на водія.

— Ну ж бо, — сказав я.

Вона акуратно підняла простирадло, яким мене накрили, ще раз зиркнула на кабіну й узялася розв'язувати ремені.

— Зробимо так, — тихо пояснив я. — Ми з'їдемо з мосту й опинимось у Мангеттені, з боку Бродвею. Там обов'язково будуть затори. І незалежно від того, з сиреною машина чи ні, ми будемо заблоковані. Тож щойно машина зупиниться, відчиняєш бічні двері, і ми змиваємось.

— Ти що, ошизів?

344

— Це єдиний вихід.

— Ми ж не можемо вдатись до такого трюку!

— Інакше не виберемось із лікарні.

— Але ж... ти голий.

— Де мій одяг?

— Там, — вона вказала на велику пластикову торбу з медичними емблемами.

— Непомітно передай його мені.

— Речі мокрі, якщо ти забув.

— Плювати.

Вона зітхнула.

— Швидше, — наполягав я.

— Ти таки хворий!

— Чи все добре, мадам? — запитав водій у мікрофон.

— Так, так...

Ми замовкли.

Потім вона простягнула руку, тихенько взяла сумку й акуратно в ній порилась.

— Ніяк не знайду трусів.

— Нехай. Давай джинси.

Вона витягла й простягнула мені джинси. Машина зробила віраж праворуч.

— Де ми зараз? — запитав я.

— Я не дуже пізнаю... Ми їдемо вздовж чогось, що схоже на сквер ліворуч.

— Це, напевно, Сіті-Голл-парк, зараз виїдемо на Сентрал-стріт. Маю поквапитись.

Натягнути холодні мокрі джинси — це одне з найнеприємніших занять у світі. Вони труться по шкірі й викликають здригання від холоду по всьому тілу.

— Мій світшот...

Виявляється, натягти мокрий светр зимою ще складніше, ніж одягти джинси. Особливо тоді, коли маєте зробити це лежачи. Справжня тортура.

— Кросівки там є?

— Ось. Знайшла труси.

— Облиш!

— Як хочеш.

— Е-е-е... я не можу натягнути кросівки лежачи.

— Сама взую.

Вона зиркнула на водія і ковзнула до моїх ніг.

— Подай знак, коли ми опинимось у заторі.

— Окей.

Натягнувши на мене кросівки, Анна прослизнула на своє місце.

Я чекав її сигналу, готовий одразу ж зірватися з місця.

Транспорт увесь час рухався, як той акордеон, але не завмирав усерйоз. Ми, напевно, вже десь поблизу лікарні. Скоро буде запізно.

— Зараз ми наближаємося до великого затору...

— Чудово, приготуйся...

Але швидка раптом прискорила хід.

— Він покинув свій ряд і обганяє всіх по зустрічній.

— Чорт!

Я почекав.

— Ми на 3-й авеню, — сказала Анна.

— На якому рівні?

Вона трохи роззирнулась.

— Минули 27-му вулицю.

Бісова душа, ми майже приїхали...

Знову віраж, знову праворуч. Анна випередила моє запитання.

— Повернули на 30-у вулицю. Він їде швидко.

— Наприкінці вулиці — наша кінцева зупинка! Отже, стрибаємо на наступному перехресті.

— Якщо зупиниться...

Швидка таки зупинилась. Я підвівся.

— Відчини бічні двері.

Анна натисла на ручку.

— Заблоковані.

— Швидко, задні двері!

Я підхопився й відчинив одну з половинок.

— Гей, ви там! Що ви робите? — закричав водій. — Ні!

Ми стрибнули й побігли чимдуж, залишивши відчинені двері хитатись на вітрі.

— Повертаємо на 2-у авеню! — гукнув я. — На ній односторонній рух, він не зможе туди поїхати!

Ми рвонули по авеню триста метрів, потім зарулили на 33-ю вулицю і тільки там пригальмували.

— Куди ти збираєшся зараз іти? — запитала задихана Анна.

— Хочу терміново знайти тихий куток, щоб провести сесію. Я хочу локалізувати цього божевільного, доки він не знайшов мене. Найкращий захист — атака.

— Куточок природи? Сквер?

— У мокрому одязі я там одразу підхоплю застуду. Знайдімо краще кав'ярню, де можна посидіти в теплі.

— Гаразд. Вирішуй сам, я тут нічого не знаю.

— Я також не дуже знаю цей квартал, але знайдемо.

Менш як за п'ять хвилин ми знайшли собі закуток. У NY Bagels & Cafe столики стояли на відносній відстані один від одного. Це нам підійде.

Для початку ми проковтнули по сендвічу, на додачу замовили гарячий шоколад мені, а для Анни айсті. Мені треба було відновити сили, перш ніж починати сесію. Я прагнув локалізувати сховок злочинця. Він обов'язково має осідок у Нью-Йорку, щоб готувати свої задуми палія; якщо нам пощастить і ми діятимемо швидко, застанемо його там до того, як він опиниться на місці нової пожежі.

— Гаразд, — погодилась Анна. — Припустімо, ми його локалізували. Що ти тоді робитимеш? Не забувай, ми маємо справу зі злочинцем.

— Знаю, у мене враження, що маю справу з персонажем із мого роману.

— Власне, ти романіст, а не правоохоронець.

— Можливо, але...

— Тімоті, будьмо серйозними. Ми зателефонуємо ФБР. Ми маємо справу з рішучим типом, який хоче тебе знищити. На що ти сподіваєшся? Що, переконаєш його відмовитись? Будь, зрештою, реалістом...

— Знаю, знаю... але відчуваю, що мушу це зробити, навіть якщо це нерозумно.

— І навіть цілком по-дурному.

— Анно...

— І самогубно.

Не задумуючись, я поклав свою руку на Аннину і був цим трохи здивований.

— Анно, не можу пояснити чому, але щось спонукає мене до цього. Це геть не в моєму дусі, я хто завгодно, тільки не вояка, загалом боюся навіть власної тіні, але тут... я мушу це зробити, я це відчуваю... я це знаю.

Анна промовчала. Я припускав, що вона поважає почуття кожного. Не можна бути фахівцем з інтуїції й просити інших тримати в собі те, що вони відчувають.

Сесія тривала не довше пів години. Результати, як часто бувало, здалися дивними.

Я бачив якусь сіру структуру, дуже шорстку, холодну й вологу, подекуди з вкрапленнями червоного. На моїх крокі вона була немов покреслена в усі боки коричневими лініями, наче дитина почиркала чийсь малюнок. Але найдивнішим було моє крокі при погляді зверху: воно нагадувало великий замок з вежами на кожному кутку, от тільки зелене й рослинність були всередині. Поблизу також була вода, її було дуже багато, довкруж чи майже.

Вловлені на місці емоції оберталися довкола почуттів болю, забуття, горя, смерті.

— Радісна картинка, — сказала Анна. — Чи тобі це нагадує якесь місце?

— Нічогісінько.

— У будь-якому разі це виглядає цілком симпатично і привабливо. Цілком у дусі місцин, куди хочеться піти самому, коли споночіє.

Той факт, що ти інтуїтивно вловлюєш емоції, поєднані з місцем-ціллю, йдеться про емоції нинішні чи минулі, змушує вас самому їх відчувати. У даному разі впродовж кількох хвилин я відчував безнадію, глибокий смуток і страх.

— Довкола дуже багато страху. У цьому місці живе страх.

— Окей. Тоді уточни, чого там бояться.

Несподівано мене охопила страшенна втома, щось на кшталт нудоти, біль у животі й спині та головний біль.

— Те, що я відчуваю... нагадує хворобу. Серйозну хворобу. Є хвороба або хворі, пов'язані з цим місцем.

— Це лікарня?

— Не знаю.

— Кладовище?

— Радше лікарня, ніж кладовище, але проблема в моїх крокі, тому що я бачив...

Раптом я замовк.

— У чому річ? — запитала Анна.

— Гадаю, я знаю...

Не кажучи ані слова, Анна пильно дивилася на мене.

— На вузькій морській протоці, яка відділяє Лонг-Айленд від Мангеттена, є острів. Він називається Рузвельт-айленд. На цьому острові є покинута стара лікарня, яка більш ніж пів століття стоїть у руїнах. «Смолпокс-госпітал».

— «Смолпокс-госпітал»?

— Лікарня, створена в середині XIX століття, щоб ізолювати хворих на віспу, яка дуже заразна. Саме тому лікарню розмістили на острові. Це була дуже небезпечна епідемія, люди вмирали як мухи...

— Я знаю, ліків так і не знайшли, рівень смертності був жахливий.

— Так. Ця лікарня була місцем, куди потрапляли, щоб умерти... Тільки двадцятьма роками пізніше її закрили, коли змогли поширити вакцину. З часом вона занепала. Дивно, її так і не зруйнували, немовби це прокляте святилище, яке не наважуються зачепити. Публіка не має права її відвідувати, та, чесно кажучи, навряд чи хтось захоче. Я був на острові років десять тому. До будівлі не можна навіть наближатися, але здалеку видно, що зарості взяли стару фортецю штурмом: рослини вкрили фасад й розрослися всередині споруди... У цьому місці природа взяла гору над людським витвором.

— Природа взяла гору над людським витвором, — замислено повторила вона. — І саме це місце начебто вибрав палій...

— Він там, Анно. Цілком певно.

Перспектива опинитися у тому похмурому місці для зустрічі зі злочинцем мене жахала... Але я був, наче дитя, яке має піти в лабораторію здати кров на аналіз, у нього клубок у животі, але він знає, що дітись нікуди.

Я мусив туди піти. Немовби це було десь записано. Тож я не хотів дослухатись до своїх страхів. Зокрема, не міг дозволити сумніву проникнути у мій нестійкий розум.

Доки Анна ходила в туалет, я випив ще одну чашку гарячого шоколаду.

П'ятьма хвилинами пізніше ми крокували по 1-й авеню, просто на північ.

— Якщо трапиться таксі, сідаємо, — сказав я.

— Погана думка...

Я забув, що це суботній вечір... Вулиця була забита транспортом.

— Принаймні ми йдемо у потрібному напрямку.

Ми швидко зрозуміли, що рухаємось швидше за авто.

— Скільки часу потрібно, щоб дійти пішки? — запитала Анна.

— Насправді не так і далеко. До мосту приблизно хвилин двадцять. Можна й пішки.

Дійшовши до рогу 57-ї вулиці, ми повернули праворуч. За три хвилини були на засадженому деревами березі, одному з нечисленних пішохідних куточків біля річки. Наразі безлюдному. Можна подумати, що всі сиділи в авто.

Біля наших ніг морська протока на дві сотні метрів завширшки.

— Острів якраз навпроти, — сказав я, вказуючи на темне море. — Лікарня праворуч, на південному краю. Якби хмари не затуляли місяць, можна було б побачити гайок довкола неї.

На відміну від північної забудованої частини острова, будівлі якої виблискували тисячею вогників, південний край залишався напівдиким. Угадувалася тільки його темна видовжена маса, що поринала в непроникний морок моря, немов підводний човен під час занурення.

Ми швидко крокували до мосту, коли я усвідомив свою помилку.

— А бодай тобі!

— Що таке?

— Міст...

— Що?

— Міст перекинуто через острів, але сюди він не спускається...

— Це жарт?

— Я довбень, геть забув! Узагалі років десять сюди не навідувався...

— І... що ж нам робити, як дістатись острова?

— Е-е-е... з іншого боку протоки є ще один міст, який веде на острів, починаючи із Квінза, он із того боку, навпроти. А туди далеченько... У будь-якому разі пішки туди не дійти. На це піде ціла ніч.. Я таки йолоп...

— Так... нам обов'язково треба знайти таксі.

Вільне таксі у суботній вечір на Мангеттені у час заторів — це просто диво. Фактично це гаплик. Доведеться відмовитись.

Я вже казав собі, що моя забудькуватість є, можливо, обмовкою за Фрейдом, підсвідомим саботажем експедиції, яка мене лякала, аж раптом побачив «Зодіак», надувний рятувальний човник на припоні. Він тримався тільки завдяки мотузці, накинутій на тумбу.

Я схопив Анну за руку й понизив голос.

— Рішення є. Дивись!

Ми роззирнулись довкруж. Ані душі.

— Ти вмієш водити цю штуку? — запитала вона.

— Та не мудрагелі ж нею керують.

Я підійшов і ступив на борт. Анна зробила те саме й сіла на надувний валик.

— Уся штука в тому, щоб завести, — сказав я. — Але ми трохи почаклуємо і якось дамо собі раду.

— Твоє скаутське минуле розвинуло вміння викручуватися з будь-якої ситуації!

Її слова подіяли на мене мов холодний душ. І здивували настільки, що я занімів. Бо ніколи не розповідав Анні, що в дитинстві був скаутом. Ніколи. У цьому я був цілком певен. У неї не було можливості про це дізнатися. Тоді звідки їй це відомо?

Мене охопило збентеження, але вирішив чинити так, наче нічого не трапилось.

І почав вивчати систему включення мотора, намагаючись зосередитися на завданні, щоб нічого їй не казати, перш ніж зрозумію, як вона могла дізнатись це про мене. Та був настільки збентеженим, що мені ніяк не вдавалося розібратись із мотором, я марно повторював ті самі рухи.

— Посунься, будь ласка, — несподівано попросила Анна.

— Що?

— Пропусти мене.

— А... ти вмієш водити?

— Так, — відсторонено сказала вона.

— Але я гадав...

Вона зітхнула й усміхнулась.

— Ми, жінки, звикли створювати для чоловіків ілюзію, що вони в дечому кращі за нас. Треба, щоб вони вважали, що без них не можна обійтися, інакше впадатимуть у депресію...

Вона вмить запустила мотор і повним ходом рушила в напрямку острова з різким гудінням, що розірвало вечірню тишу. На щастя, хмари трохи розійшлися й на небі засяяв великий повний місяць, що кидав бліде світло на морську поверхню.

Мій одяг був іще вогким, пориви холодного вітру хльостали мене по обличчю, тіло промерзало до кісток.

Я краєм ока поглядав на берег, який ми покинули, чи не з'явиться власник човна, але не видно ніде нікого.

Човник наближався до берега острова, й Анна заповільнила ходу.

— Так нічого не вийде, — сказав я. — Уздовж берега у воді повно гілля, ми не зможемо причалити. Дістатися берега можна, тільки спустившись у воду.

— Маєш бажання скупатися вдруге?

— Дуже смішно. Візьми ліворуч. Коло мосту, либонь, трохи вільніше.

Човник пішов уздовж берега, нам справді довелось підійти майже під міст, і аж там пристати до берега.

— Ти бачиш те, що і я?

— Що саме? — уточнила Анна.

— За мостом...

Паралельно мостові, але з іншого боку тягнулись товсті кабелі, і через затоку видно було підвісну канатну дорогу, всередині порожньої кабінки тьмяно пломеніло бліде жовте світло.

— Я справді ніяк не продумав нашу вилазку, — сказав я.

— Це громадська канатна дорога?

— Так. Вона зв'язує острів з Мангеттеном. Я про неї також забув... Але я вже казав, що принаймні десять років і ногою сюди не ступав.

— У будь-якому разі човником мені сподобалось більше! Я не фанатію за громадським транспортом уночі.

— От тільки у мене невеличка проблема: я не бачу на березі нічого, за що можна було б прив'язати човен.

— Давай використаємо пілон.

Ми прив'язали човник за металеву структуру пілона канатної дороги, що стояв на краєчку берега, не гаючи часу, зістрибнули на землю й побігли на південний кінець острова.

Я намагався не думати про історію, пов'язану зі скаутством. Наразі не хотів заморочувати собі голову; з'ясую все пізніше.

Пройшовши кілька десятків метрів уздовж частково освітлених висоток, ми опинилися на безлюдді: острів нагадував пороcлу травою рівнину з численними невисокими пагорбами. Різні дерева росли тільки на березі. Ми пройшли по ньому кілька сотень метрів, і рівнина поступилася місцем гаєві.

— Треба підійти ближче, — сказав я.

Дерева перекрили далекі слабкі вогники Мангеттена, а коли якась із хмар ховала місяць, ми опинялись майже в суцільній темряві.

Я не хотів вмикати ліхтарик мобільного телефона, щоб нас не помітили. Морок змусив іти трохи повільніше.

Дерева огортали нас вільгістю, яка пронизувала і пахла лишайниками. Майже благоговійну тишу цього місця ледь порушував далекий, дуже далекий звук сирен на Мангеттені.

Раптом Анна спіткнулася об камінь і впала на мою сторону. Я встиг її підтримати, відрухово притиснувши до себе, її голова опинилась у мене на грудях.

На якусь мить ми завмерли, несподівано опинившись у такій ситуації, усвідомлення тримання Анни в обіймах відчутно мене схвилювало.

Вона підвела голову, й у темряві я радше вгадав, ніж побачив, її усмішку.

359

— Перепрошую, — промовила вона.

Анна була нижча за мене, тож, підвівши голову, черкнула мій ніс, і я відчув запах її волосся.

Я розняв руки, і ми пішли далі.

За двадцять метрів ми обоє зупинилися, не змовляючись.

Посеред дерев у темряві зводився понівечений фасад того, що нагадувало радше зруйнований великий шотландський замок, ніж лікарню, яку поглинула рослинність, позбавлена взимку листя. Його повністю обвили темні незліченні ліани, переплівшись у різних напрямках, вони зв'язали його ефективніше за цілу армаду гігантських павуків. Сіре шорстке каміння під граніт, здавалося, гризе невидимий ворог чи поглинає проказа.

Вікна були вирвані з готичних пройомів зі стрільчастими арками, дахи зірвані. Деякі частково розвалені стіни безнадійно простягали в небо атрофовані культі, на них презирливо поглядав місяць, його світло намагалась пригасити якась хмара.

— На мене можеш не розраховувати: я туди й пальцем не ступлю, — пошепки видихнула Анна.

Я промовчав.

Будинок дивовижно нагадував середньовічний зруйнований замок, який я вибрав для нічної сцени в одному зі своїх романів...

І раптом у мені озвався сумнів: а якщо натхнення, яке спонукало мене уявити цей замок, фактично було інтуїцією про це місце, яке сьогодні я збираюсь оглянути? Це був мій сьомий роман, я написав його... так... три чи чотири року тому... Гаразд, з іншого боку, я помітив «Смолпокс-госпіталь» під час прогулянки на острів одного сонячного пополудня за п'ять-шість років до написання роману. Можливо, мене просто надихнуло побачене? Неможливо сказати точно. Меандри натхнення ходять непізнаваними шляхами.

Доступ до руїн перекривала тонка сітчаста загорожа, тут абсолютно зайва: відрази, яку викликала будівля, було досить, аби знеохотити найсміливіші поривання тих, хто вирішив би тут погуляти.

Рослинність перед огорожею була незаймана, рясна й густа: переплетіння колючих тернів, високих трав і чагарників, які подекуди сягали людського росту. Погризена іржею загорожа розпадалась, як старе поточене міллю мереживо, утворюючи подекуди зяючі діри, в які могла пройти людина.

— Я піду туди сам, — глухо сказав я. — Дай мені зброю.

Анна розкрила сумку і, доки вона порпалась у ній, щоб дістати пістолет, я в мороці помітив аркуш паперу з чорно-білим друком. Мені вистачило секунди, щоб розрізнити те, що скидалося на скриншот, прочитати його заголовок і помітити фото під ним. «Палія, нарешті, арештовано».

Це було фото Елана Вокера, людини, обличчя якої я побачив на екрані телевізора опівдні. Анна висловила своє здивування й почуття, дізнавшись цю новину разом зі мною...

Вона подала мені «Беретту». Я взяв її без жодного слова. Тут не місце й не час, щоб її розпитувати.

— Чекай мене тут, — прошепотів я. — Не висовуйся.

Вона присіла в хащах, а я просунувся в діру в загорожі, нічну тишу ледь порушили чіпляння іржавого дроту за одяг.

Доки я наближався до будівлі, вона повільно розкривалась у всій своїй широті. Вона виявилася набагато більшою, ніж у моїх спогадах, коли я гуляв віддалік серед ясного дня десять років тому. Головний фасад, що мав три поверхи і був увінчаний готичним пінаклем, був заглиблений відносно двох перпендикулярних крил, виступи яких утворювали щось на кшталт двох великих веж по боках. Ансамбль видавався геть безлюдним.

Я якнайтихіше підійшов до підмурівку фасаду і, стиснувши в руці «Беретту» й затамувавши подих, увійшов через отвір, найменш захоплений рослинністю.

Запах трохи кислуватий, з душком.

Підлоги на вищих поверхах не було, і за відсутності даху я опинився під відкритим небом, в осерді гігантського лабіринту з високих стін з більш-менш осипаним сірим камінням. Місяць вийшов на чистий простір і посилав кволе світло в осердя руїн. Під ногами була втоптана земля, всіяна численними уламками мармуру. Колишню плитку, напевно, вже давно покрали.

Геть безлисті зарості й ліани заполонили весь простір, стелючись по землі й вилазячи на стіни у диявольському переплетінні.

Я спонтанно пішов ліворуч, потім схаменувся: рослини були рідшими праворуч, там буде легше пройти.

Тож я вибрав цей напрямок і зробив кілька кроків, перш ніж знову зупинитись. Навіщо робити вибір на основі ментального мислення, адже я відчув, що мене потягнуло ліворуч?

*Тіло знає, довірся своєму тілу.*

Я розвернувся.

Пройшов крізь отвір у стіні й опинився в чомусь, що мало бути коридором: в ньому було холодно, як у погребі, пахло мохом і вологою.

На поверхні уламки й окремі дошки підлоги, частини їх уже не було, деякі застряли й тепер косо стриміли на моєму шляху. Через вузькість коридору місячне сяйво сюди майже не потрапляло, я рухався потемки. Наступав на рослини і, коли під ногою ламалась якась суха гілка, на мить зупинявся, нашорошував вуха в тиші й далі просувався коридором.

Стіни були із сірого, старого, необробленого, побитого на вигляд каменю, подекуди їх замінили червоною цеглою, також дуже пошкодженою, з понищеною поверхнею.

Ліворуч виник отвір. Я зупинився і напружив слух, перш ніж обережно зазирнути туди. Кімната була страх яка темна, я швидко збагнув чому: посеред рослин, які колонізували простір, реально росли дерева! Високі дерева!

Я пішов далі по коридору, тіло напружене від страху, з «Береттою» в руці. Попереду інший отвір, знову ліворуч, і я знову зупинився. Чутно тільки слабку скаргу вітру серед каміння. Я ступив крок усередину. Велика за розміром кімната — відразлива плутанина з балок, каміння, окремих цеглин і гравію, пахло цементним пилом. На половині висоти протилежної стіни, на рівні відсутнього перекриття, одна обіч другої, виднівся довгий

364

ряд паралельних балок, які були закріплені тільки одним кінцем, другий — висів у порожнечі. Наче хребет велетенського динозавра.

Я не міг уявити, що хтось наважився б жити у подібній кімнаті під загрозою обвалу імпровізованої стелі, і вирішив продовжити огляд у кінці коридору.

У самому кінці я побачив обшарпані двері. Перші і, можливо, єдині у цій випотрошеній будівлі. Я прислухався. Бездонна тиша. Я легенько штовхнув двері лівою рукою, вони не піддалися, хоч і були привідчинені на кілька сантиметрів. Я штовхнув сильніше, і тоді сталося те, чого ніяк не очікував: замість того, щоб повернутися горизонтально на завісах, двері впали на землю навзнак. Вони розламалися у глухому гулі водночас із хряскотом дерева, піднявши хмару пилу, хоча гул від удару був пригамований товщею рослинності на землі. Одразу ж повітря над моєю головою розірвав шум крил.

Я завмер, серце голосно гупало в грудях.

Мене вразило не стільки несподіване падіння дверей, як подібність усього цього зі сценою з мого роману, що відбувалася у середньовічному поруйнованому замку, на який скидалася ця лікарня. Герой роману переслідував у ньому

365

злочинця і в якийсь момент штовхнув двері, вони так само впали і розламалися на землі, налякавши хижих птахів.

Я був украй вражений, геть збитий із пантелику таким поворотом подій.

Звісно, я знав, як розвивалась історія в романі. Продовжуючи пошуки злочинця в замку, герой ішов по провалений підлозі й поранився, впавши на нижній поверх. От тільки я перебував на першому поверсі, тут не було збігу. Я також не міг піднятися вище, між поверхами не було перекриттів...

Раптом у голові майнула думка: а якщо тут є підвал? І тоді є можливість провалитися з першого... Треба обов'язково перевірити.

Так само стискаючи в руці «Беретту», я ступив кілька кроків у кімнату, що відкрилася переді мною, ступаючи на перекинуті двері й нервово озираючи темряву поглядом. Нікогісінько.

Власне, я опинився у величезній круглій сходовій клітці, що відкривалася на всі поверхи, на кожному рівні стояли високі різьблені колони, що підтримували верхній поверх, поєднані між собою майстерно виконаними балюстрадами, утворюючи тим самим коло. Поверхів уже не було, замість них — скелети балок. Можна було б сказати, сходова клітка будинку на Півдні, збудованого до початку війни Півночі й Півдня, як у фільмі «Віднесені вітром».

Можливо, колись цей витвір був увінчаний банею, але вона зникла, залишивши зяючу діру під відкритим небом. Вгору йшли широкі гвинтові сходи, але на висоті двох метрів вони закінчувались, остання сходинка висіла в повітрі. Решта ніби випарувались, втягнуті темним небом.

Повітря було холодним, сухим і без запаху. Наче мертве.

На підлозі не було рослинності, але валялося безліч уламків дерева і шматків штукатурки. У деяких місцях у паркеті бракувало по кілька дощок. Треба було дуже пильно придивлятись.

Я ступив сім чи вісім кроків уперед. Паркет несамовито зарипів. Я став навколішки перед порожнечею, яка утворилася через брак дощок, але нічого не побачив: суцільний морок. Я міг собі дозволити на кілька секунд увімкнути ліхтарик на мобільному телефоні: у будь-якому разі, щоб мене локалізувати, гуркоту дверей було, на жаль, досить...

Я сунув руку в кишеню, але його там не було. Машинально пошукав у другій кишені, той самий результат. Тоді пригадав, що віддав його Анні, щоб вона могла скеровувати наше авто за допомогою навігатора. І вона забула його повернути.

Я підібрав шматок штукатурки і кинув у проміжок між двома дошками... Минуло принаймні три-чотири секунди, доки він упав на щось із глухим звуком, викликавши тріск, вібрування якого відгукнулося тривалою луною.

Під моїми ногами була яма. Глибока.

Це ставало потенційно співзвучним історії, що розвивалась у моєму романі. Хоча й без абсолютного підтвердження.

Раптом я усвідомив величезний ризик, якому піддав себе, пройшовши в кімнату по цьому прогнилому паркету, знищеному в окремих місцях. Несподівано в голові виник дивовижний ментальний образ: я побачив себе навколішках на дерев'яній дошці, яка, тримаючись на ниточці, висить у порожнечі й щомиті може обірватись і скинути мене в глибоку чорну яму. Я відчув різке запаморочення, як бувало щоразу, коли опинявся у порожнечі, запаморочення наростало й заволоділо всім моїм єством, поширюючись по всьому тремтячому тілу, від чого воно заціпеніло, немов від сильного алкоголю у венах. Мені здавалося, що я бачу й відчуваю порожнечу під собою, немовби вона мене кликала, немовби мала мене проковтнути. Як і всі фобії, запаморочення може видаватися смішним тим, хто його не зазнає. Але коли воно вами заволоділо, ви переживаєте паскудний момент.

Я зробив надлюдське зусилля, щоб опанувати себе, відновити контроль і трохи заспокоїтися...

Мені це вдалося лише частково. Тепер треба було повернутися назад, хоча, можливо, й було написано, що я зможу пройти...

Я підвівся надзвичайно обережно. Серце калатало так сильно, що я відчував пульсування крові у скронях. Я розвернувся і ступив крок уперед, дуже повільно переносячи вагу тіла з однієї ноги на другу. Паркет зарипів, і я затамував подих, відчуваючи, як тремтять ноги. Підняв ногу, яка була ззаду, і повторив операцію, ступаючи якнайм'якше, попри напруження м'язів: я хотів бути готовим до стрибка, якщо раптом підлога проваллється під ногами.

Зрештою я дістався дверей, що лежали на підлозі, де був у безпеці. Глибоко вдихнув, щоб розслабитись і зібратися з думками.

І тоді я раптово все усвідомив.

Палій не міг мешкати у цій частині лікарні. Не міг, бо ніколи не захотів би ризикувати життям, ступаючи по такій підлозі. Отже, він перебував там, де підлога лежала на землі, а не на поперечних балках над ямою. З-поміж побачених мною кімнат єдиною, яка стояла на землі, була, безумовно, перша, бо вона заполонена рослинами і навіть деревами. Я був у цьому певен і мав передчуття: палій перебуває там... але треба діяти швидко: я наробив шуму, він міг вирішити втекти.

Стискаючи «Беретту», я кинувся в коридор і пішов швидко, наскільки дозволяла темрява, аж раптом...

Усе відбулося дуже швидко, за якусь долю секунди. Земля із сухим тріском наче провалися під ногами, і я відчув, що мене тягне вниз. Швидкість мого руху наклалася на гравітацію, і замість чітко вертикального падіння мене кинуло трохи вперед. Верхня частина тіла черкнула покромсаний край підлоги, і завдяки рефлексу виживання я в останню мить зумів учепитися за край.

І завис, тримаючись пальцями, над зяючою порожнечею, чорною й холодною, мов могила, подряпана грудна клітка пекла вогнем.

Я ніколи не був великим спортсменом, а у звичайному житті був би цілком нездатним вибратися з такої позиції. Але жах дає надлюдські сили, і я чимдуж почав підтягуватися на пальцях, доки мої плечі опинились на рівні підлоги, і, пішовши ва-банк, витягнув руку вперед і, поклавши її на підлогу, щосили наліг на неї. Друга рука дотягнулася до першої, і в останньому надлюдському пориві я сперся на лікті, потім, нахилившись уперед, підняв одну, а тоді другу ногу.

Ледве переводячи подих, я лежав долілиць з обідраним торсом, носом ткнувшись у бруд, усвідомлюючи, що дивом врятувався, а також те, що я гарна здобич для палія, якщо він перебуває десь тут. У мене більше не було пістолета.

Усе, що відбулося, відповідало моєму романові.

Ситуація надто невірогідна, щоб бути просто збігом. Я мусив визнати очевидне: коли чотири роки тому я писав цю історію, мною керувало не літературне натхнення про вигаданих персонажів, а інтуїція про події, які відбудуться в моєму житті. Події, які саме зараз відбувалися... Звісно, інтер'єр замку був геть інакшим, було значно менше рослинності, та й планування було іншим. Але інтуїція дає інформацію сировинну, яку пізніше треба витлумачити. Однак я на власному гіркому досвіді на початку своєї підготовки з Анною побачив, що наші тлумачення рідко бувають правдивими. Людина створює внутрішні образи на підставі вловлених сировинних сенсорних інформацій. Інформація, яка надходить, точна, а от створені образи — чиста уява.

У моєму романі стіни замку були заплямовані кров'ю, тут такого не було. Але у стінах лікарні були вмуровані червоні цеглини. Інтуїція спонукала мене візуалізувати саме колір. Уява зробила решту...

*Зараз не час опускати руки.*

Я обережно підвівся й рушив уперед. Тепер вирішив триматись коло стіни: мені здавалося, що там підлога міцніша, ніж посередині.

Два-три метри далі зауважив відблиски на якомусь предметі. Нахилився і підібрав свій пістолет. Мені пощастило. Ще й дуже.

У романі далі йшлося про конфронтацію між героєм і злочинцем, перший був свого роду ідеалістом-гуманістом, переконаним у тому, що в кожній людині може зродитись добро, якщо складуться сприятливі умови. Тож він удавався до всього, намагаючись переконати іншого покласти край його безчинствам. Та наприкінці відбувається протилежне: злочинцю вдалося переконати героя щодо легітимності своїх злочинів, а також спонукати того самому натиснути на кнопку, яка призведе до подальшого вибуху...

Але якщо ця історія справді відображала минулу інтуїцію про те, що я переживав на даний момент, то, упереджаючи події, я, можливо, зможу змінити їх перебіг. Саме це припускала Анна, коли пояснювала, що завдяки діючій ретрокаузальності (причинному зв'язку) сприйняття минулого ніяк не завадить внесенню легких змін при його здійсненні. «Маємо трохи свободи дій», — сказала вона. Це мене неймовірно здивувало, але відтоді я пережив стільки всього того, що раніше здавалося неможливим, що вже ніщо не повинно мене дивувати...

Мені таки знадобиться свобода дій.

У романі історія мала нещасливий кінець. Герой гинув на скелі.

## 26

Як тоді визначити частку чистої уяви та частку інтуїції щодо реальності, яка ще не проявилася, у всіх моїх літературних творах?

Я, який завжди пишався своєю креативністю й уявою романіста, отримав по заслугах. Врешті-решт, я, можливо, нічого такого не створив...

Якийсь шум одразу ж вивів мене із задуми. Я застиг і прислухався. Чи це була пташка? Зачекав кілька митей. Анічичирк. Рушив далі й дістався іншого кінця коридору. Знову прислухався, перш ніж ступити в отвір, що вів до кімнати з рослинами. Тільки легенький шерех повітря серед листя.

*Це там, я відчуваю.*

Тримаючи «Беретту» в руці, повільно ступив крок у кімнату, намагаючись роззирнутися. Але побачити бодай щось неможливо. Надто багато рослин, кущів, дерев. Ідеальне місце для сховку.

Я вирішив обійти кімнату попід стінами, тоді стежити доведеться всього за однією стіною. І вкрай обережно рушив праворуч, напруживши всі органи чуття, готовий, якщо доведеться, вистрілити. Вкрита густою рослинністю земля була дуже нерівною, місцями м'якою, навіть рихлою, подекуди тріщала під ногами, стіни повністю вкриті листям.

Це вже була не кімната і навіть не садок, а джунглі, закриті в чотирьох стінах, що сягали від восьми до десяти метрів у висоту. Рослинна в'язниця під відкритим небом. Занурена в ніч.

Насичене вологістю повітря розпросторювало цілу палітру запахів, що йшли від землі, рослин, лісу, з-поміж яких вчувались трави, папороть, перегниле листя, лико та смола.

Легкі порухи вітру назовні ворушили листя дерев, яким вдалося втекти у височінь, викликаючи легенький шерех. Звіддаля долинало приглушене слабке каркання. Усі звуки надходили знадвору. Внутрішні джунглі були такими мовчазними, як крипта в церкві.

Я вдивлявся в морок, шукаючи тіні серед тіней, готовий зреагувати на найменший рух, на найнепомітніший незвичний звук. Утім, мені вдавалося щось розгледіти тільки трохи далі середини кімнати, погляд ковзав по стовбурах, гілках, листю, ліанах.

Я дійшов до кінця першої стіни, далі повернув ліворуч, щоб обійти перпендикулярну стіну. Рухався я повільно і якнайтихіше, постійно вдивляючись у рослинність. Не дійшовши якусь дещицю до кінця другої стіни, я різко зупинився й затамував подих.

У кутку було натягнуто тент кольору хакі, який правив за дах природному укриттю, де був набір для виживання: спальник, алюмінієві котелки, газова плитка, радіоприймач... Я обернувся й дослухався до мовчазних джунглів. Ні поруху. Лише легке шурхотіння вітру у верхів'ях дерев, удалині каркання в лісах.

Я повільно рушив ліворуч, уздовж третьої стіни. Коли минув три чверті її довжини, стало трішки видніше, рослинність була не такою густою. Роззирнувся: нікого. Навпроти посередині четвертої стіни був отвір, який мав виходити на той бік, звідки я зайшов у лікарню.

— Довгенько довелося тебе чекати.

Від голосу, який пролунав із темряви, кров захолола в жилах, все тіло затерпло. Голос долинав зверху, десь за мною.

— Дуже повільно нахились і поклади зброю на землю, — промовив чоловік, виділяючи кожен склад спокійним, але владним голосом.

Моя голова йшла обертом. Я не міг усвідомити чи прийняти, що це кінець, що я в його руках, без жодного виходу. Мені кінець.

Напружений і вкрай розтривожений, я зробив те, що він наказав.

— Я цілу годину тебе тут чекаю.

Чому він так каже? І чому він мене чекав? Звідки він знав, що сьогодні ввечері я сюди прийду? Цілком певно, не інтуїтивно, бо в інтуїції час плутається, інформації з минулого перемішуються з даними теперішнього і майбутнього. Це мені пояснила Анна. Він міг знати, що я прийду, але не *сьогодні ввечері*. То як він дізнався? Хто міг йому сказати?

— Тепер ступи п'ять кроків уперед.

Я підкорився.

Глухий звук змусив мене підстрибнути: щось важке впало на землю.

Я зрозумів, що він, напевно, стрибнув із дерева.

— Можеш обернутися.

Я розвернувся.

Чоловікові, який стояв навпроти, було близько шістдесяти. Важко визначити в темряві. Середнього зросту і статури, смаглявий, волосся зібране в кінський хвіст, нахмурені брови, рішучий вигляд.

У нього не було стурбованого вигляду збоченця чи садиста, але відчувалася небезпечна енергія людини, готової йти до кінця.

Щось було не так, але я не міг вловити, що саме.

— Чому ти мене переслідуєш? — сухо запитав він.

У нього не було зброї. Ось що було не так. Моя зброя лежала коло моїх ніг...

— Навіщо ви тероризуєте населення цими пожежами? — запитав я замість відповіді.

Я почувався гидко від того, що здався, ще будучи озброєним. Геть по-дурному підпорядкувався його волі. Він мені навіть не погрожував. До цього мене спонукала упевненість у його голосі. Знову ж тлумачення. Знову зайве...

— Навіщо всі ці пожежі? — спокійно перепитав він. — Гадаю, ти сам знаєш.

Мені не подобався вибраний ним тон, це був спокійний тон людини, якій нема чим собі докоряти і яка нездатна переглянути свої вчинки.

— Ви намагалися мене вбити, — сказав я.

Він спокійно похитав головою.

— Ні, — тільки й відповів він.

Тоді я зауважив, що в нього обидва вуха на місці.

— Якщо не ви, то ваш спільник.

Він не відповів.

Звідки в біса він знав, що я прийду сьогодні ввечері? Це запитання весь час крутилося у мене в голові.

— Ти знаєш, яку справу я захищаю, і не повірю, що тобі це байдуже.

Ну от, приїхали! Як у моєму романі. Він намагатиметься мене переконати щодо обґрунтованості своїх учинків. Не треба піддаватися, я маю залишити своє майбутнє за собою, відвернувши його від визначеної ним траєкторії.

— Небайдужість до якоїсь справи не означає, що я приймаю все, що робиться від її імені.

Він ледь посміхнувся. У нього було обличчя складної особистості. Деякі люди мають риси, які свідчать про певну гармонійність особи, коли думки, цінності й дії узгоджуються з тим, чого вони очікують від життя. Риси його обличчя демонстрували неоднорідне поєднання рішучості й розчарування, зради й тривоги, сили й страждання. Я мав справу зі страдником.

— Тобто ви визнаєте свою небайдужість до цієї справи? — уточнив він.

— Жодна справа не виправдовує крайніх заходів, до яких ви вдаєтеся.

Він зітхнув.

— Я теж довго так вважав… Вірив, як, можливо, й ти. Гадав, нам удасться переконати політиків щодо необхідності провести потрібні зміни. І коли вони почали розглядати справу, виступати й щось робити на початку, я хотів у це вірити, чіплявся за цю надію. Потім зрозумів…

379

— Що саме ви зрозуміли?

— Зрозумів, що для них екологія — це лише претекст на службі економіки. Всі заходи, вжиті в ім'я збереження довкілля, підпорядковані одній меті: підживити промисловий ріст. Більшість тих заходів скеровані тільки на те, щоб спонукати людей витрачати гроші, оновлюючи обладнання, тим самим забезпечуючи працю економічної машини на повну потужність, тоді як планета, навпаки, потребує скорочення промислового виробництва...

— Скорочення виробництва не життєздатне. Ми це побачили під час пандемії ковіду: це катастрофа. Сотні мільйонів безробітних у всьому світі... Мільйони людей опинилися на вулиці, частина померла з голоду... Спад економіки — брехлива утопія. Між іншим, економічний ріст записано в наших генах так, як у генах рослин: все на землі прагне рости, розвиватися...

— Я говорю про скорочення промислового розвитку, не економічного. Світ буде врятовано тоді, коли люди заплатять собі за курси йоги, кулінарії чи ще чогось, а не витратять кошти на новий телевізор чи мобілку, щоб отримати на три функції більше, які їм не потрібні. Світ буде врятовано тоді, коли люди споживатимуть сезонні місцеві продукти замість того, щоб чотири рази провезти довкола планети вміст йогурта з фруктами, доки він потрапить до вас на стіл...

Його понесло, годі й зупинити.

— Світ буде врятовано тоді, коли люди одягатимуться так, як хочуть, замість того, щоб вигадувати моделі, які наступного року вважатимуть старомодними. А ліси Амазонії будуть врятовані тоді, коли чоловікам припинять вбивати в голови, що вони стануть сильні й мужні, якщо їстимуть яловичину щодня...

Він мав рацію. Я завжди казав собі, що треба бути генієм маркетингу, щоб чоловіки проковтнули байку про те, що можуть стати сексуально сильними, якщо їстимуть м'ясо кастрованих биків.

*Не піддавайся на вмовляння, як у твоєму романі!*

— Ви критикуєте політиків, але більшість керівників у світі борються і за результати, наприклад зменшення об'єму викидів парникових газів.

— І які перспективи? Ти таки наївний... Строки виконання ста відсотків зобов'язань урядів припадали на кінець їхніх мандатів. Тобто він ні перед ким не звітувався. Все це тільки балаканина. Просто гарні промови з рукою на серці.

Я мав справу з різновидом ідеаліста з перебільшеним почуттям зради. Я розумів, що, не маючи вибору, можна вдатись до жорстокості, але це було неприйнятно. Вже не кажучи про величезну стратегічну помилку: відвернути людей від боротьби за екологію. Я відчував, як у мені наростає прагнення переконати його, вмовити припинити руйнувати й якось інакше служити своїм ідеалам.

*Припини. Відмовся від майбутнього, написаного в твоєму романі...*

Треба було з цього вибиратись. Добитися, щоб він мене відпустив... Ось у цьому я маю його переконати... А ще з'ясувати, звідки він знав, що я прийду сьогодні ввечері...

Раптом мені прийшла відповідь, підла й огидна. Анна.

Тільки Анна володіла інформацією про це. Тільки вона могла його попередити. Це було настільки неприйнятно, що я відмовився розглядати ймовірність цього, хоча це було очевидним.

Чоловік далі розпатякував, виправдовуючи свої вчинки, і, цілком певно, прагнув переконати й мене, але я його більше не слухав. В голові була справжнісінька веремія, все крутилось дуже швидко, фрагменти минулого виринали безладно й складались по-новому, дуже доречно й невмолимо: Анна наполягла, щоб зупинити авто коло банановоза... і залишила мене одного на березі перед нападом вантажопідйомника; Анна старанно вимикала свій телефон щоразу після користування, Анна симулювала здивування, дізнавшись про арешт свого колишнього колеги, Анна ходила в туалет якраз перед тим, як ми мали вийти з кав'ярні, щоб іти сюди; Анна відмовилась іти зі мною всередину руїн... Історія про втрату нею інтуїтивних здібностей після прийому ЛСД, напевно, брехня, щоб виправдати відмову ідентифікувати винуватця... Вона обвела довкола пальця всіх, навіть Білий дім, і звернулась до новачка, щоб зменшити шанси правильно встановити палія...

На додачу я підпав під її шарм... Як я міг бути настільки щиросердним?

*Годі розмірковувати. Вибирайся звідси.*

Чоловік далі виправдовував свої злочини, нав'язуючи аргументи, підстави, докази...

Я його перебив:

— Усі війни спирались на причини, які видавались справедливими в очах тих, хто їх розв'язував.

— Деякі війни, можливо, були необхідні...

— Ви робите погану послугу справі, яку буцімто захищаєте. Асоціації захисту природи обурюються вашими жорстокими вчинками: ви підриваєте їхню роботу, нищите віру в їхні аргументи. Для їхніх ворогів це хліб благодатний.

— Ти помиляєшся... На нинішньому етапі про захист природи навіть не йдеться... Наразі з великою швидкістю знищуються умови людського життя на Землі задля користі небагатьох через засліплення й неусвідомлення решти. Ти навіть не уявляєш, на який кошмар перетвориться існування на Землі, якщо нічого не міняти.

— Але вже помітні зміни. Ми доб'ємося. Я вірю в людину.

Він кілька митей дивився на мене, мовчки хитаючи головою.

— А я — ні. Більшість людей не здатні зробити зусилля й кинути палити, дізнавшись, що в них рак легень, то навіщо їм відмовлятися від яловичини тільки задля порятунку амазонських лісів? Навіть якщо ця справа їм і не байдужа, вони не хочуть змінювати свої звички і, щоб себе не звинувачувати, воліють не ставити запитань. Їм марно пояснювати, що без тропічних лісів і льодовиків Північного полюса згодом з'являться регіони, настільки сухі, що будуть непридатні для життя, а в інших цілий рік не вщухатимуть зливи, і, зрештою, для всіх настане пекло на Землі. Вони тільки й хочуть, що їсти свій стейк *тепер*, не замислюючись про походження ні його, ні сої чи кукурудзи, які задля нього споживають; хочуть без кінця купувати нові лахи і нічого не знати про кількість води, яка витрачається на виробництво однієї речі; мандрувати далеко — і ні про що не думати, вирушити в круїз — і ні про що не думати, далі купувати всіляку гидоту, яку їм привозять з іншого кінця світу, — і ні про що не думати і, звичайно, робити заощадження — і ні про що не думати. Ось така реальність. Тож за таких умов надіятися можна тільки на рятівний сплеск, тільки неймовірні вчинки здатні змусити замислитись.

— Однак, чимало підприємств у різних галузях беруть до уваги повагу до планети і...

— Дурня! Більшість часу це лише маркетингові, геть липові аргументи, щоб у споживачів, які чемно ковтають усі ці гарненькі казочки, було спокійне сумління.

Годі й уявити, що цьому чоловікові довелося пережити, щоб дійти до такого: не вірити нічому й нікому.

— Завдаючи потужних ударів по винуватцях такої загальнопоширеної анестезії, я маю надію розбудити натовпи.

Він замовк, і в джунглях знову запанувала тиша.

«Беретта» так і лежала коло моїх ніг. Я запитував себе, що зараз робить Анна...

— Заздрю вам, що маєте ворогів, — сказав я. — Це легко і, як не парадоксально, безумовно приємно. Ненависть дає енергію, щоб битися, відчуваючи свою правоту. І підсилює упевненість. У мене немає певності, бо я не маю ворогів. Перед нами комплексна, системна проблема...

— Ти так кажеш, бо не знаєш своїх ворогів. Пізнавши їх, ти зможеш їх ненавидіти і захочеш знищити.

Ці слова мене розтривожили і, звісно, засмутили.

— Не хочу взагалі нікого ненавидіти.

— Шляхетні слова... геть утопічні.

Мою увагу привернуло легке шкрябання праворуч десь на землі. Напевно, миша чи лісова зайда.

— Коли подивитись на цю планетарну проблему, то, можливо, кожен із нас сам собі ворог, — сказав я.

Чоловік нахилився й підібрав мій пістолет. У животі все скрутилось, я інстинктивно відступив.

— Стій на місці.

Я завмер.

— ФБР працює не покладаючи рук, — сказав я. — Припиніть свої дії, інакше вас упіймають, винесуть смертний вирок і стратять.

Кілька митей він пильно дивився на мене, на його змученому обличчі з'явилася сумна усмішка.

— Справа, яку я захищаю, дуже велика. Вона важливіша за мене.

Він промовив це дуже щиро, без фанфаронства, я зрозумів, що він піде до кінця в тому, що замислив.

Сумна усмішка щезла, він додав:

— У будь-якому разі сьогоднішній вечірній вибух буде останнім. Я зробив усе, щоб розбудити свідомість. Тепер нехай кожен несе відповідальність. Будь що буде. Ви більше ніколи про мене не почуєте, я повернуся жити там, де ще збереглися амазонські ліси, подалі від людей, про яких не хочу нічого чути.

Але я його не слухав. Почувши про передбачене руйнування, я одразу звернувся до інтуїції й поставив собі запитання:

Яке воно? Яке воно?

Дуже швидко я побачив щось темне, дуже темне, потім... у мене в голові виник образ... образ своєрідного... валуна, дуже темного валуна...

Темний валун?

Інвестиційна фірма, що нагадує темний валун...

Не минуло й десяти секунд, як я здогадався.

— Я знаю, що саме ви збираєтесь підірвати сьогодні ввечері.

Чоловік звів брову й подивився в очікуванні.

— *Blackstone*. Вежу *Blackstone*.

Він дивився на мене, не приховуючи здивування.

— Я вражений.

Вежа *Blackstone*...

Серце стислося, мене заполонила тривога.

Мій кузен!

— Мій кузен працює в офісі *JPMorgan*. Вони розміщені у вежі *Blackstone*!

* * *

Лежачи долілиць у заростях, як той солдат, що повзе по ворожій території, з обдертими гострими кущами руками, Джефрі Карпер не йняв віри ані очам, ані вухам.

Тип, який погрожував Фішеру, був Ніколасом Скоттом, якого він убив минулого року. Це було незрозуміло, щоб не сказати тривожно.

Джефрі майже зрадів, що Фішеру вдалося вибратися живим із затонулого авто, без нього він навряд чи знайшов Скотта.

Фішер... Якби все пройшло, як було задумано, він був би вже на полиці у моргу, з повним черевом води. Побачивши, як його, не дуже й покаліченого, забирає швидка, він відчув, що є один шанс із двох, що він відтіля вибереться. На щастя, йому вдалося відстежити його мобілку і прийти сюди.

Побачивши, як Скотт підбирає пістолет Фішера, він сказав собі, що той, можливо, виконає брудну роботу за нього. Тим паче що він був обмежений умовою: убити двох за одним рипом — надто ризиковано: це не можна подати як нещасний випадок.

Тож цього разу він побуде глядачем. Єдина роль, яку для різноманітності він собі дав. У перших рядах партера.

Але, почувши ім'я наступної цілі, він зрозумів, що треба діяти.

Вежа *Blackstone* була саме навпроти, у Мангеттені.

З такою інформацією не щодня щастить.

Він повільно й безшумно відповз назад і щез у чагарнику.

\* \* \*

— Ви маєте все зупинити! — крикнув я.

— Банк *JPMorgan*, — усміхнувся палій, звівши брову. — Так, так... З моменту підписання Парижем угод про клімат *JPMorgan* вперто інвестує

389

величезні суми у найшкідливіші енергії у світі: сімдесят п'ять мільярдів для таких галузей, як пошуки нафти в Арктиці...

— Річ не в тому, я...

— У травні 2020 року *Financial Times* повідомив, що банк звинувачено в нехтуванні основоположними правами людини й тому, що він заплющує очі на практики сучасного рабства на підприємствах, які інвестує, а також...

— Мені плювати! Мій кузен оплачує своє навчання, прибираючи робочі кімнати у вихідні дні, розумієте? Якраз зараз він має бути там! Зупиніть задумане, чуєте?!

— Спокійно... Перед початком пожежі завжди повідомляється про евакуацію, я ніколи не піддаю людей небезпеці. У будь-якому разі на даний момент я вже нічого не можу зупинити...

— Але він прибирає з навушниками у вухах! Він молодий і вмикає музику на повну, тож ніяк не зможе почути ваше бісове попередження!

Щось підштовхнуло мене до дії, якийсь сильний порив, що змусив мене забути про небезпеку. Я повернувся й поквапився до отвору в глибині кімнати, ризикуючи бути підстреленим, як заєць. Але я в це не вірив, щось усередині мене знало, що він не вистрелить.

Він не вистрелив.

Я стрибнув в отвір, подряпавши руки й ноги у заростях.

Анни не було на місці. Мої підозри ставали переконливими. Якщо все так, то вона зараз у дорозі до *Blackstone*, щоб запустити підпал.

Я взяв ноги на плечі й побіг у майже непроникній темряві так швидко, як ніколи доти не бігав.

Задихаючись, я добіг до місця, звідки було видно пілон з прив'язаним надувним човном. Аж раптом гуркіт мотора розірвав нічну тишу, і я, безсилий, побачив його силует на морській поверхні.

Знеможений і переможений, я зупинився, намагаючись перевести подих. Гаплик. Я був заблокований на острові. Навіть якщо знайду авто, то доки я доберусь до мосту через Квінз і зроблю великий гак, щоб знову повернутись на Мангеттен у час вечірніх заторів, я приїду на розбір шапок.

Мій кузен...

Я мусив когось попередити, швидше, треба подзвонити Роберту чи Ґленну. Перепрошу їх, визнаю, що помилявся.

Сунув руку в кишеню... і пригадав, що Анна так і не повернула мені телефон.

Отакої! Вона справді все передбачила.

Обвела мене круг пальця по всіх параметрах.

Глухий металевий брязкіт змусив мене підстрибнути, я обернувся.

*Канатна дорога.*

Слабо освітлений вокзал був якраз над головою. А якщо... у цей час буде поїзд?

Я кинувся у напрямку станції, видерся по схилу, далі рвонув, перестрибуючи через сходинку, тимчасом усередині станції почувся легкий дзвінок.

*Господи, зараз поїде!*

Я підбіг до входу і здаля запримітив велику червону кабіну на пероні. Перестрибнув через турнікет. Хтось щось кричав позаду, але я не зважав.

На пероні я побачив, що подвійні розсувні двері починають зачинятися. Тож включив спринт і буквально налетів на них, простягнувши руки вперед, щоб їх утримати, але каучукові краї невблаганно зійшлись на моїх пальцях.

Я щосили тиснув, намагаючись їх розсунути. Марно.

*Господи, всього п'ять секунд, який дебілізм!*

Порожня кабіна повільно рушила, піднялася над пероном, заскрипіли підшипники, поширюючи запах мастила.

З таким невезінням я не міг погодитись. Усе немовби змовилося проти мене. Ніби моя доля вже була вирішена.

— Гей, ви там!

До мене біг охоронець, який вискочив на перон.

Я не мав часу на роздуми, тож, підкоряючись як інстинкту втечі, так і останньому бажанню не піддатись фатальності, я виліз на бар'єр, що йшов уздовж усього перону, і, виставивши руки вперед, кинувся в напрямку кабіни підвісної дороги. В останню мить мені вдалося вхопитись за горизонтальний край металевого панно під заднім вікном і втриматись на руках. Я вхопився міцно і відчув, що вже повис у повітрі. І хоча не належав до чоловіків з великими м'язами, але мав би протриматись упродовж підйому, він не міг бути довшим за три-чотири хвилини. Нелегко, але можливо.

Але все це без урахування мого пораненого плеча: підтягування блискавично розбудило біль. Біль був різкий і пекучий, наче мені збирались відірвати руку.

Я мусив триматись щосили, тут не було вибору: ми вже піднялись на сім-вісім метрів; відпустити — означає розбитись об скелю, що внизу.

У голові майнув образ із роману. Герой помирав на скелі...

*Не дослухайся до болю! Не відпускай! Тримайся!*

Усі ми читали свідчення солдатів з часів Першої світової війни; вони розповідали, що, незважаючи на поламану ногу, бігли під ворожим вогнем, повністю відключивши біль на час, потрібний, щоб добігти до сховку. Тіло володіє ресурсами, про існування яких ми навіть не підозрюємо, їх тільки треба активувати під спонукою страху... або сили волі. Це була моя єдина надія, і я вирішив твердо в це вірити. І взявся повторювати, як мантру, слова про те, що я нізащо не відпущу.

Я сильніший за біль, сильніший за своє ниюче плече, я втримаюся, я цього хочу, я так вирішив, моя рука наче сталева, ніщо не змусить її відпустити поручень, я сильний, я тримаюсь: усього три хвилини, треба протриматись усього три хвилини: але я протримаюсь чотири, п'ять, шість! І оскільки вирішив протриматись десять хвилин, то ці три чортові хвилини я обов'язково протримаюсь!

Кабіна набрала швидкості й пливла над морем.

Плювати я хотів на висоту. Я сильніший за запаморочення. Сильніший за цей паскудний біль, який я подолаю, який долаю, бо я цього хочу.

Я відчув, що моя воля мене тримає... Я витримаю, жодного сумніву. Я ніколи не відчував у собі

такого бойового духу, такої рішучості, такого за-
взяття у підтриманні свого рішення.

Завжди вважав себе радше вразливим, до
себе поблажливим, майже слабким, а тепер від-
крив у собі абсолютно нове почуття сили, таке
надзвичайне і… неймовірно радісне почуття.

Гордість підштовхнула мене на мить кинути
оком униз, щоб зневажливо глянути на свою схиль-
ність до запаморочення, кинути йому виклик, вир-
вати з коренем зі свого єства.

Піді мною було двадцять чи тридцять метрів
порожнечі, але я настільки покладався на своє
рішення, що нічого не відчув.

У цю мить я зрозумів, що віднині ніщо в житті
не зможе мене зупинити: ні менеджер чи агент-ти-
ран, ні мої страхи, ні вагання, ні сумніви й невпе-
вненість, ні страх від того, що скажуть інші: відте-
пер ніщо не зможе перешкодити мені здійснити
все, що близько моєму серцю в моєму житті.

Кабіна підвісної дороги наближалася до най-
вищого пілона. Це буде найвища точка підйому,
решта поїздки йтиме по горизонталі, тоді має ста-
ти легше для моїх рук.

Але коли ми минули пілон, кабіна набула
руху балансира, досить виразного, це коливання
охопило моє підвішене тіло, розгойдуючи його

на кшталт маятника і подвоюючи напругу в руках. Біль став нестерпним.

*Тримайся! Треба триматись! У тебе немає вибору!*

Мені вдалося перетерпіти біль, але через наростання напруженості пальці почали сповзати. Вони сповзали, а я нічого не міг вдіяти...

Коли пальці втратили контакт із холодним металом, я відчув, що мене тягне вниз, і почув, як горлаю, тоді як моє безсиле тіло пронизувало повітря, наче лялька з рухливими ногами й руками.

Час розтягнувся, падіння здавалося нескінченним. У голові билася одна-єдина думка: моє виживання залежить від того, як я ввійду у воду: на такій швидкості її поверхня буде твердою, як бетон. І постарався бодай якось випростатись у повітрі, коли мої ноги різко вдарились об воду, мій хребет відчув потрясіння, а тоді...

А тоді нічого
Абсолютний морок
Пронизливий холод
Вода у вухах, носі, очах
Німа тиша, яка цілком мене поглинула.
Обм'якле тіло нескінченно втягується в глибину, і тій глибині

ні кінця ні
краю

Відчуття товстого шару в'язкого, огидного мулу, який мене приймає,

поглинає і намагається втримати у своїх липких складках

Керуючись інстинктом виживання, я борсався, енергійно звивався всім корпусом, махав руками й ногами, намагаючись вибратись і піднятись угору. Та чи вгору? Жодних маркерів. Анічогісінько. Надія тільки на везіння. Або на інтуїцію.

Потім у мене виникло відчуття нескінченного підйому, мого відчайдушного борсання серед мільярдів кубічних метрів води, при неймовірному бракові кисню, але із затятим прагненням у глибині єства вибратися звідти й вижити.

Зрештою я дивом опинився на поверхні і, коли свіже повітря пристрасно ввірвалось у мої знеможені без кисню легені, я відчув щастя, що межувало з блаженством.

Я був урятований. Посеред морської затоки, але врятований.

Звісно, треба ще дістатися берега, але я знайду в собі необхідні сили, тепер я це знав. Тож, не кваплячись, дав собі час, щоб віддихатись,

397

впиваючись екстазом, насолодою дихати, сп'янінням від того, що живий.

На березі, наче мільйони світлячків, виблискували вогні Мангеттена. Далекі відлуння сирен свідчили про жваве й трепетне життя метрополії. Це було найкраще місто у світі.

Раптом я впізнав гудіння моторного човна і побачив, що він пливе в мій бік.

Напевно, Анна відчула докори сумління, побачивши, що я зірвався з канатної дороги. Мені тепер не доведеться плисти самотужки до берега!

Я підняв руки у повітря, щоб допомогти локалізувати мене в темряві, водночас активно працював ногами, щоб утриматись на поверхні. Але швидко зрозумів, що це зайве: мене бачили, «Зодіак» ішов просто на мене з припіднятим носом під впливом мотора. Але... він наближався на великій швидкості та...

Анна мене не побачила! Вона...

Я пірнув в останню мить і вже під водою почув ревіння мотора, ледве заглушене зануренням. Проходження гвинта якраз наді мною призвело до могутнього вихревого потоку, який кидав мене у всі боки. Рухом ніг я чимдуж рвонув на поверхню.

— Анно! Я тут! Анно!

Вона вже розвернулась і поверталась до мене. Вона мене помітила.

Але човен на повній швидкості знову мчав просто на мене, я ледве встиг пірнути, переляканий очевидним: вона хоче мене вбити.

Треба було вибиратись із цього. Вирішив плисти під водою якнайдалі від місця, де я винирнув востаннє, плив довго, доки міг витерпіти відсутність кисню, а тоді обережно виринув на поверхню, висунувши тільки верхню частину голови, цього було досить, щоб бачити й дихати. Темний силует «Зодіака» був схожий у темряві на акулу, що вичікує, але водночас я побачив те, що відродило в мені надію: трохи далі у тому самому напрямку рухався катер морської поліції. Я загорлав щосили, піднявши руки вгору:

— Поліція! Поліція! Поліція! Допоможіть! Поліція!

Але «Зодіак» негайно ввімкнув повну швидкість і рвонув на мене. Годі було повірити, що вона наважується на це на очах у поліції! Я вирішив знову пірнути, але цього разу виринув одразу ж після проходження човна й з новою силою закричав:

— Поліція! Допоможіть! Поліція! До мене!

Катер увімкнув прожектор, який прочісував поверхню води. Я далі розмахував руками з криком, аж тут мій голос перекрив мотор човна... який знову взявся за своє. У той момент, коли поліцейські навели прожектор на мене, у мене був тільки один вибір: знову пірнути.

Я завмер під водою, збитий з пантелику нерозумінням. Чому Анна так шаленіє... на очах у поліції? У неї немає жодного шансу з цього викрутитись. Це ж, далебі, самогубство... Навіщо задля моєї смерті приносити в жертву себе?

Коли я виринув, поліція оглядала човен, між нами від двохсот до трьохсот метрів. Вони явно мене не помітили... і на такій відстані не зможуть ні почути, ні побачити. Напевно, складуть на Анну протокол за перевищення швидкості в прибережній зоні й поїдуть геть. Я знову опинюся в її руках.

Незважаючи на виснаження, мушу якнайшвидше дістатись берега. Рузвельтів острів був найближчим, тож я опанував себе, щоб зібрати останні сили й плисти, плисти і знову плисти.

Опинившись на мілині, я підвівся й вийшов із води, а тоді обернувся, щоб подивитись на протоку. Поліцейський катер досі стояв поруч із «Зодіаком». Дуже добре. Похитуючись, я ступив кілька кроків і впав на пляжі навколішки, а тоді перевернувся на спину. І вже так хапав свіже повітря на

400

повні груди, широко розплющеними очима дивлячись у зоряне небо.

Утретє за сьогодні хтось замірявся мене вбити.

Зараз, глупої ночі, я був заблокований на цьому нещасному острові, місці для психопатів, вибратися звідси можна тільки по канатній дорозі, охоронець якої хотів мене схопити за будь-яку ціну. Пречудова ситуація!

Звуки швидких кроків змусили мене підхопитися. До мене хтось біг.

Я скочив на ноги й зайняв оборонну позицію в очікуванні силуета, який летів на мене в темряві.

Але, наближаючись, силует ставав виразнішим, і я впізнав... Анну.

Мені здалося, що я збожеволів, геть звихнувся, в голові все переплуталося.

— Тіме! Ти живий і здоровий, — промовила вона зі сльозами на очах.

Минуло трохи часу, доки я вийшов із заціпеніння й розтиснув кулаки.

— Я думала, що «Зодіак» тебе вбив, — сказала вона, обнімаючи мене.

Я досі стояв дуже напружений, думки метались у голові, я вже нічого не розумів, збурений суперечливими думками.

— Я так злякалася, — розплакалася вона.

Її ридання зняли мою напруженість. Я розслабився і раптом відчув зворушення від того, що тримаю Анну в обіймах.

І хоча вона перехвилювалась, їй, здавалося, стало легше.

Носом я зарився в її волосся і довго, заплющивши очі, вбирав його пахощі...

Почувався так, наче низка незрозумілих подій вимкнула мій мозок; я більше не думав, прислухався тільки до інстинкту, до тілесної інтуїції.

Вона притулилася до мене; я її обняв і ніжно пригорнув, насолоджуючись теплом її тіла. Моє підборіддя ковзнуло по скроні, губи торкнулись її щоки й відчули ледь солонуваті сльози, я п'янів від запаху її шкіри.

Мої вуста наблизились до її вуст, вона схилила голову. Я відчув її лагідний подих, який остаточно зламав останні бастіони напруги: я буквально танув. Невідпорно й дивовижно.

Аж тут у мене в голові виник образ мого кузена.

— Треба бігти до вежі *Blackstone*! Там вечорами підробляє мій кузен і...

— Я знаю, чула, коли ти це казав.

Її зіниці блищали в темряві. Як дві перлинки.

— То ми йдемо? — скріпивши серце запитав я.

— Це буде непросто.

— Чому?

— Ти передусім... маєш мене звільнити, — сказала вона, хитро усміхнувшись.

Секундне вагання, коли моє тіло було, як здавалося, у суперечці з мозком, я опустив руки.

— Але є проблема, — сказав я. — У нас більше немає човна, щоб потрапити на Мангеттен.

— Піднімемось по канатній дорозі. Але цього разу всередині...

— Охоронець мене впізнає, — сказав я, похитавши головою, — і мені буде непереливки. Він захоче мене затримати й викликати поліцію. У будь-якому разі нізащо не дозволить сісти в кабіну.

Вона обмежилася загадковою усмішкою.

Ми крокували до станції, коли я раптово згадав про одну невідповідність й уповільнив ходу.

— У чому річ? — запитала Анна.

— Як так вийшло, що на «Зодіаку» мене переслідував хтось... хто раніше за мене покинув острів?

— У мене є часткові пояснення, але це довга історія... Розповім під час підйому, — пообіцяла вона, пришвидшивши крок.

Як я й думав, охоронець здалеку впізнав мене. Він радісно схрестив руки. Невисокий, але міцний, з високо піднятим підборіддям і легкою реваншистською усмішкою під густими вусами, він, вочевидь, наперед тішився майбутнім зіткненням.

Я питав себе, який аргумент йому висунути, щоб виправдати минулий вчинок, а водночас отримати дозвіл сісти в кабіну. Ідей явно бракувало.

Ми наблизились, Анна, не давши йому часу заговорити, помахала під носом своїм бейджем.

— ЦРУ. Рушаємо негайно! — владно й цілком природно наказала вона.

Він намагався щось сказати. Відмовитись, але потім поквапився розблокувати дверцята й бігцем провів нас до самої кабіни.

Тридцятьма секундами пізніше її було запущено, скрегіт коліщат змусив мене затремтіти, нагадавши останню поїздку.

— Він прислужився мені востаннє, — сказала Анна, вкладаючи бейдж у сумку. — У понеділок маю його здати.

Кабіна швидко набрала висоту, і, коли вона минула найвищий пілон і почала рівномірно погойдуватися, я глянув у вікно. Важко повірити, що я залишився цілим після такого падіння.

— Ти знаєш, як дістатися вежі *Blackstone*? — запитала Анна.

— Волію перевірити. Дай мені мобілку, будь ласка.

Анна вийняла телефон із сумки і простягнула мені. Я його взяв і перевірив шлях по навігатору.

Від вокзалу канатної дороги шістнадцять хвилин пішки. Невідомо, чи ми прийдемо вчасно, щоб врятувати кузена.

Вона дивилася на мене, у слабкому жовтуватому світлі від плафона кабіни я прочитав в її очах емпатію й щиру схвильованість.

— Спробую йому подзвонити.

Мобілка кузена була налаштована на голосову скриньку. Я залишив повідомлення, наказавши якнайшвидше йти геть із вежі, це питання життя чи смерті.

— Я зателефоную Роберту Коллінзу, — неохоче сказав я.

— Ні! — сказала Анна.

— Чому?

— Я тобі цього не раджу, — вона відвела погляд. — Я не певна, що в цій справі ми можемо довіряти ФБР.

Чому вона так каже? У цьому немає жодного сенсу.

— Гадаю, ти багато чого маєш мені розповісти...

— Дивись! — раптом вигукнула Анна, вказуючи пальцем на Мангеттенський берег.

Поліцейський катер привів «Зодіак» до берега. У темряві можна було розрізнити силуети людей на набережній неподалік.

— Він уже не зможе тебе діставати, — іронічно сказала Анна.

— То про що ти хотіла мені розповісти?

Вона зібралась із думками і глянула на мене.

— Я сиділа в кущах перед зруйнованою лікарнею, за три-чотири метри від місця, де ти мене залишив. Уже якийсь час ти зник з мого поля зору, аж тут я почула якесь рипіння в гущавині, ліворуч від мене. Спершу подумала, що це бродячий пес чи якась дика тваринка. Не скажу, що це мене дуже заспокоїло, але я себе розраджувала тим, що повторювала слова про те, що тварина рідко коли нападає на людину, якщо та їй не загрожує. Тож сиділа непорушно і вдивлялась у темряву. І тоді помітила силует чоловіка, який повз у напрямку руїн. У мене кров захолола в жилах. Мене немов паралізувало, я не наважувалася ворухнутись, стримувала подих, молилася, щоб він мене не помітив. Він ще трохи проповз і зупинився. Був усього за п'ять-шість метрів від мене! Жах та й годі... Він не ворушився, я також, і це тривало й тривало... Потім у лікарні щось гупнуло, і знову запала тиша. Я запитувала себе, що там з тобою трапилось. Але не могла нічого зробити, навіть пальцем ворухнути. Потім стало чутно голоси, і тоді я помітила тебе в отворі, що ліворуч. Побачила і твого співрозмовника. Я чула майже все з того, що ви говорили. А тоді тип, що був обіч мене, несподівано став відповзати назад. Мене жахала думка, що він може мене помітити. Невдовзі вискочив і ти. Я збиралася приєднатись до тебе трохи пізніше, та запізнилась: коли я змогла бачити підвісну дорогу, ти вже висів на кабіні... А далі я думала, що присутня при твоїй загибелі в прямому ефірі...

Вона замовкла, в кабіні запанувала тиша, її ледве порушувало легке рипіння від незначного розгойдування.

— То це той тип забрав «Зодіак» і намагався мене вбити?

— Безсумнівно.

— Як він виглядав фізично?

— Було темно, він лежав долілиць. Я тільки помітила, що він лисий і без одного вуха.

— Як той, хто напав на мене з вантажопідйомником.

— Ти мені цього не казав.

Я написав стільки історій, де вбивця пересліду́є якогось персонажа, що тепер мені було дивно опинитись у подібній ситуації. Ситуація жахлива, яку я не хотів би будь-коли пережити.

— Дивно, що він пішов, не дочекавшись моєї конфронтації з іншим типом, — зауважив я.

Анна зітхнула.

— Можливо, він був шокований, побачивши палія.

— Шокований? Чому він мав би бути шокованим?

— Цілком певно, з тієї самої причини, що і я.

Вона вимовила це, розтягуючи слова, немов неохоче.

— Тобто?

Вона повільно й глибоко вдихнула.

— Цей чоловік помер минулого року. Я була на його похороні.

Джефрі простягнув руки, не нарікаючи, коли поліцейські надягали на нього кайданки. Навіть дозволив собі таку розкіш, як усмішка.

Вони підштовхнули його у фургон. Навпроти нього сів один поліцейський, і обидві половинки задніх дверей клацнули одночасно.

Фургон рушив.

Джефрі втупився пронизливим поглядом в очі поліцейського, що сидів навпроти, і вирішив його дістати. Це був молодий хлопець, трохи неприємний, але за два кілометри було видно, що він геть недосвідчений.

За якийсь час він помітив, що копу стало дуже некомфортно.

— Що таке? — запитав поліцейський, намагаючись приховати своє збентеження.

Джефрі направду тішився, відповідаючи йому блудливою посмішкою, яка так лякала дівок.

Коп відвів очі, але Джефрі тупо дивився на нього, закладаючись, що той не витримає й гляне на нього.

Вистачило менше хвилини.

Джефрі просто тріумфував.

— Годі, блін! — крикнув коп.

Джефрі поновив свою улюблену посмішку, не зводячи з нього погляду.

— Якісь проблеми? — запитав коп, що сидів за склом попереду.

— Усе нормально, все під контролем, — відповів малий негідник.

— Щось не схоже, — сказав візаві.

Коп опустив очі, палаючи гнівом. Джефрі був в екстазі.

За кілька хвилин його провели в комісаріат Мідтаун-Нос на 54-й вулиці.

— Ви маєте право на телефонний дзвінок, — сказав поліцейський, який приймав його, вносячи записи про арешт. — Якщо хоче поговорити з адвокатом, саме час.

Той погодився, і йому дали телефон.

— Це я, — сказав він, коли зняли слухавку.

На другому кінці мовчання.

— Я казав ніколи сюди не дзвонити...

— За винятком форс-мажору, — обірвав Джефрі. — Це якраз такий випадок.

Знову мовчання.

— Зачекайте хвилинку, я вийду із зали...

За якусь мить він продовжив:

— Я на міжнародному колоквіумі у Нью-Йорку, у мене мало часу. Що відбувається?

— Справа дуже ускладнилась.

— Слухаю.

— Вони виявили палія.

— Дуже добре. Ми на це й сподівались.

— Насправді було б краще, щоб вони його не знайшли.

— Чому?

— Тому що ми з вами дуже добре його знаємо.

— Тобто?

— Волосся, зав'язане в кінський хвіст, чи це вам нікого не нагадує?

— Кажу ж, у мене немає часу...

— Це Ніколас Скотт.

— Я вважав, що...

— Я також.

Тривале мовчання.

— Де вони зараз?

— Серед природи.

— Ви їх відпустили? Могли б одним пострілом двох зайців убити...

— Чи не нагадаєте мені золоте правило?

Зітхання.

— Братися тільки за те, що можна видати за нещасний випадок.

— Отож. Я дотримувався вимог.

Мовчання.

— На цей момент або Скотт пристрелив Фішера, або він у дорозі до нової цілі. Там працює його кузен. Він захоче його врятувати, перш ніж усе завалиться? — додав Джефрі.

— Де саме?

— Вежа *Blackstone*.

— Вежа *Blackstone*? — перепитав інший вражено.

— Так.

Знову мовчання.

— Де точно перебуває кузен?

— У вежі, в *JPMorgan*.

— Рвіть туди й робіть, що маєте. У вас свобода дії.

— Хвилиночку... Якщо Саундерс разом із ним, їх буде двоє плюс кузен, вже не кажу про Скотта, якщо він повернеться. До того ж я маю обов'язково дотримуватися золотого правила?

— Неодмінно, — сказав той, наголошуючи на кожному складі.

— І я маю це зробити... один проти чотирьох?

— Ви на це здатні, Джефрі. Я у вас вірю.

Джефрі посмакував ці слова. Це була єдина людина у світі, яка йому довіряла, і тільки за це він буде з ним до останнього.

— Дрібна деталь: спершу мене треба витягти з комісаріату Мідтаун-Нос у Мангеттені.

— Чого вас туди занесло?

— Кража «Зодіака» і перевищення швидкості в прибережній зоні.

І почув, як той зітхнув.

— Це буде складно, Джефрі...

— Для радника президента США ніщо не може бути складним.

* * *

*Blackstone*...

Тільки не *Blackstone*, сказав собі розгублений і засмучений Баррі Кантор, труснувши головою. Тільки не це. Це гірше, ніж будь-що. Почнемо з того, що не можна руйнувати осідку фірми, від якої залежать заощадження кількох десятків мільйонів американців. Але є інший момент, значно серйозніший...

Не можна дозволити злочинцю привернути увагу преси до діяльності *Blackstone* в Амазонії. Якщо вони копнуть глибше, то можуть відкрити правду, а для президента правда виявиться більш ніж неприємною, адже всі знають, що патрон *Blackstone* є одним із цінних союзників і щедрий донатор президента. Якщо *Blackstone* у чомусь звинуватять, президентові гаплик. Хіба можна так ризикувати за сім місяців до виборів?

Звичайно, фінансову оборудку розпізнати нелегко, навіть дуже важко. Як, скажімо, з-поміж сотень підприємств, у які *Blackstone* інвестував свої мільярди, виловити бразильське товариство *Pàtria* і те, що за ним стоїть? Наприклад, банк є власником 40 відсотків його акцій, *Pàtria*, своєю чергою, володіє 50 відсотками капіталу іншого бразильського товариства, *Hidrovias do Brasil*, в якому *Blackstone* має понад дев'ять відсотків безпосередньо, в результаті він майже контролює діяльність цієї контори, не будучи — буцімто — її мажоритарним акціонером. Не так і легко розібратись у плутанині тих ниток, але деякі журналісти такі жуки-гнойовики, що можуть докопатись. Чи ж можна так ризикувати?

Звісно, їм таки доведеться з'ясовувати приховану роль *Hidrovias do Brasil* у знищенні лісів. Загалу відомо, що ця фірма є учасником класичної логістики у Бразилії, що є добре у всіх відношеннях. Тут також доведеться добре рити, щоб докопатись до того, що *Hidrovias* активно співпрацював із бразильським урядом Жаїра Болсонару з метою розвитку й асфальтування автостради БР-163, яка віднині перетинає Амазонію. *Hidrovias* навіть допоміг уряду Болсонару зібрати необхідні фонди для фінансування цієї автостради. Дізнатися про все це журналісту непросто, але знову ж таки: чи варто ризикувати?

Баррі уже уявляв статті у пресі, в яких докладно смакують, наскільки автострада сприяла наростанню площі знищення лісів завдяки полегшенню перевезення кукурудзи й зернових, що їх вирощують ті, хто винищив ліс; продукти їхнього виробництва призначені для тваринницьких господарств, що годують биків. Журналісти на додачу напишуть, що *Hidrovias do Brasil* збудував у Мірітітуба на березі річки Тапажос, буквально в серці Амазонії, великий термінал для відвантаження сої й інших зернових. Вони опишуть вантажівки, які низкою, бампер до бампера, стоять скільки сягає око на трасі БР-163, дочікуючись своєї черги до терміналу Мірітітуба, далі зерно везуть на величезних баржах до річки Амазонка і через усю Амазонію до великих портів коло Белена, звідки вантажними суднами спрямують до Роттердама й Шанхаю. Вони пояснять, як, полегшивши експорт усіх цих продуктів, термінал і дорога стали стимулюючим чинником для зростання міжнародного попиту і тим самим спонукали бразильських підприємців до дикої вирубки лісів...

Якщо все це обнародувати, президенту кінець.

Чи ж можна так ризикувати?

Баррі повернувся у конференц-залу. Виступав канадський прем'єр-міністр. Баррі нахилився до свого асистента.

— Попередьте президента, що я відлучився у терміновій справі, — тихо попросив він.

Узяв свій кейс і покинув залу.

Опинившись у коридорі, він поквапився у кімнату, виділену для нього на час колоквіуму, взяв свій мобільний телефон і набрав Роберта Коллінза.

— Я знаю наступну ціль палія, — сказав йому Баррі.

Коротка пауза.

— Звідки ви можете це знати? — запитав Коллінз тоном, у якому звучало здивування.

— Неважливо. Ви досі в Нью-Йорку?

— Доки палій не заявить про себе в іншому місті.

— Тим краще. Чи Ґленн Джексон із вами?

— Ми розділилися після нападу на банановоз. Він досі в Нью-Йорку, але я не знаю де.

— Шкода. Роберте, я покладаюся на вас у тому, щоб за будь-яку ціну не допустити наступної пожежі, справа дуже нагальна, бо пожежа може початись будь-якої миті.

416

— Докладу всіх зусиль.

— Йдеться про вежу *Blackstone* у Мангеттені.

— Гаразд, я цим займуся.

— Часу немає. Якщо ця місія виявиться успішною, президент буде особисто вдячний. Це — велика ставка для нього.

Коллінз не відповів, але Баррі знав: ніщо інше не могло б його так мотивувати.

— Ще один момент, — додав він.

Трохи помовчав і продовжив:

— Пресі — ані слова. Ніхто не повинен знати, що ця вежа — наступна ціль.

Завершивши розмову, Баррі вирішив набрати Ґленна Джексона, щоб і йому сказати приблизно те саме. Вони обидва настільки різні, що краще їм працювати окремо, у кожного свої методи.

Але натрапив на голосову скриньку і нічого не захотів записувати. Краще зателефонує пізніше. Відключився й відкинувся на спинку крісла.

Уся ця справа починалась украй невдало...

Президент припустився помилки, підключивши Анну Саундерс до цієї справи. Баррі зробив усе, щоб його відмовити, — марно. Таки не треба було поступатись. Треба було бути з ним відвертішим замість того, щоб приховувати деталі, намагаючись його оберегти.

Баррі пригадував, наче це було вчора, як усе почалося рік тому...

Це була справа серійного вбивці в Оклахомі: залучення групи інтуїтивістів із Форт-Міда, їхній успіх у локалізації вбивці, обід з усією групою у Білому домі, щоб відсвяткувати завершення розслідування, керівник групи, який через надмірну скромність розповідає всім, що інколи до інтуїції треба ставитись з недовірою, бо не завжди можна на сто відсотків бути упевненим щодо отриманої інформації.

— На доказ цього, — сміючись сказав він, — розповім вам про один сеанс супроводу, і ви зрозумієте, що не все треба сприймати за чисту монету!

— Що таке сеанс супроводу? — поцікавився Баррі.

— Це тренувальний сеанс. Коли немає справ, які потрібно вирішувати, ми все-таки маємо підтримувати свою інтуїцію, вести, так би мовити, технічне обслуговування, супровід. Тоді ми вибираємо теми й цілі наздогад. Того дня я поставив таку ціль: «Найцікавіша інформація тижня в Сполучених Штатах Америки», і те, що мені відкрилося, було цілковитою маячнею. Я візуалізував, що президент США мав зв'язок із Амбер Джейн,

418

знаєте, тією шістнадцятирічною дівчинкою, яка майже скрізь збурює пристрасті своїх фанів!

Усі присутні розсміялись. Баррі сміявся разом з усіма, але це був сміх крізь сльози, бо він знав. Він знав, що президент справді спав з тією дівкою. Той тип і його команда з Форт-Міда можуть бути дуже небезпечними, якщо інтуїція приведе їх до інших компрометуючих інформацій. Він вирішив поставити їх на прослуховування. Отак все і почалося...

Тепер Фішер, своєю чергою, стає потенційно небезпечним. Одного дня він, сам того не відаючи, доторкнувся до правди, і вони були недалеко від катастрофи.

Президент справді помилився. Ніколи не треба гратися з вогнем...

Баррі має виправити завдану шкоду. Це не тільки найосновніше, а й життєво важливе завдання.

Він розкрив свій кейс, підняв документи, дістав знизу револьвер і поклав його в кишеню піджака. Потім узяв телефон і набрав номер свого шофера.

— Будьте напоготові, виїздімо за п'ять хвилин.

— Добре, пане.

П'ятьма хвилинами пізніше Баррі сідав у свою службову машину.

— Вежа *Blackstone*. Швидко, але без мигавки.

* * *

Завершивши розмову з Баррі, Роберт одразу набрав службу розмінування в Нью-Йорку.

— Мені потрібна група на Парк-авеню, 345, коло вежі *Blackstone*. Терміново.

— Терміново не вийде. Групу мобілізовано за тривогою через бомбу в поїзді на півночі Бронкса. І там не можна прискорити, треба обшукати весь поїзд. У найкращому разі група зможе бути на Парк-авеню... скажімо, десь за годину.

— А решта працівників?

— Там уся команда. Це вечір суботи, на додачу дехто захворів.

Роберт завершив розмову.

Він має знайти спосіб, як не допустити пожежі й не наробити галасу. Якщо він відправить пожежників, з ними прибуде вся преса...

Треба помізкувати. Так, помізкувати. Так він зможе знайти рішення.

Поміркувати...

Він пів години ламав собі голову, вириваючи рештки волосся, і, коли думка, нарешті, сформувалась у його зосередженій голові, Роберт не стрибав з радощів, а оцінив її під різними кутами зору. І лише проаналізувавши всі наслідки, зміг дійти висновку, що це гарна ідея.

Він був радий, що може діяти самостійно, без свого колеги-тюхтія. Обіцяна вдячність президента буде для нього одного. Велика ставка означає велику вдячність і велике визнання.

* * *

Кабіна канатної дороги наближалася до пілона, що стояв на землі Мангеттена.

— Дай мені свою мобілку, Тімоті.

— Навіщо?

Анна показала «тс-с» жестом пальця перед вустами.

— Дай, будь ласка, мобілку.

Він віддав.

Вона її взяла й вимкнула.

— Я не думаю, що той лисий тип міг простежити за нами до острова, — пояснила вона. — Пригадай, ми були у швидкій, яка мчала, обганяючи всіх по дорозі. Гадаю, він орієнтувався на телефон.

— Але... як би він зміг?

— За хвилину зрозумієш.

— Гадаю, тобі краще розповісти все, що тобі відомо.

Вона погодилась і повернула мені телефон.

— Палій — це колишній колега з Форт-Міда, якого ми вважали загиблим в автокатастрофі.

421

Власне, тому Коллінз і Джексон не змогли на нього вийти, коли запідозрили когось із колишніх працівників.

— Коли подумаю, що цей негідник змусив мене віддати «Беретту», тоді як сам узагалі був без зброї...

— У будь-якому разі це нічого не змінило б, ти ніколи не вистрілив би в нього...

— Що ти про це можеш знати...

Здавалося, Анна на якусь мить завагалась, а тоді повела далі:

— Не можна стріляти в людину, яка нас колихала на своїх руках, коли ми були малюками.

Пауза.

— До чого ти ведеш?

— Цей чоловік... був другом твого батька, Тімоті.

— Що?

— І це ще не все...

— Що ще?

— Він був і колегою.

Це ніяк не трималося купи...

— Ти хочеш сказати, що цей тип був твоїм колегою у Форт-Міді?

— Так.

— Нічого не розумію. І чому раптом ти заговорила про мого батька?

— Ми працювали втрьох.

— Але ж...

Її безладні пояснення, геть не відповідні реальності, мене ошелешили.

— Ми втрьох були інтуїтивістами в проєкті *Stargate* у Форт-Міді, плюс ще дві особи. Твій батько був керівником групи, Тімоті.

— Але... Що за історію ти розповідаєш! Мій батько був ботаніком і викладав ботаніку в університеті Джорджтауна.

— Така була офіційна версія...

— Та ні! Він провів там усе своє життя. Я їздив з ним у Джорджтаун! Багато разів! І навіть був на лекції в амфітеатрі, де сиділо повно студентів!

— Знаєш, скільки лекцій він читав на тиждень?

Я знизав плечима. Ні, звісно, ні.

— У нього був спеціальний розклад, Тімоті. П'ятнадцять годин на місяць, вісім місяців на рік. І на відміну від своїх колег, він не займався науковою роботою у вільний від лекцій час... бо він був з нами у Форт-Міді.

Підвісна кабіна минула пілон і почала похитуватись, а в моїй голові металися думки. Я був у цілковитому сум'ятті. Усе здавалося мені фантастичним, неймовірним. Водночас навіщо Анні вигадувати таку історію? Я не знав, що й думати.

Мене дуже бентежила думка, що всі ці роки батько міг приховувати від нас цілу частину свого життя, від мене, від родини...

— Коли ти покинув ті руїни, я поговорила з палієм, — сказала Анна.

— Ти з ним говорила?

— Звичайно. Це ж мій колишній колега. Його звуть Ніколас Скотт. Він усе мені розповів. Саме тому я не одразу приєдналася до тебе.

Я не зводив з неї очей.

Вона трохи завагалася.

— Тімоті, хочу тебе попередити: те, що я зараз скажу, буде... дуже важким для тебе.

Хоч би вона не розповіла про щось... що забруднить батькову пам'ять. Хоч би...

— Одного дня твій батько провів сеанс *Remote Viewing*, присвячений майбутньому людства, нашому майбутньому, і він побачив... дуже жахливі речі. Порушення екологічної рівноваги призводить до абсолютно неконтрольованих ланцюгових реакцій, які ведуть людство до згуби: різке погіршення якості життя на всій Землі, жахливі кліматичні умови повсюдної посухи на Півдні й нескінченні зливи в інших регіонах, гігантські нескінченні пожежі, які спустошують цілі країни, міграція сотень мільйонів біженців з усіма можливими культурними конфліктами, надзвичайно напружені ситуації, громадянські війни, люди б'ються за воду та їжу задля виживання, цілі континенти поринають у вогонь і кров... Таке апокаліптичне видиво страшенно вразило твого батька і спонукало до проведення інших, більш окреслених сесій. Остаточно йому відкрилося, що точкою неповернення в деградації, що призведе до катастрофи, стане вирубка лісів в Амазонії. Так, ніби цей величезний ліс був заборолом захисту, який у жодному разі не можна знищити.

Вона помовчала і продовжила:

— Твій батько звірився результатами своєї сесії комусь зі зверхників ЦРУ. Кількома днями пізніше той чоловік прийшов до нього і незвично владним тоном суворо наказав ніде ані словом не згадувати про цю інтуїцію. Твій батько не зрозумів, чим була викликана така реакція, він опинився перед складним вибором: мовчати, але водночас ризикувати зрадити своїм цінностям, природі й навіть усьому людству, або розповісти і тоді зрадити своїй країні, порушивши клятву конфіденційності ЦРУ. Справжня дилема. Зрештою він вибрав і вирішив зберегти таємницю, намагаючись переконати себе, що, оскільки високі сфери влади тепер поінформовані, вони, цілком певно, вживуть заходів; просто йому нічого робити при ухваленні політичних рішень.

Підвісна кабіна тепер рухалася по Мангеттену, ми наче летіли між вежами, на половині їхньої висоти, зовсім близько від них, і могли бачити освітлені робочі кабінети; це створювало враження проникнення в таємниці цілого, зазвичай неприступного світу.

— Трохи пізніше у твого батька була інша інтуїція: про приховування відповідальності близьких до президента людей у вирубці амазонських лісів та про президента, який заплющує на це очі задля захисту своїх фінансово-політичних інтересів. Тоді твій батько зрозумів, чому його керівництво нав'язувало мовчання про цей дуже дражливий аспект; він збагнув увесь його вимір... Якщо преса глибше зацікавиться цим сюжетом, це може призвести до політичних потрясінь, президент навіть не зможе висунути свою кандидатуру. Тоді батько відкрився усій команді. Вони довго це обговорювали, ніяк не знаходячи відповідного вирішення цієї справи.

— Ти про все це знала?

— Я була у творчій відпустці, за якимось дивним збігом якраз в Амазонії, і трохи відрізана від світу... Інколи отримувала окремі новини від колег, твій батько коротко виклав мені всю ситуацію, але я не знала, як пройшло обговорення.

— Що було потім?

— Ніколас Скотт розповів, що за кілька тижнів батько і вся група зібрались піти у ресторан, щоб відсвяткувати вихід одного з них на пенсію. Але коли настав час сідати в авто, Ніколас відчув, що буде серйозна автотроща і свято треба анулювати. Всі з нього покепкували, вважаючи це відчуття професійною деформацією. Як я тобі пояснювала, ризик нашого ремесла полягає в тому, що ми можемо впасти в забобони, сприймаючи за інтуїцію найменший страх, що проникає нам у думку. Але Ніколас не поступився і в останній момент у машину не сів. Він бачив, як колеги від'їхали, пізніше їхнє авто покинуло дорогу і з мосту спланувало на цистерну з бензином, яка, як тобі відомо, вибухнула.

Вона замовкла, а мене заполонив сум, я уявляв, що батько міг би врятуватись, якби послухався колеги, якби серйозно сприйняв те, що було інтуїцією.

— Після повернення з Амазонії мої зверхники мене якось дивно допитували про контакти з рештою групи під час поїздки. Чи ми спілкувались по телефону? Чи писали листи? Чи посилали електронні листи? Я інтуїтивно відчула, що треба

427

відповідати «ні», казати, що весь цей час була ізольована, щоб перезарядитись, не думаючи про роботу. На моє щастя, наші контакти здійснювались через інтернет-додаток, тож не залишилося жодних слідів.

— Що вони намагались дізнатись?

— Власне, над цим запитанням я й задумалась. Безрезультатно. Але кількома місяцями пізніше, як тобі відомо, я, перевантажена роботою, вжила ЛСД. Я вже розповідала, що впродовж чотирьох годин блискавично отримувала інтуїтивні прозріння, мала абсолютно вільний доступ до різної інформації.

— Так, пригадую.

— Тоді мені спало на думку пошукати відповіді на це запитання.

Вона знову зробила паузу, а тоді, вагаючись, із сумом додала:

— Тімоті, твій батько не загинув в автокатастрофі. Його було вбито.

Вона замовкла, її слова немовби нескінченно відлунювали в кабіні.

Я занімів. Остовпів.

Кабіна почала сповільнювати хід і занурилась у темну й похмуру печеру станції прибуття, а тоді зупинилась у мертвій тиші.

— Хто це зробив?

— Щойно в руїнах лікарні Ніколас розповів, що він також був ошелешений і з жахом дивився на те, як авто сходить з дороги, бо для цього не було жодної причини. Нікого не було перед ним, ані туману, нічого. Воно просто випало зі своєї траєкторії. У нього одразу ж виникла дуже сильна інтуїція про державний злочин, власне, це і спонукало його зникнути, ніби він також загинув, бо розумів, що неймовірна сила вибуху нічого не залишить від трупів. Сім'ї в нього не було, тож його зникнення нікому не завдасть горя. Звісно, він намагався дізнатись, хто за всім цим стоїть. І часто робив сесії *Remote Viewing*. Але щоразу після під'єднання до події його охоплювали неймовірно сильні емоції, які подавляли будь-яку інтуїцію. Ти ж уже знаєш, що за протоколом для просування до інтуїції треба позбутися емоцій. Йому це ніколи не вдавалось. Однак, враховуючи інтуїцію твого батька про президентські таємниці, можна здогадатись, що все йде з вищих сфер влади. Тепер... з огляду на те, що діється від учора, я маю дещо точніше бачення цієї ситуації.

Двері кабіни повільно розійшлися.

— Скажи-но...

— Я подумала про це щойно, коли тебе доганяла. Пригадуєш свій звіт після сесії вчора вранці у місцевому офісі ФБР? У якийсь момент ти розповів про інтуїтивний образ, який тобі прийшов напередодні ввечері у готельній кімнаті: образ одновухого чоловіка, який маневрує іграшкою, машинкою з дистанційним керуванням.

— А-а-а... так. Я про це не думав. Між іншим... я навіть не пов'язав це з моїм нападником.

— У день автокатастрофи твій батько з колегами їхали «Теслою», яку їм позичили. Це напівавтономне авто з... функцією приєднання до інтернету. Нею можна було керувати на відстані й навмисно скерувати на цистерну з бензином, щоб усе розметати дощенту, знищивши будь-які сліди.

— Господи!..

— Нагадай-но нам, коли тобі почали погрожувати, а тоді й переслідувати?

— Учора ввечері, пів доби після того, як я поділився цим інтуїтивним образом...

— Отож. Хто був при цьому присутній?

— Роберт Коллінз, Ґленн Джексон... і Баррі Кантор.

— Достоту.

Ми вийшли на перон.

— Подбаймо про мого кузена.

— Ходімо.

Я одразу ввімкнув мобільний телефон, намагаючись до нього додзвонитись, але в нього досі була ввімкнута голосова пошта.

Ми швидко вийшли зі станції на 60-ту вулицю. Але я рухався механічно. Знав, що мушу врятувати свого кузена, але почувався людиною без почуттів, без емоцій, без тіла. Немовби ця справа вразила мої ідеали, притупила мою волю, і я більше ні в що не вірив.

— І насамкінець, чому ти вирішила звернутись до мене у цій справі про палія? — запитав я, хекаючи.

— Нагадаю, я не знала, що Ніколас Скотт живий, але десь у глибині душі відчувала, що всі ці справи між собою пов'язані, тож, залучивши сина свого колишнього керівника, матиму нагоду все розплутати. Можливо, це були рештки інтуїції. Оскільки загальновідомо тільки твоє псевдо, то розуміла, що вони не пов'яжуть тебе з батьком, хіба що провівши поглиблене розслідування; але в цьому не було потреби, бо ти мав побути там усього кілька днів.

Вона перевела подих і повела далі:

— Знаєш, відтоді, як я мала те бачення під дією ЛСД, я живу в страхові. Я не сумнівалася,

431

що це державний злочин, але не знала причини, навіть якщо й пов'язувала з тиском на твого батька, спрямованим на призупинення його інтуїції. Не мала джерел інформації. Дуже схоже, що мої колеги мали доступ до чогось такого, що їм не слід було знати. І я дуже боялася, що мене можуть запідозрити у володінні тією інформацією. Шкодую, що втягнула у все це тебе. Бо тепер полюють на тебе.

— Мій убивця наразі в руках поліції. Тож у мене є невелика передишка.

Якщо здогад Анни щодо машини з дистанційним керуванням правильний, то цей чоловік був убивцею і мого батька. Він, цілком певно, паскудний виконавець, та все-таки вбивця.

Раптом мені майнула одна думка.

— Це таки державний злочин, — сказав я.

— Чому ти так вирішив?

— Той убивця, який намагався знищити мене на «Зодіаку», не боявся катера морської поліції, який наближався. Отже, він не боїться суду в нашій країні...

— Тоді він дуже скоро піде по твоєму сліду.

Дивно, але я більше не відчував страху. Крізь броню нечуттєвості, яка впала на мене внаслідок розкриття сутності всієї цієї історії, в мені озвалося геть інакше почуття. Воно лише зажевріло, але я відчував, як воно набирається сили, і десь у глибині свого єства я знав, що воно може поглинути мене цілком, повністю заволодівши моєю душею.

Це була помста.

Знайти винуватців і покарати їх за вчинений злочин.

Коли я казав, що не хочу коли-небудь когось ненавидіти, Ніколас Скотт зауважив: «Шляхетні, цілком утопічні слова». Він мав рацію. Досі я був усього-навсього таким собі інтелігентом, який з молоком матері всмоктав добромисність, але був відірваний від суворої реальності життя, у сховку від мінливостей цього світу.

## 28

Тім Фішер із машини швидкої допомоги втік. Ґленн про це дізнався. У цього хлопця щось-таки було на думці, Ґленн дорого заплатив би, щоб знати, що саме. Тож визначив його місцезнаходження за телефоном і став за ним стежити.

Локалізував його на острові Рузвельта, але ось уже десять хвилин жодних ознак життя, відсутність зв'язку. Чому? Сіла батарейка?

Дивна думка вибратись на острів Рузвельта. Адже там аж ніяк не роїться від фінансових фірм. Утім, він побився б об заклад, що Фішер далі шукає палія.

З огляду на те, що він першим опинився коло банановоза, його інтуїція працювала наповал.

Ґленн відчував, що має за ним стежити. Але бісовий сигнал пропав! Тож він чекав, доки той з'явиться знову.

Він відчував, як у ньому наростає стресовий стан, оскільки не хотів цього допустити, поклав у рот ведмедика й поринув у знайомий йому стан розслабленості, в якому все пропливає і ніщо не має значення. Стан, у якому час не минає, а пливе.

Коли він був малюком, мама інколи казала: «Ґленні, ти на Місяці», і йому так хотілося відповісти: «Якби ти знала, який він ніжний…».

Бідолашна мама… Йому так її бракує…

Сигнал раптом повернувся, і Ґленн виринув зі свого кокона. «Стрес нам зовсім ні до чого», — усміхнувся він сам до себе.

Фішер повернувся на Мангеттен, він рухався по 60-й вулиці. Ґленн глянув на швидкість руху. Вона була рівномірна, значить, він не сидить в авто серед заторів. Іде пішки? Чи на скутері? Якщо йде пішки, то квапиться.

Ґленн побачив, що той повернув ліворуч на Парк-авеню, і по ній рухається на південь.

Ґленн узяв баночку кока-коли, зробив великий ковток, оцінивши її свіжість і солодкий смак, і відкинувся на спинку крісла. Меблі у нью-йоркському відділенні ФБР таки менш комфортабельні порівняно з меблям у Вашингтоні.

Він спокійно насолоджувався напоєм, стежачи за сяючою цяткою, що рухалася на екрані, з постійною швидкістю спускаючись по Парк-авеню. Раптом вона зупинилась. Ґленн насупив брови, випростався й нахилився до екрана.

Будівля 345 на Парк-авеню. Ось де він. Звідти він не рухався.

Ґленн вичекав кілька митей, оскільки сяюча цятка залишалася нерухомою, запустив пошук, щоб дізнатись назву установи, що відповідає цій адресі. Фактично їх було чимало...

*Blackstone*

«Джей-Пі-Морган Чейз»

«Капітал Траст»

«Американський банк»

«Дойче банк»

«Піпер Сандлер»...

*Господи! Просто місце зустрічі філантропів!*

Ґленн відчув, як заторохкало серце. Немовби він от-от зірве джекпот у казино.

Саме тут наступна ціль, він готовий побитись об заклад. Він це відчуває. Іще він відчуває, що прибуде вчасно, щоб зупинити пожежу і навіть заарештувати злочинця. Він уже бачив свій успіх, нарешті порядок буде відновлено, і Справедливість восторжествує. А він... хтозна, можливо, нарешті, отримає підвищення по службі, після стількох років...

Він залпом допив кока-колу, вимкнув відповідний сайт на екрані й підвівся, щоб іти, аж тут його телефон завібрував.

Невідомий виклик.

— Джексон, — сказав він.

— Це Баррі Кантор. Наступна ціль — вежа *Blackstone*.

— Але... Звідки ви знаєте?

— Неважливо. За будь-яку ціну не допустіть пожежі. За будь-яку ціну, чуєте? Але цілком таємно, без відома преси. Їдьте на місце. Палій мусить бути вже там. Прошу його знайти. Ось відомості про нього: йому близько шістдесяти, america, волосся зібране в кінський хвіст, може мати коричневу кепку й бежеві окуляри. Надзвичайно небезпечний. Тож не ризикуйте, не намагайтесь його заарештувати, одразу ліквідуйте.

Ґленн спробував відреагувати.

— Я все-таки міг би спробувати...

— Не треба нічого пробувати. Робіть, що кажу.

Ґленн ковтнув слину.

— Я їду на місце й спробую його знайти.

— Не пробуйте. Знайдіть.

І вимкнув телефон.

Шокований і розтривожений, Ґленн поклав телефон у кишеню. Йому не подобався такий поворот подій. Він тут працює не для того, щоб бути катом.

І труснув головою.

Це не його бачення поліції. Таки не його.

Він поквапився на вулицю, на Федерал-плаза. Можна було б узяти машину ФБР, але з таким рухом він ніколи не добереться вчасно. Помітив чоловіка на мотоциклі, який зупинився на червоне світло. Підбіг до нього і сунув картку агента ФБР під ніс.

— Відвезіть мене на Парк-авеню, 345.

— Але...

— Терміново.

Ґленн сів на заднє сидіння.

Водій рушив.

Ґленн зрадів, що буде на місці за десять хвилин. Але дуже швидко розчарувався: його водій рухався з такою ж швидкістю, що й решта транспорту: зупинявся щоразу на світлофорі, навіть на жовте світло, поступався можливістю проїхати першим... Наче новачок на першому занятті. З таким ритмом дорога займе більш ніж годину.

— Газуй, друже! Я ж не інспектор водіння.

— Але я думав, що...

— Ви вільні вибирати, газуйте.

— Та... треба було казати одразу...

Він так газонув, що мотоцикл, як скакун, рвонув на задньому колесі. Виїхав на тротуар і вдався до слалому поміж пішоходами. Обімлівши від

438

страху, Ґленн чіплявся як тільки міг, коли мотоцикл виїхав на сходи, спустився в громадський парк і залишив глибокий слід на галявині.

Вони нанизували вулиці й авеню, чергуючи тротуари, зустрічні смуги й зелені зони, інколи роблячи різкі повороти, щоб уникнути надто затяжного затору.

Нарешті мотоцикл різко зупинився, й Ґленну здалося, що його тіло важить двісті кілограмів, коли його притиснуло до спини мотоцикліста, а він не міг цьому протидіяти.

— Ми на місці, — сказав той.

Ґленн, заточуючись, став на землю, відчуваючи нудоту.

— Що тільки та поліція робить? — пробелькотів він.

Мотоцикліст усміхнувся, підморгнув і, не чекаючи, рушив.

— Дякую! — гукнув Ґленн.

Той уже був далеко.

\* \* \*

Вибиваючись із сил, ми з Анною дійшли до вежі *Blackstone*, високої темної вежі, що височіла в небі, виразно демонструючи прагнення вивищитись над сусідками.

Вежа стояла на перехресті, втоплена у велику плиту, до якої вело чотири чи п'ять сходинок і стирчало кілька дерев, які заблудились у цьому бетоні, немов марсіанці, що помились планетою.

Ми підбігли до великих скляних дверей. Зачинено. В холі світилось, але не чутно жодного звуку й не помітно жодного руху. Сигнал тривоги ще не пролунав. Ми відчули величезне полегшення.

Я чимдуж затарабанив по склу, нарешті з'явився незадоволений охоронець.

— Тільки не кажи йому правди, — швидко прошепотіла Анна, — інакше він ввімкне сигнал протипожежної тривоги, і нам доведеться долати зустрічний рух армії прибиральників.

Вона знову помахала своїм бейджем ЦРУ, і хлопець нас впустив.

— На якому поверсі розміщено *JPMorgan*? — запитав я.

— Рецепція на 43-му, — відповів він. — Але ви не знайдете жодного працівника, це ж субота й пізня година.

— Але там є прибиральники?

— Авжеж.

Ми кинулись через широкий, викладений плитами білого мармуру хол до ліфтів. Наші кроки

440

відлунювали у холодному безгомінні простору. Раптом Анна зупинилась і обернулась.

— Дайте мені ключ! — крикнула вона до охоронця. — Там нам можуть не відчинити.

Хлопець завагався.

— Що ви збираєтесь там робити? Я маю вказівки... у мене немає права відчиняти кабінети...

Анна подивилась йому у вічі і підійшла ближче.

— Внутрішня безпека, це вкрай терміново.

Її рішучий тон і на цей раз подолав стриманість співрозмовника. Він не зронив ані слова, зайшов за великий стіл рецепції, щось набрав на клавіатурі, висунув шухляду й простягнув нам ключ.

Ми побігли до ліфтів.

Раптом Анна зупинилась і труснула головою:

— Ми ризикуємо бути в ньому заблокованими...

— Анно, це сорок третій поверх, ми ж не побіжимо сходами... Я поїду один. Залишайся тут.

— Навіть не думай.

І ми обоє кинулись у відчинений ліфт.

Кабіна, вібруючи, потягнула нас угору до неба. Я ковтав слину, щоб відпустило вуха.

Двері розчинились на 43-му поверсі, і ми поквапились вийти на широку, вкриту покриттям площадку.

Знову скляні двері. Я натиснув на ручку. Замкнено.

— Яке щастя, що ти про все думаєш, — сказав я, доки Анна вставляла ключ у замкову щілину.

Перед нами було два коридори, які вели у протилежні боки.

Раптом зі сходової клітки долинув сигнал пожежної тривоги.

Ми заніміли, Анна цупко схопила мене.

Моє серце стислося.

Ми обмінялися поглядами, в яких без слів прочитувалося багато чого важливого, тоді Анна відпустила мою руку й зробила крок уперед.

— Йди ліворуч, я піду праворуч, — сказала вона. — Коридори мають іти довкола вежі і сходитись. Якщо ні, зустріч тут за п'ять хвилин.

Я кинувся ліворуч. На коридор виходили двері кабінетів з прозорими шибками, всі порожні. Насамкінець я опинився на невеликому відкритому майданчику.

Посередині центрального проходу стояв пилосос. Я роззирнувся довкола й побачив кузена: він сидів у кріслі спиною до мене перед скляною стіною, за якою освітлене місто, на голові в нього... величезні навушники, що прикривали вуха. Попри стрес, я не міг стримати усмішку. Величезна шибка доходила до підлоги, це створювало враження, що можна забути геть про все і ступити крок, щоб полетіти над лісом хмарочосів.

— Так оце так ти прибираєш?

Крісло розвернулося, і я від здивування остовпів.

На ньому сидів лисань, націливши на мене *Glock-35*.

## 29

Ґленн подивився вслід мотоциклу, який з ревом зникав удалині, й обернувся. Вежа *Blackstone* наразі була мовчазна; він приїхав вчасно. Втоплена в бетонний підмурівок, вона зайняла весь простір між 51-ю і 52-ю вулицями, вздовж Парк-авеню, утворюючи таким чином своєрідний великий майданчик на перехресті. Він обвів очима довкола, щоб прикинути, де міг би сидіти палій.

*Влізти в шкіру ворога.*

«Звісно, — подумав він, — на його місці я пішов би подалі від вежі, яка має палати. Навіть якщо вона не одразу завалиться, я не ризикував би. Водночас мені хотілося б побачити результат своєї праці... Коротко кажучи, це має бути захищене місце, але не надто далеко. Доведеться пошукати трохи далі, на прилеглій вулиці, там, звідки можна бачити бодай верх вежі, навіть якщо основа чимось затулена».

Повернувшись спиною до хмарочоса, Ґленн завагався: праворуч чи ліворуч...

*Я відчуваю його праворуч,* сказав він собі. І рушив у напрямку 52-ї вулиці. У цьому діловому кварталі тротуари були безлюдні, за винятком кількох волоцюг, що сиділи на землі, захищені виступами при вхідних дверях до будинків чи банківських установ. Натомість на шосе багато авто, оповитих білуватими шлейфами з вихлопних труб цього прохолодного вечора... Якщо він не натрапить на палія, йому нічого чекати останнього моменту, коли почнуть охоплювати квартал. Канторі добре вимагати дотримання секретності, але для евакуації всієї зони потрібен час...

Інстинкт спонукав його йти прямо у супроводі гуркотіння моторів усіх наявних авто на стишеному ходу, він дійшов до 53-ї вулиці. Кілька секунд повагався, перетнув її. Знову зупинився й роззирнувся. Жодної кав'ярні, з якої було б видно квартал і яка могла б послужити тиловою базою. Одні лише банки. Фактично на кожному перехресті був банк, а то й два.

Він дійшов до 54-ї вулиці. Нічого, окрім центральної роздільної смуги на авеню, засіяної травою й засадженої кущами, але там ані душі.

Може, він досі на території вежі? Було б дивно, якби він не оглянув місце наперед, щоб потім діяти ззовні, коли настане день «Д»... Ґленн завагався. Невже інстинкт його підвів? Може, треба було йти радше праворуч від вежі? Він розвернувся, щоб спуститись по авеню до 50-ї вулиці.

Отоді він його й побачив.

Перший раз він його минув, не звернувши уваги, бо сприйняв за одного з волоцюг. Чоловік був трохи лівіше, сидів у сутінках на мармуровому бортику водойми на розі 52-ї й ідеально відповідав опису Кантора: смаглява шкіра, волосся, зав'язане в кінський хвіст, коричнева кепка, окуляри із затіненими скельцями, одягнений у потерті джинси й стару парку каштанового кольору. Він, здавалося, зосередився на вмісті своєї напіввідкритої дорожньої торби, яку тримав на колінах. Зі слабкого відблиску бляклого світла на його обличчі Ґленн здогадався, що в ній ноутбук.

Він глибоко вдихнув, збираючись з думками.

Ось і настав той момент.

Ґленн засунув руку в кишеню й відчув холодний метал службової зброї, *SIG Sauer*, з яким не розлучався.

Зазвичай, перебуваючи на операції, Ґленн на сто відсотків зосереджувався на своєму завданні, і навіть Ніагарський водоспад малів порівняно з потоком адреналіну, який виринав у його організмі. Не було місця ні сумнівам, ні страхові, ні будь-чому: всі органи чуття були насторожі, мозок, м'язи і все тіло мобілізовані, він розчинявся у своїй дії, ставав єдиним цілим із нею, він був

446

дією. Перехід до чину являв собою апогей розслідування, апофеоз, катарсис поліцейського.

Але цього вечора, коли настав давноочікуваний момент конфронтації зі спільним ворогом № 1, Ґленн не відчував... залученості в те, що мав робити.

Його роль поліцейського полягала в затриманні винуватців, а не в їх розстрілі. Але виконання наказу також було базовим правилом його ремесла. Він почувався розділеним надвоє, майже розчленованим між цінностями й обов'язком.

*Тепер. Так треба.*

Він ішов по тротуару на позір спокійним кроком. Насправді не випускав свою ціль з поля зору і був готовий до будь-чого.

В останній момент, коли він порівнявся з ціллю, десь за два метри від неї, він швидко вийняв *SIG Sauer*, відхилився ліворуч і націлив його в голову.

— Добривечір, Ґленне, — спокійно промовив чоловік.

Від несподіванки й нерозуміння Ґленн завмер, стиснувши в руці зброю. В голові швидко все закрутилося. Звідки в біса він знає моє ім'я? Хто міг скинути інформацію? Він мене впізнав, звідки йому відоме моє обличчя? Що за маячня?

Тілом перебігали нервові хвилі, рука затерпла тримати пістолет.

— Хто ви?

Замість відповіді той повільно підніс руку до обличчя.

— Не рухатися! — крикнув Ґленн.

Але чоловік продовжив рух руки, ні на мить не порушивши плавності жесту. Ґленн відчував, що його нервовість сягає межі.

*Тепер! Стріляй!*

Але це було неможливо, він не міг...

Чоловік так само спокійно зняв свої затінені окуляри.

Ґленн насупив брови й уважно до нього придивився.

Коли впізнав, подумав, що марить.

— Ніколас? — пробелькотів він невпевнено, майже несміло.

Тепер той дивився йому у вічі, він радше вгадував, ніж бачив, його погляд, який здавався серйозним і спокійним.

— Ніколас... Скотт? Це... ти? Хіба... таке можливо? — ніяк не міг отямитись Ґленн.

Він пам'ятав, наче це було вчора, про дві справи, над якими він співпрацював з колишньою групою з Форт-Міда. Потім трапився нещасний випадок, коли машина розлетілась на друзки, Ніколас, який там, як вважали, загинув...

— Але... як... ти звідти... вибрався?

Раптом його телефон завібрував.

Спершу Ґленн не звернув на нього уваги, але потім подумав, що має відповісти. Він не міг ризикувати й пропустити якусь важливу інформацію у контексті замаху, що має відбутися.

Не спускаючи зі Скотта очей, не зводячи зброї, він засунув ліву руку в кишеню піджака й дістав мобілку.

Номер невідомий. Кантор?

Він обережно включився, тримаючи Скотта під прицілом.

— То де ви там? — запитав Кантор.

Ґленн на якусь мить завагався, нервово куснув губи.

— Ситуація під контролем, — промовив він. — Вежа не вибухне. Я захопив нашого чоловіка.

— Чудово. Ви знаєте, що вам слід зробити, — сказав Кантор і відключився.

## 30

Лисань лівою рукою швидко зняв навушники, відкривши відсутнє вухо, підвівся з крісла й змусив мене відступити, тримаючи свій *Glock-35* націленим на мене, в область серця.

Потім повільно перемістився на ліву сторону, сигнал пожежної тривоги розривався, нагадуючи про необхідність негайної евакуації.

— Підійди до вікна.

Він промовив це грубим голосом, геть без емоцій, це був голос душевнохворого, який нічого не відчуває.

У цю мить я знав, що він хоче мене вбити, і його сумління навіть не ворухнеться. Він не завагається ні на мить. Але що я міг зробити?

Я відчув, як перед фатальністю ситуації сили покидають мене. Навіть розуміючи неуникненність смерті, її важко прийняти.

Я підкорився, повільно пересуваючись праворуч.

Він підняв зброю й націлив її на мене; побачивши, як його палець ліг на курок, я зрозумів, що зараз назавжди покину цей земний світ, полюбити який насправді мені забракло часу, що зараз закінчиться моє існування, яке я, можливо, не зумів належно оцінити і в якому не вмів насолоджуватися кожною миттю. Отаке воно життя: людина розуміє, чого воно вартує, тільки тоді, коли воно її покидає. Тоді вже запізно.

Звук пострілу був неймовірно потужним, йому вторив жахливий тріск скла, який, здавалося, потягнув мене у холодному подиху.

Минуло кілька секунд, перш ніж я отямився й зрозумів, що він вистрелив у шибку, яка за моєю спиною, а я не поранений.

Від шоку я скукожився, підігнувши коліна й руками прикривши живіт. Глянув через плече. Шибки не було. Мої п'ятки були майже на краю порожнечі.

Мені одразу запаморочилось у голові. Голова крутилась, ноги підгинались. Навіщо все це мені нав'язувати?.. Немовби життя невтомно, до самого кінця, вперто хоче ставити мене перед неконтрольованим страхом, перед порожнечею, яка лякає мене більше за зброю... То чого в біса я мав би навчитись в існування, якого внутрішнього демона я мав зустріти, аби, нарешті, його позбутись?

— Підведись! — наказав він.

І тоді, як блискавка, спалахнуло розуміння... Я зрозумів, що все життя поступався перед своїми страхами. Шукав радше підтримки й комфорту,

451

не наважуючися твердо стояти й стверджувати свій вибір. Запаморочення — це демон боягузів. Весь час тікаючи від предмета страхів, я підгодовував свого демона.

Я підвівся.

— Стрибай! — наказав він.

Від цього слова в мене захолола кров у жилах. *Тільки не це... Що завгодно, тільки не це...*

І раптом я відчув, як мене заливає хвиля гніву.

*Нехай стріляє, якщо хоче, але він нізащо не змусить мене стрибнути.*

Я подивився йому просто у вічі.

І зрозумів, що він не вистрелить. Чому? Звісно, не через слабкість. У нього, вочевидь, є інші проблеми, тільки не ця. Це радше тому...

— Хочете, щоб це нагадувало нещасний випадок, як було з групою із Форт-Міда?

Він залишався незворушним, вочевидь вирішивши не відповідати.

— Хто вас послав?

— Замовкни і стрибай.

— Я знаю: ви спрямували «Теслу» на цистерну з бензином. Ви вбили мого батька.

У його погляді наче майнув подив, він не зміг втримати посмішки, жахливої посмішки того, хто отримує радість тільки від страждання інших.

452

Мене захлюпнула ненависть.

— Це принесло справжнє задоволення, — сказав він.

Він, цілком певно, сказав це, щоб підсилити мій біль, і це подвоїло мою ненависть. Мене заполонило одне-єдине бажання — могутнє й непереборне прагнення кинутись на нього й знищити, мучити, змусити страждати, щоб я міг упиватися його муками і наситив свою помсту. Я знав, що він не вистрелить, можливо, навіть не має на це права; охоплений всепоглинаючою ненавистю, вже був готовий стрибнути на нього, аж раптом з жахом усвідомив: це почуття показує, що я готовий стати... таким, як він, бо прагну знайти певну насолоду в муках, яких хотів би йому завдати.

Ця думка здалася мені нестямною. Жахливою. Цей чоловік був гидким утіленням однієї з граней моєї душі, звісно, підлої, але все-таки в мені наявної. Це було нестерпно.

Це було так, наче вся моя істота відчувала вкрай гостру внутрішню напругу, я несподівано, майже не думаючи, поклав цьому край, повернувся і пішов геть, усвідомлюючи, що він таки може вистрілити. Піти звідси — це єдиний вихід. І одразу відчув визволення. Мудрість утечі.

Я нічого не передбачав, і, цілком певно, не подумав про те, що сталося потім: убивця кинувся на мене й притис до підлоги. І в запалі щосили потягнув мене до вибитої шибки, до зяючої холодної безодні. Я одразу зрозумів, що тут не питання мудрості чи чогось там іще, один із нас має померти, і не треба, щоб це був я.

Я боровся, як лев, ми котились то в один бік, то в інший, то наближаючись, то відкочуючись від прірви. Він був міцнішим за мене, але його права рука була зайнята пістолетом, і я мав із цього перевагу. Тоді він вирішив ударити мене пістолетом, але я скористався секундною паузою, коли він піднімав для удару руку над моєю головою, перехопив її обома руками і всім тілом наліг на нього, щоб утримати, а тоді штовхнув у безодню.

Його крик швидко даленів у падінні, я затулив вуха руками, щоб не чути результату фатального кінця.

## 31

Жахливий затор.

Баррі Кантор попросив шофера зупинитись.

— Далі я піду пішки. Чекайте на мене якнайближче до вежі. Я зателефоную перед від'їздом.

Він відчинив дверцята й вийшов з авто. Його охопило холодне повітря, довелося застібнути пальто. Порівняно із забитою вулицею, тротуар здавався безлюдним. Відчувався сильний запах вихлопних газів, спіралі яких виднілись у світлі фар. До того, що в суботній вечір Мангеттен стоятиме в заторах, він був готовий, але в діловому кварталі таке дуже дивує.

Пішки буде швидше. Він відвик ходити містом і тепер здавався собі звичайним чоловіком. Ця думка викликала усмішку.

Вийняв телефон і набрав Джефрі. Жодної відповіді.

За двісті метрів далі його чекав неприємний сюрприз: поліцейський кордон перегородив вулицю і скеровував машини на Медісон-авеню. Підійшовши ближче, він побачив бар'єр з поліцейських, які поділили на квадрати весь квартал коло вежі. А бодай тобі!.. Хто міг їх попередити?

Далі він помітив телевізійні вантажівки, і це ще збільшило його незадоволення. Якраз те, чого він хотів уникнути.

Баррі підійшов і показав своє посвідчення агенту, який блокував прохід.

Але той скрушно похитав головою.

— Перепрошую, але я не можу вас пропустити. Є загроза падіння однієї з веж, це небезпечно, треба залишатись осторонь.

— Власне, для того я тут, — сказав він дуже впевнено. — Мене, між іншим, чекають.

Його харизма, як завжди, дала бажаний ефект: він рушив уперед, і той його пропустив.

Трохи далі стояв добрий десяток пожежних машин.

Не зробив він і десяти кроків у напрямку вежі, як за ним кинувся якийсь журналіст.

— Пане Канторе, кілька слів для *Fox News*, будь ласка.

Кантор обернувся, перед ним камера і сліпучий прожектор.

— Чи не скажете, що тут насправді діється? — запитав журналіст. — Чи вежа *Blackstone* завалиться, як дехто пророкує?

— Скажу, що ситуація під контролем. Зарано доходити висновків, знайте, що наразі маємо найімовірнішу гіпотезу: це фальшива тривога, яку спровокував якийсь жартівник.

— Тоді навіщо блокувати весь квартал?

— У нинішньому контексті президент, який пильно стежить за всією цією справою, не хоче допускати жодного ризику. Безпека населення — наш природний пріоритет. Тож ми вдаємося до принципу запобігання, навіть якщо, повторюю, йдеться, очевидно, про хибну тривогу. Дякую.

І зібрався йти.

— Останнє запитання. Ви збираєтесь іти в напрямку вежі. Хіба це не ризиковано?

— Ви, як і я, бачите, що всіх людей евакуйовано, але є окремі свідчення, що на 43-му поверсі залишився юнак. Не можна допускати ризику й залишити там невинного, доки загроза не ліквідована повністю.

— Рятувати його — зовсім не ваша роль, чому ви це робите?

— Юнак — родич слідчого, якому доручена ця справа. Саме тому я відчуваю особисту відповідальність і вважаю за свій обов'язок узяти це на себе. Дякую.

На цьому він таки розвернувся, а журналіст узявся коментувати те, що сам одразу назвав героїчним учинком.

* * *

Біля водойми на розі 52-ї вулиці Ґленн далі тримав на прицілі Ніколаса Скотта, через що почувався дуже незручно, адже він зустрічався з цим чоловіком, цінував його, працював разом із ним. Він навіть пригадав, що в них бували моменти порозуміння. Зокрема тоді, коли в Іспанії померла Ґленнова матір, Скотт був уважним співрозмовником і доброзичливо його підтримував.

Як сталося, що цей чоловік дійшов до того, що його звинувачують у найгірших безчинствах і називають найнебезпечнішим злочинцем, якого слід убити?

Вірний своєму обов'язку, Ґленн твердо тримав зброю в руці, намагаючись не розм'якнути через колишнє знайомство. Хотів бути професіоналом до кінця.

Та хіба міг Ґленн відмовитись вислухати Скотта, коли той почав розповідати свою екстравагантну версію політичного вбивства команди з Форт-Міда? Тож слухав, з великим скептицизмом, але слухав. Та що ширшу картину змальовував Ніколас, то більше його тривожили твердження, які той формулював дуже спокійно й виважено.

Передусім він був щирий, це било в очі. Та щоб мати рацію, не досить бути щирим. Ґленн це знав, бо неодноразово стикався з цим у своїй кар'єрі. Скільки разів він арештовував добросовісних людей, які придумували собі повну маячну про свого шефа, депутата чи просто сусіда і вбивали його, доки він їх не випередив...

Окрім того, все, що Ніколас казав, узгоджувалося і складало єдине послідовне й логічне ціле. Та знову все це нічого не доводило.

Але коли, підійшовши до фактів цього дня, він розкрив йому прихований зв'язок між президентом, *Blackstone* і знищенням амазонських лісів, Ґленн несподівано знайшов пояснення дивній вимозі конфіденційності з вуст Кантора щодо їхньої операції.

Ця інформація стала відсутнім доти елементом пазла, що дав змогу нарешті побачити всю картину.

А якщо сказане Скоттом правда?

Колишній інтуїтивіст Форт-Міда розповідав далі, Ґленн його не зупиняв, і тепер він пояснював, у чому полягає відповідальність великих фінансових фірм в Амазонії за знищення біологічної рівноваги, яка вкрай необхідна для нашого виживання. Ґленн слухав його й слухав, і що

459

більше слухав, то більше його міркування здавалися слушними, обґрунтованими, правильними.

Тепер він був схильний йому вірити...

На щастя, він раптово отямився: все це не виправдовувало руйнування будівель!

— Не нам, громадянам, вирішувати питання правосуддя, — сказав він. — Інакше це буде поверненням до Далекого Заходу, і тоді свій закон нав'язуватиме той, хто сильніший. Закон мають писати народні обранці, а Правосуддя має бути незалежним. У цьому й полягає демократія!

Киваючи, Скотт дивився на нього з виглядом людини досвідченої, яка більше ні в що не вірить.

— Демократія, яка демократія? — сказав він із сумною усмішкою розчарованої людини.

Зітхнув і повів далі:

— Власне, великі інвестиційні фірми демократію конфіскували. Адже вони керують заощадженнями сотень мільйонів людей, тримають десятки тисяч мільярдів доларів. Ці мільярди дають їм змогу купувати по всьому світу підприємства, будівлі, помешкання, школи, лікарні. Ці мільярди вони вкладають куди їм заманеться і роблять погоду на фінансових ринках; завдяки тим мільярдам дають позики майже всім державам світу, які таким чином стають їхніми дебіторами. Ті мільярди роблять їх такими багатими, що вони отримують владу впливати на економіку країн. Ця влада поступо розростається й поширюється, як спрут, що простягає свої щупальці, ці фірми щораз більше диктують свої правила, впливають на закони і тиснуть на уряди в усьому світі, щоб отримати бажане.

— Можливо… ти трохи… перебільшуєш?

— Хочеш кілька прикладів? Візьмемо *Blackrock*, найбільшу інвестиційну компанію в світі. Починаючи з 2004 року, *Blackrock* узяв на роботу щонайменше вісімдесят чотири колишніх члени урядів і центральних банків з усього світу, отримав від мексиканського уряду згоду керувати пенсійним фондом Мексики. А тепер відгадай, куди він вкладає гроші мексиканців? У підприємства, які належать *Blackrock*!

— Але…

— *ONG Amazon Watch*[1] назвала цю компанію *найбільшим світовим інвестором у плані знищення амазонських лісів. Окрім колосальних інвестицій в агропромисловий сектор, який винен у прискоренні знеліснення Амазонії, вона*

---

[1] Неурядова неприбуткова організація, створена 1996 р. для захисту тропічного лісу й боротьби за права індіанців у басейні Амазонки.

масово інвестує буріння нафтових свердловин у Західній Амазонії. Фірма націлена на зони площею, більшою за площу штату Техас, які є віддаленими і потребують будівництва доріг; ті, своєю чергою, відкривають шлях для нелегальної експлуатації лісу та впровадження поселень робітників на територіях індіанців, які, звісно, проти.

— Стривай-стривай... Хочеш мене заморочити? Говориш про *Blackrock*... тимчасом як під ударом вежа *Blackstone*.

— *Blackrock* чи *Blackstone*[1] — справи в обох випадках темні...

— Ти не відповів на моє запитання.

— *Blackrock* створив колишній власник «Блекстоуна», маючи його благословення. Фінансовий світ належить кровним родичам, Ґленне... Втім, поговоримо й про *Blackstone*, якщо хочеш. Ти побачиш, що ці люди мають у руках більше влади, ніж штати. У 2020 році *Blackstone* витратив понад чотири мільйони доларів для лобіювання при різних урядах. І це не все. Компанія та її керівники надали політикам більш як двадцять сім мільйонів, причому президент *Blackstone* дає гроші одному таборові, заступник — його супер-

---

[1] *Blackrock* — від англ. *black* — чорний, *rock* — скеля; *Blackstone* від англ. *black* — чорний, *stone* — камінь.

никові. *Випаде орел — виграш, випаде решка — також. Можу розповісти анекдот, щоб ти відчув повноту їхньої влади: Blackstone має філіал — TeamHealth, це медичний кабінет, який налічує шістнадцять тисяч лікарів по всій країні, його звинувачують у тому, що він приховав від бідних пацієнтів їхнє право на харитативні послуги в лікарні. Тож хворі погоджуються на лікування за високу ціну в цій TeamHealth... яка потім надсилає неймовірні рахунки, що складають третину їхньої річної платні! Заплатити таку суму бідолахи, звісно, не можуть... Тоді ті подають на них до суду... У 2020 році у розпалі кризи через коронавірус TeamHealth значно знизив заробітну платню шістнадцятьом тисячам медиків, але водночас витратив мільйон доларів на лобіювання в уряді з метою отримання... державної допомоги. Це настільки шокуючі підходи, що Американський конгрес написав президенту-гендиректору Blackstone з вимогою надати пояснення щодо загрози здоров'ю й фінансовій безпеці людей. Той відповів, але дав зрозуміти, що їм не слід лізти не у свої справи. Уявляєш? Він відповів так Конгресові, друже. Ось так. Ці люди недоторканні.*

Ґленн був наче прибитий. Усе своє життя він присвятив тому, щоб люди поважали демократичні інституції. Спонукав дотримуватися закону, зупиняв тих, хто його порушував, таким чином відновлювався порядок, якого хоче народ, через закони, написані його обранцями.

— *Blackstone* викупив стільки помешкань у Великій Британії, що став найбільшим власником-орендодавцем для невеликих британських підприємств. І саме *Blackstone* звинуватили в тому, що він став загрозою для виживання тих підприємств, бо він відмовився відмінити плату за оренду, коли підприємствам довелося зачинитись під час пандемії ковіду... За останні роки здебільшого через свої філіали *Blackstone* придбав сотні тисяч помешкань в Європі, Сполучених Штатах, Азії й Латинській Америці. Його політика полягає в тому, що вони поліпшують стан помешкань, щоб дорожче їх орендувати, навіть виселяють нинішніх мешканців. Нещодавно президент-гендиректор *Blackstone* заявив: «Ми — найбільший приватний власник нерухомості у світі. Вартість наших активів різко виросла завдяки величезному зростанню оренди». Неурядова організація розпочала розслідування. Президентка робочої групи й спікерка опублікували звіт-звинувачення. ООН звинувачує *Blackstone* та інші фінансові фірми в експлуатації квартировинаймачів у сприянні світовій кризі житла та порушенні прав винаймачів. У своєму звіті вона говорить про філіал *Blackstone*, який нав'язує непомірні ціни за незначні ремонтні роботи і штрафує до сотні доларів за затримку квартплати бодай на... одну хвилину. У...

— Але... Саме це трапилось із моєю мамою... Точнісінько так було зроблено в Іспанії.

— ООН надіслала листи у *Blackstone*, а також урядам Чеської республіки, Данії, Ірландії, Іспанії, Швеції й Сполучених Штатів, у яких звинувачує *Blackstone* та інші інвестиційні компанії у створенні недоступності житла для винаймачів із середнім і невисоким рівнем прибутку, у зменшенні кількості доступних помешкань та в агресивному виселенні з метою забезпечення своїх прибутків від оренди. ООН звинувачує названі країни в тому, що ті не захищають права винаймачів квартир та офісів перед цими компаніями. *Blackstone* обмежився оскарженням фактів. Ці люди стоять вище урядів, і навіть до ООН їм байдуже.

Скотт не зупинявся. Цей сюжет для нього був невичерпним. Але Ґленн його більше не слухав. Він був ошелешений. Адже він так і не змирився зі смертю матері. Померти від холоду у XXI столітті через те, що вигнали з квартири, було обурливим, він так собі й не пробачив, що відмовився від поїздки на місце й не подав до суду на відповідну компанію.

Він поклав зброю в кишеню.

— У наші дні існує тренд на повагу до людини й природи, — вів далі Скотт. — Тож ці компанії на весь голос заявляють про свою відданість цим цінностям. Їх виписують на крейдованому папері, вішають на вебсайтах. Спіть спокійно, хороші люди, компанії про все потурбуються. Але, як сам знаєш, людська душа потребує бути в злагоді сама з собою. Ті люди — не виняток. Тож кілька харитативних внесків, за можливості добре висвітлених в медіа, дають змогу викупити чисте сумління. В міру поширення на Землі зла вони припудрюють його крихтами добра. І коли ввечері дивляться в дзеркало, можна побитись об заклад, що вони думають про все, що присипали добром, і пишаються собою, ось які вони людяні й щедрі мільярдери, які хороші люди. Відтак повсюди переназивають місця на їхню честь, вішають бронзові таблички, які вихваляють їхню щедрість, нагороджують преміями й медалями. Навіть французи, бунтарство яких відомо навіть Богу, кланяються їм нижче, ніж колись Людовіку XIV. Президент Жак Ширак вручив орден Почесного легіону президенту-гендиректору *Blackstone*, його наступник Ніколя Саркозі присвоїв йому звання Офіцера Почесного легіону, а Франсуа Олланд просто підняв його ранг до Командора ордену Почесного легіону. А за те, що він фінансував невелику ділянку парку в Шамборському замку, має тепер право полювати там на косуль і оленів, як колись робили французькі королі. У наш час Емманюель Макрон до рангу Офіцера ордену Почесного легіону підняв уже президента французького відгалуження *Blackrock*.

Він замовк, і геть розбитий Ґленн сів на бортик басейну.

Він не відчував навіть пронизливого холоду, який охопив місто.

Автомашини далі незворушно повзли по авеню.

Він підвів очі.

Вежа *Blackstone* височіла, нагадуючи наставлений в небо палець для всіх, хто, як і він, вірив у демократію і справедливість.

— Ці люди скуповують геть усе, — не вгавав Ніколас. — Квартири, офіси, лікарні, підприємства, школи... Невдовзі вони заволодіють усім світом і нав'яжуть нам свої правила життя та праці. Найгірше те, що вони це роблять завдяки заощадженням, які їм довірили хороші люди. Народні гроші використовуються для закріпачення того ж таки народу. Це — вершина цинізму.

Ніколас повернув комп'ютер до Ґленна. На екрані виднілася кнопка, на яку був наведений курсор.

— Тепер ти розумієш, чому я хочу натиснути на цю кнопку і підірвати одну з їхніх чортових веж?

Ґленн не відповів. Він був надто збаламучений, щоб висловити бодай щось.

Натомість простягнув руку і натиснув на кнопку замість Ніколаса.

## 32

Я був травмований тим, що трапилось, травмований тим, що загинула людина, а також тим, що сам так близько пройшов коло смерті.

Але невпинний сигнал тривоги нагадавав про нагальність ситуації. Треба знайти кузена й чимдуж утікати.

Я запитав себе, де може бути Анна, коли почув кроки. Озирнувся.

Переді мною стояв Баррі Кантор з револьвером у руці, він одразу ж підняв його й націлив на мене.

*Заради Бога, не будемо ж ми знову...*

Він помітив зяючий отвір на місці шибки і роззирнувся довкола. Побачивши, що я один, зрозумів, що тут відбулося.

Я його випередив.

— Це ви замовили вбивство групи Форт-Міда?

Він не видав свого здивування словами, але я помітив його в погляді.

— Державні інтереси стоять вище інтересів приватних, — сказав він напівповчально, напівурочисто.

Почуття зверхності у деяких політиків перевершує все, що можна бачити деінде.

— Однак ці люди служили державі.

— Вони становили загрозу для держави.

— Для держави… чи президента?

— Це одне й те саме. Президент втілює державу.

— Серед них був мій батько.

Кількахвилинна пауза.

— Пані Саундерс гарно приховала свою гру…

Тільки це й спало на думку цьому негіднику. Ані тіні незручності, вже не кажучи про дрібку емпатії.

Раптом моя кров застигла в жилах. Позаду Кантора в тиші виник силует Анни. Я заборонив собі дивитись на неї, щоб не привернути його уваги. І намагався вести розмову далі, щоб він, не відволікаючись, слухав мене.

— Тож, убивши батька, хочете знищити сина.

— Ви не залишаєте мені вибору.

Тоді гукнула Анна:

— Ворухнешся хоч на міліметр — тобі кінець!

Кантор геть перелякався. Він уперше не грав умовну чи очікувану аудиторією емоцію. У мене виникло дивне відчуття, що я вперше його бачу.

Анна стояла за ним і погрожувала йому зброєю, приставивши руку до основи черепа. Зброї я не бачив, але його нажаханий вигляд свідчив, що він її таки відчуває.

— Повільно нахились і поклади свій ствол на землю, — сказала вона.

Та він, всупереч очікуванню, не поворушився.

— На рахунок «три» тобі кінець, — рішуче уточнила Анна.

Він не ворухнувся й далі тримав націлений на мене пістолет.

— Один...

Внутрішня напруга в кожного з нас злетіла, мов стріла. Я відчував її в собі й бачив на обличчі Кантора. Здавалося, що Анною заволоділа якась незрушна сила, яка звучала в її голосі й прочитувалась у всій поставі. Вона була немов левиця, готова до нападу. Розлючена.

— Два.

Властива їй непохитність тону не залишала сумнівів щодо рішучості. Було зрозуміло, що вона піде до кінця і, ні секунди не вагаючись, прострелить йому башку.

— Гаразд, — кинув Кантор.

І підкорився, повільно, як вона й наказала, нахилився. Вона опускала свою руку за його головою, тримаючи її трохи вище, отоді я побачив зброю, якою вона невблаганно натискала на потилицю Кантора.

Це був великий металевий степлер.

Я одразу ж відчув, як увесь спітнів, затамувавши подих, я стежив за Кантором, який продовжував нахилятись.

Варто було йому трохи повернути голову, щоб виявити підміну.

Здавалось, він ніяк не нахилиться.

Нарешті зброя на підлозі.

— Тепер повільно розігнися!

Упевненість цієї дівчини в собі могла похитнути Емпайр-стейт-білдінг.

Від підкорився, відчуваючи степлер на потилиці.

— Тімоті, підбери його зброю!

Я ковтнув слину й підійшов, стривожений, але дуже зосереджений.

Хотів стати якраз перед ним, щоб повільно, не зводячи з нього погляду, нахилитись, не пропустивши анінайменшого руху з його боку.

Несподівано свистяче шипіння зі стелі змусило мене смикнутися. Одразу піднявши голову, побачив, що спрацювали протипожежні розбризкувачі, на нас дощиком бризнули тоненькі цівочки холодної води. Кантор також повернув голову і вражено витріщив очі, побачивши степлер. Він блискавкою рвонувся до зброї, що лежала на підлозі. Я зробив те саме й був першим. Встиг її

472

схопити, але він усією своєю вагою впав на мене й затиснув руку, аби я не повернув пістолет на нього.

Я ще не встиг зреагувати, як Анна вже кинулася на нього й тицьнула степлером в обличчя з криком:

— Відпусти його або я проколю тобі око!

Момент надзвичайного напруження, усе тіло Кантора завмерло, він затремтів від гніву, стиснув мою руку і... відпустив.

Я підхопився й, націливши на нього револьвер, відступив на кілька кроків, щоб більше не ризикувати.

Анна зробила так само.

— Ходімо! — кинула вона.

Я описав коло, щоб обійти Кантора на чималій відстані і, відступаючи назад й тримаючи його на прицілі, пішов за Анною до виходу.

— Ключ у тебе? — крикнула Анна вже на сходовій клітці через оглушливе виття пожежної сирени.

— Так.

— Замкни його на два оберти.

— Ні, треба знайти кузена!

— Він був зв'язаний і примотаний скотчем до стільця в одному з кабінетів. Я його звільнила й наказала тікати.

Я квапливо двічі крутнув ключ у замку, і ми побігли сходами під струменями всіх розпилювачів.

Ми минали поверхи один за одним, на їхні номери вказували золоті цифри на дверях кожної сходової клітки.

42

41

40

Раптом я згадав Кантора. Я уявив, що він заблокований на 43 поверсі, тоді як я біжу до виходу.

39

Вимкнулось освітлення. Тільки знаки безпеки розсіювали слабке зелене світло.

38

Вода бризкала звідусіль, у мене були залиті очі, вода текла по обличчю й за комір.

Я весь час думав про замкнутого Кантора і почав себе звинувачувати.

37

Ми йшли наче крізь гейзер. На жаль, уся ця вода не завадить вежі впасти. Ґленн казав, що, попри розпилювачі, інші вежі впали.

36

Я спускався й спускався, але не до порятунку, а до щільного мороку в моїй душі, бо мене переслідував образ замкненого Кантора.

35

Вода текла по стінах і по підлозі, яка стала слизькою. Насичене вологою повітря мутніло. Пекельний хамам.

Безупинне виття сирени виносило мозок.

34

Я прирік Кантора на смерть. Я був убивцею.

33

Я зупинився.

Анна, яка спускалася за мною, ледве не збила мене з ніг.

— Що сталося? — крикнула вона.

— Я не можу так вчинити.

— Що саме?

— Я не можу холоднокровно вбити Кантора.

— Ти про що? Ходімо! — сказала вона, тягнучи мене за руку.

— Ні. Спускайся, я піднімусь за ним.

— Ти геть збожеволів. Ходи! Зараз усе рухне!

— Уже й так одна людина загинула у боротьбі зі мною і...

— Це був законний захист, Тіме!

— Нехай і так. Але я замкнув Кантора, щоб його вбити. Я так не можу. Я не злочинець.

Анна розстрілювала мене поглядом. Вода заливала її розгнівне обличчя.

— Він убив твого батька, чорт забирай! Він сам — злочинець!

— Він має піти під суд. Не я маю його карати. Я шкодуватиму про це все життя.

— Треба було думати раніше! Ти ж не можеш піднятись десять поверхів, чорт забирай!

— Я не зможу жити, знаючи, що вбив.

— Але ти загинеш! Подумай про себе!

— Анно... Ти навчила мене прислухатись до свого тіла... Я відчуваю, що маю туди повернутись. Відчуваю тілом і серцем...

Анна пильно подивилась на мене, не кажучи ні слова, на її обличчі поступово проявилось відчуження. Мокрі очі наповнились слізьми. Гнів зник, енергія спала; вона була вражена, майже знесилена.

— Тімоті, — промимрила вона, — пригадай свій роман... Благаю...

У неї тремтіли губи. Вона не зводила з мене очей.

— Наприкінці, — ледь вимовила вона, — герой умирає на скелі...

І знову замовкла, кусаючи губи.

— *Blackstone* — чорна скеля, — додала.

Її слова проникли в мою свідомість, наче подзвін, який звучить несподівано, ставить вас перед лицем очевидності й викликає у вас печаль, звівши нанівець будь-яку надію.

Я глянув на Анну. Вода заливала їй обличчя та волосся. Її очі, немов два загублені в потоці сапфіри, капітулювали й нічого більше не просили. Вона погодилась, і в цій згоді була вродлива, вродливіша, ніж будь-коли раніше, і я зрозумів, наскільки вона мені дорога, наскільки я її кохаю.

Я нічого не міг сказати. Якби я мав владу вплинути на своє майбутнє, я взявся б за це з усією силою, яку мені давало дивовижне прагнення бути з нею. Але якщо майбутнє незмінне, якщо моя доля була записана, закарбована в мармурі, то я помру в цій вежі, і піднімусь я рятувати Кантора чи ні, тут нічого не змінити.

Я не промовив ані слова, а повільно наблизив свої вуста до її обличчя і під потоками води, що нас заливали, обняв і палко поцілував.

На 43-й поверх я піднявся на останньому диханні. Поквапливо відімкнув двері сходової клітки, з револьвером у руці швидко знайшов Кантора, якого моя поява вразила. Із зачіскою, по якій стікала вода, й у промоклому костюмі він не мов такої гордої, як зазвичай, постави.

Я кількома словами квапливо пояснив мотив свого повернення і сказав про рішення провести його вниз вежі, щоб віддати під суд.

Він зневажливо глянув на мене.

— Ви, цілком певно, проводите своє життя в сумнівах. То ви входите в *Remote Viewing*, то ні; то шукаєте, то відмовляєтесь шукати палія; то вирішуєте вбити Баррі Кантора, то приходите його рятувати...

Він зачепив мене за живе, і я майже пожалкував, що за ним повернувся.

— Надмірна впевненість інколи позбавляє чоловіка людяності, — сказав я. — Тільки машина ні в чому не сумнівається, людині притаманний сумнів.

Він схрестив руки.

— Ви бодай на секунду уявляєте, що мене заарештовують привселюдно, на майданчику коло цієї вежі, у всіх на очах, перед телекамерами?

— Я... пропоную вам урятувати життя...

— І мови не може бути.

Я очікував усього, крім цього. Ніколи не міг би уявити, що образ може важити для людини більше, ніж... власне життя, що вона волітиме померти, зберігши своє еґо, ніж жити, його проковтнувши.

— Маєте рацію, — сказав я, — залишайтеся. Смерть для вас нічого не змінить, бо ви ніколи не жили: чіплятись за образ — це померти для себе.

* * *

Стоячи за поліцейським кордоном в оточенні пожежників і копів, Роберт Коллінз чекав подальшого розвитку подій, а за бар'єром товпились невиправні роззяви.

Сирени, які ревіли зусібіч, створювали агресивну какофонію. Поліцейські спрямовували сяючі пучки прожекторів на вежу.

За кілька митей до нього приєдналась Анна Саундерс. Її поява Роберта здивувала. Як і тоді, коло банановоза. Була шокована й заплакана і до нього не озвалась. Стояла, не зводячи очей з підмурівку вежі, кусаючи губи.

Натомість Роберт стояв умиротворений.

Люди бігли трохи далі по 52-й вулиці, а також по авеню.

— Відійдіть до 53-ї вулиці, зараз обвалить-ся! — крикнув хтось у гучномовець.

Серед юрми почався безладний рух.

Роберт сказав собі, що нью-йоркська поліція не така організована, як вашингтонська.

Раптом він помітив Ґленна, який ішов до нього.

— Кантор сказав мені по телефону, що ти впіймав палія.

Ґленн труснув головою.

— По правді... майже впіймав, але він утік.

Роберт дивився на нього якийсь час.

— Ти таки лузер, — сказав він, криво посмі-хаючись.

Ґленн не заперечував. Роберт очікував, що він дістане з кишені шоколадного ведмедика, як робив зазвичай, коли він його підколював, аж ні.

На вулицях, удалині, власне звідусіль, залу-нали крики. Анна Саундерс, яка стояла коло нього, заридала.

Палій утік...

Звісно, це погана новина для служби. Та рад-ше хороша для нього.

Йому одному належатиме вдячність прези-дента, коли той дізнається, що саме він зробив особисто.

Він повернувся до Ґленна.

— Вежа не впаде, — сказав він, не приховуючи вдоволення.

— На підставі чого ти це кажеш?

— Уважно поглянь на фасад.

— Так, і що?

— Помітив, що він блищить більше порівняно з іншими вежами?

— Так, можливо...

— По ньому сочиться вода, — гордо сказав Роберт. — Я приїхав вчасно й наперед ввімкнув розпилювачі води. Пожежа не розпочнеться.

Ґленн скривився, потім повільно хитнув головою.

— Це нічого не змінить. Якось я розмовляв із колегами з Балтимора, Чикаго й Веллі-Форджа, вони розповіли, що розпилювачі ввімкнулись автоматично, коли загорілось. Але це не завадило вежам обвалитися. Вони сказали, що палії, ймовірно, закладали вибухівку у приміщеннях з електроустановками, де розпилювачів зазвичай не встановлюють. Підвалини розігріваються, тепло поширюється по всій металевій структурі, і все ніби плавиться. Вогню не треба поширюватись по поверхах.

Роберт прийняв удар.

— Чому ти мені цього ніколи не казав?

— Ти ніколи не запитував, волієш працювати сам у своєму кутку.

— Ти таки справді найбільш нульовий колега.

Роберт кипів гнівом. Якщо вежа впаде, він загладить свою вину, звинувативши Ґленна у навмисному приховуванні інформації, і доб'ється, щоб його звільнили.

Потім змусив себе заспокоїтись, щоб зосередитись і поміркувати.

— Тут геть інша справа, — зрештою промовив він, — адже я ввімкнув розбризкувачі перед початком пожежі. Це все міняє. Власне, тому назовні біжить стільки води. Було досить часу, щоб вона розтеклася. Вона неодмінно залила підвал і приміщення з електроустановками. Тож вогонь не спалахне. Я прийшов перед цим.

— А я тобі кажу, що вежа впаде.

Раптом почулося жахливе глухе двигтіння підземного вибуху, від якого здригнулася земля, а нутрощі Роберта й усе його тіло немовби завібрувало.

Зусібіч залунали крики й вереск.

Поруч із ним ридала Анна, яка не зводила погляду з вежі.

Роберт прокляв Ґленна, який цього разу міг виявитися правим.

Він побачив щура, який утікав по водостічному жолобку авеню.

Йому здалося, що з'явилось полум'я; так, там, у вікнах, на всіх поверхах видно полум'я, вода тим часом далі бігла по фасаду.

Як таке можливо? Як таке можливо?

Потім хтось крикнув:

— Дивіться! Хтось виходить із вежі!

Роберт примружив очі, крики залунали голосніше й частіше.

Справді, з нижньої частини вежі вийшов чоловік і побіг до них, сам-один на величезному підмурівку й безлюдному перехресті.

— Господи, це Фішер, — промовив Ґленн. — Він не встигне відійти на достатню віддаль...

Погляди всіх зійшлися на ньому, кожен затамував подих, аж раптом Фішер різко зупинився й відступив.

— Чого він там толочиться? — не стримався Ґленн.

Раптом Роберт відчув штовханину натовпу, який перекидав бар'єри, минав його і біг... до вежі.

*Вони збожеволіли!*

Роберт розвернувся... й остовпів. Він не вірив своїм очам.

Навпроти, на 52-й вулиці, у темряві хиталася зовсім інша, величезна, охоплена вогнем вежа.

Ошелешений, занімілий і геть дезорієнтований, Роберт відступив, зробив це, як і всі, інстинктивно.

— Це вежа *Blackrock*! — вигукнув хтось. — Падає вежа *Blackrock*!

У Роберта очі вилізли з орбіт.

*Blackrock...*

Він жваво обернувся.

Вежа *Blackstone* височіла в темряві, мовчазна й... промокла. Вода текла по всій її площині, в скляному, блискучому, мов дзеркало, фасаді відбивалися танцюючі язики полум'я іншої підірваної вежі.

Роберт зрозумів, що сам знищив, потопивши зсередини під потоками води, головну вежу головного радника президента.

## 34

Наступного ранку, розплющивши очі й пригадавши, де перебуваю, я не зміг не усміхнутися від блаженства: я лежав поруч із Анною у м'якому ліжку власної спальні у своєму будиночку у Квінзі. Учора ввечері ми не змогли розлучитися й обоє прийшли сюди, пізно вночі; я був настільки виснажений, витративши рештки своїх останніх сил, що впав на ліжко, як сніп, навіть не зачинивши віконниці.

Сонячні промені проникали крізь білі занавіски, у вузькому проміжку між ними я помітив куточок блакитного неба. Весна, нарешті, вирішила прийти.

Анна досі спала обіч мене, вії делікатно обрамляли її сонні повіки, гарненькі пасемця волосся розсипалися по білій лляній наволочці подушки. Я довго мовчки милувався її спокійними рисами, акуратними ніздрями, які легенько роздувалися в ритм з її подихом, і почувався щасливим від того, що можу слухати її легке спокійне дихання, дивитись, як вона живе.

Уві сні вона була ніжна й вразлива, аж ніяк не схожа на войовничу левицю, яку продемонструвала вчора. Я страшенно любив обидві її версії, обидві контрастні сторони тієї самої особи.

Напевно, Анна відчула мій погляд, бо розплющила повіки, на її припухлих вустах виникла ледь помітна усмішка.

Аль Капоне, який сидів на килимку, несхвально дивився на Анну. Зрештою скочив на ліжко й розлігся між нами, повернувшись до неї спиною.

— Гадаю, досить промовисте послання, — сонно прошепотіла вона.

Ми провалялись у ліжку весь ранок, доки не зголодніли.

— Може, влаштуємо пікнік у Центральному парку? — запропонувала Анна.

— Якщо ти так хочеш...

— Я там ніколи не була, можна скористатись нагодою, погода гарна.

— Прийнято.

— Можливо, ти спершу приймеш душ?

— Чому ти так кажеш?

— Розбризкувачів води виявилося не досить, щоб змити з тебе запах двох купелей в океані. Ти тхнеш йодом і водоростями.

Я не втримався й усміхнувся.

— Ми знайомі шість днів, а ти говориш так, наче ми одружені років десять.

— А ти поводишся так, ніби ми подружжя всі двадцять!

Я заскочив у душ, одягнув старі джинси й светр, годиною пізніше ми поглинали сендвічі на невеличкій окремій галявині Ґрейт-хілл у північній частині парку. Завдяки гайку ніяк не вірилося, що ми в серці великого міста.

За мовчазною згодою ми вибирали для розмови легкі й приємні теми, виразно демонструючи бажання насолодитись перебуванням разом, на природі, під давно очікуваним весняним сонцем.

Та в якийсь момент кожен відчув, що цього не можна обійти: нам треба було ліквідувати стрес останніх днів, і ніщо не може бути ефективнішим, ніж виговоритися, щоб потім перегорнути сторінку.

Тож ми переглянули стрічку подій від моменту нашої зустрічі. Поговорили про Ґленна, який учора підійшов до нас коло вежі. Ми відійшли від натовпу, і він розповів про зустріч із Ніколасом, а також про все, що дізнався під час розслідування про тягар відповідальності фірм стосовно екології. Він розповів, що під вечір по телефону повідомив особисто Кантору, що ситуація контролюється і вежа не впаде. Те, що я сприйняв за позерство перед лицем смерті, було тільки блефом. Поліція почала його розшукувати, але він зник, скориставшись загальною панікою. Ґленн вважав, що щодо нього буде ухвалено рішення про міжнародний розшук, хоча на позитивний результат годі й сподіватися. Але відданий усім серцем справі правосуддя Ґленн вирішив, що готовий його переслідувати й дійти навіть на край світу. Я йому повірив.

— У будь-якому разі я не загинув на чорній скелі! Або в моєму романі інтуїцією й не пахло, або мені вдалося вплинути на своє майбутнє, — підсумував я.

Анна багато розповіла про мого батька, про спільну працю та його інтуїтивне тривожне бачення майбутнього, що й стало відправною точкою всіх цих подій. Ми поділились своїми міркуваннями, думками й емоціями.

І раптом до нас долинув єдиний звук, що дійшов із міста: лунали дзвони собору Святого Іоанна Богослова, які били тринадцяту годину.

Моє серце аж підстрибнуло. Я геть забув про передачу.

— Опра! О 13:30 передача в Опри!

Я вхопив мобільний телефон.

Купа повідомлень від її асистентки.

— Господи! Він на тихому режимі, я нічого не чув!

— Що ж ти робитимеш?

— Мчу туди.

— Це далеко?

— Коло Таймс-сквер.

— Але... може, слід переодягнутись, — сказала вона, дивлячись на старі джинси й затертий светр.

Вигляд у мене був геть... нікудишній.

— Тим гірше... Немає часу, обійдуся!

Ми все склали й побігли. Дорогою я набрав асистентку, сказав, що все гаразд, я буду *більш-менш* вчасно.

— Більш-менш? Але ж це прямий ефір! — стривожилася вона.

Я вимкнув мобільний телефон, і ми прискорили крок.

— А як там... твій страх, здолаєш? — запитала Анна.

Як не дивно, я його не відчував, він наче... випарувався.

— Здолаю. Гадаю, я таки прийняв свої недоліки. І нарешті зрозумів, що вони властиві геть усім...

Помітивши її усмішку, додав:

— Окрім Баррі Кантора, звісно!

Ми прийшли в останній момент. Короткий сеанс макіяжу, на мене приладнали мікрофон-петличку й вивели на майданчик, де зі мною, попри запізнілу появу, тепло привіталась Опра.

Я зайняв своє крісло, Опра своє, перевірили нашвидку звук; в очікуванні нашого виходу в ефір пустили новину: «Департамент юстиції наказав звільнити чоловіка, якого помилково заарештували у справі підпалу веж. Водночас радника президента Баррі Кантора, якого, нагадаємо, підозрюють в організації політичного вбивства у минулому році, досі не знайшли. Востаннє його бачили вчора у вежі *Blackstone* у Нью-Йорку перед початком пожежі в сусідній вежі...».

Ведуча оголосила нашу передачу, і пішов рекламний ролик.

— Увага, — раптом сказав головний оператор у гучномовець, — включення за п'ять секунд, три, дві, одна. Тиша: титри!

Простір наповнила музика. В одному з куточків зали на маленькому екрані на рівні підлоги висвічувалося число: трохи більше ніж двадцять два мільйони телеглядачів.

Двадцять два мільйони...

Я нарахував вісім камер, поміж них маленька камера-робот, яка їздила по рейках переді мною.

Звісно, мені було лячно від думки, що я маю говорити перед такою кількістю людей, але я сказав собі, що вони такі ж люди, як і я, зі своїми слабкими сторонами й недоліками. Я тільки

490

людська істота серед інших людських істот, нічого більше.

Навдивовижу природна Опра представила мене телеглядачам і коротко розповіла про мою творчість, а тоді згадала про останній детектив і запропонувала в загальних рисах викласти його зміст.

Я зібрався з думками, щоб відповісти, але... мене заполонили дивні відчуття: вони ніби почали плутатись у голові, у животі я відчув тягар, що скидався на важку силу інерції, що пропонувала мені... помовчати. Геть неочікувано цей детективний роман видався мені... другорядним і незначним. І хоча я роками мріяв потрапити на цю передачу, щоб розповісти про свої книжки й підштовхнути свою кар'єру, зараз несподівано не захотів цього робити. У моїй свідомості тоді промайнула думка про двадцять два мільйони телеглядачів, і внутрішній голос підказав:

*Кажи те, про що справді хочеш розповісти. Не втрачай такої нагоди, це історичний шанс.*

— Тімоті Фішер?..

— Перепрошую. Замислився... Знаєте... гадаю... мені не хочеться говорити про свій роман.

Опра розсміялась, хоча в очах майнула тінь занепокоєння. Ми були в прямому ефірі... передача має тривати цілу годину.

491

— Але ж я запросила вас саме для цього!

— Так, справді, але я усвідомив... що волію порушити теми, які лежать близько до серця на цей момент.

Опра усміхнулась, але насупила брови.

— І що лежить близько до вашого серця у цей момент?

— Ми. Всі люди. Наше місце на Землі й наше майбутнє.

З властивим їй умінням відчувати ситуацію й справжньою відкритістю розуму Опра дала мені змогу висловитись, і я зміг розповісти про інтуїцію, те невідоме й притаманне нам усім чуття, яке так намагаються приборкати, чуття, яке допомагає нам бути в злагоді із самим собою й у гармонії зі світом, синхронізуючись з годинником Усесвіту. Я зміг поговорити про екологію й поділитись думкою, що йдеться передусім про екологію свідомості: якщо ми в злагоді самі з собою, під'єднані до своєї інтуїції і тіла та поважаємо внутрішню реальність, то існують великі шанси, що шануємо і природу, адже ми самі природа, а природа — це ми. Я також зміг розповісти про великі фінансові компанії й розказав про те, що почув від Ґленна вчора ввечері: ключову роль цих компаній у порушенні клімату й забрудненні середовища, а також у людських поневіряннях через створення кризи житла внаслідок інвестицій у квартирний сектор. Не забув і про навмисне забруднення довкілля деякими торговими суднами і танкерами...

— Інвестиційні компанії, — сказав я, — скуповують підприємства по всьому світу й у всіх секторах, а потім ухвалюють рішення, які важко відбиваються на становищі людей праці. Але з висоти веж не побачити тих, хто заробляє собі на життя, вони їх не чують, ніколи не тиснуть їм руки. Для них це люди без обличчя, без голосу й тіла. Лакота, члени племені сіу, яке ще існує в нашій країні, кажуть, що, віддаляючись від природи, людське серце кам'яніє. На вершині тих веж людина відірвана від природи, а водночас від людей.

— Власне, — долучилась Опра, — впродовж тижня завдяки журналістським розслідуванням поступово розкривається відповідальність фінансових компаній, тож сьогодні, попри постійні напади на їхні осідки, ми бачимо, що громадська думка міняється і відчувається хвиля гніву, а то й ненависті до їхніх керівників. Що ви скажете про себе?

Мене вперше в житті запитували, чи я когось ненавиджу. Першою моєю реакцією була думка, що певною мірою я їх таки ненавиджу, бо ненавидів егоїзм, який спонукав їх до ухвалення рішень на власну користь, породжуючи людські біди й природні катастрофи. Вже збирався про це сказати, аж вловив дивне, відмінне від попереднього відчуття у грудях... Тож виділив кілька секунд, щоб вловити, послухати й розшифрувати послання свого тіла. І зрозумів, що це було запрошення... до сумніву.

Інколи сумнів має дивовижний ефект, наділяючи вас припливом проникливості. У моїй свідомості виникла думка про те, що на своєму скромному рівні я також ухвалюю рішення, що служать моїм інтересам і шкодять природі, а може, й іншим...

Я міг купити овочі й фрукти, не дивлячись, виростили їх у нас чи на іншому кінці планети. Міг купити стейк, не цікавлячись, минуло життя того бика на лузі чи його напихали соєю з Амазонії у промисловому ангарі. Міг купувати одяг, якого не так уже й потребував, і не завжди думав про необхідність перевірити, де і як його виготовили. Міг купити взуття і, якщо воно справді мені подобалось, не завжди перевіряв, виготовили його діти в Бангладеші чи деінде. Коли мені хотілося відпочити, я міг скористатися акцією на круїз на лайнері чи якусь далеку поїздку, хоча спочатку намірявся залишитись у своїй країні. А коли вдавалося накопичити якусь невелику суму, прагнув знайти привабливий вклад, не замислюючись, для чого можуть бути використані мої гроші...

Отоді я зрозумів. Зрозумів, що ненавидів патронів тих компаній, бо не міг погодитись із безсоромним і надмірним проявом їхнього егоїзму, який був присутнім і в мені, хоча доти я цього насправді не усвідомлював...

— Тімоті Фішер?..

— Перепрошую... Насправді... Гадаю, ті компанії та їхні керівники мають неналежну їм владу, більшої годі шукати в історії, але ненависть і гнів живлять негативний еґреґор, який тягне нас униз. Сьогодні це, між іншим, відчувається в різних царинах і тяжіє над усім людством. Це негативно й, на додачу, непродуктивно.

— Чому?

— Тому що починаючи від сьогодні, нам під силу змінити перебіг подій.

— Ви нас інтригуєте...

— Що станеться з їхньою владою насправді, якщо ви, я, всі ми вирішимо бути трохи обачнішими під час ухвалення рішень у щоденному житті? Їхні підприємства існують завдяки нам, нашим покупкам, нашому виборові. Вони повністю спираються на нас, і без нас вони ніщо.

Їх кілька сотень. Нас — вісім мільярдів. Їхня влада зникне швидше, ніж потрібно часу вежі, щоб розсипатися.

Пауза, потім я додав:

— Так, компанії сильніші за уряди. Але справжні господарі світу — ми самі.

* * *

Після завершення передачі ми з Анною пройшли через студії й опинились під сонцем, що сяяло на блакитному небі. Мовчки пройшли по 7-й авеню і за десять хвилин знову були серед зелені Центрального парку. Пройшлись алеєю, минули гайок і ступили на лужок, який виглядав природніше за інші вміло доглянуті галявини. Анна сповільнила ходу, зупинилась і, нарешті, обернулась до мене.

Із серйозною міною на обличчі вона пильно вдивлялась у мене кілька митей.

— Гадаю, до мене повертається інтуїція, — сказала вона.

— Ти серйозно? Справді?

Вона похитала головою, усміхнувшись трохи вимушено.

— Але... це пречудово, — сказав я.

— Так. Так.

Вона здавалася трохи дивною.

— Як ти це зрозуміла?

— Якраз перед тим, як ти ступив на знімальний майданчик, у мене в голові майнув образ, просто так, несподівано, як колись...

— І який він був?

Вона по діагоналі звела очі до неба у пошуках слова.

— Я побачила образ автора, який плутається в поясненнях... і виявляється нездатним зв'язати три фрази, щоб розповісти про свою книжку...

Я стояв ні в тих ні в сих кілька секунд.

— Ну... симпатично... приємно...

Анна ще трохи зберігала серйозну міну, потім розсміялася і наблизилася до мене настільки, що змусила відступити, а тоді штовхнула у високу траву й навалилась на мене з лукавою усмішкою на вустах.

— Я верзу казна-що! — сказала вона.

Усмішка зникла, вона пильно подивилась на мене.

— Коли ти ступив на майданчик, інтуїтивне бачення підсказало мені, що твоя книжка має дуже точне спрямування.

— Я нічого не розумію в твоїх словах.

Вона нічого не відповіла, довго дивилась мені у вічі, потім повільно наблизила обличчя до мого, делікатно й ніжно поцілувала мене у вуста: поцілунок був солодкий, але миттєвий, з тих, що дарують найпрекраснішу емоцію, а водночас найбільше розчарування.

Я не міг відвести погляду від її очей і чудових вуст, я вдихав ніжний запах її шкіри й подиху. Та витримав недовго, обняв її й поцілував, спершу ніжно, далі палкіше й пристрасніше. Ми покотились у траву, розчиняючись один в одному в іншому вимірі, і в тому п'янкому дивовижному злитті поринули в піднесений світ, де душі поєднуються, аби торкнутись божественного.

Притулившись обличчям до мого обличчя, вона прошепотіла мені на вухо:

— Твій роман дуже правильно все передбачив. Боязкий, егоїстичний чоловік, який дбав тільки про свій образ і з яким я познайомилася кілька днів тому, вчора ввечері помер на тій чорній скелі.

І палко мене поцілувала.

# ~ Епілог ~

Лежачи на спині, одягнений тільки у довгу блакитну безформну сорочку, Баррі Кантор попросив востаннє глянути на начерк.

Підвівся, спершись на лікті, й уважно й мовчки подивився на старанно намальований портрет.

— Подайте мені дзеркало, — сказав він.

— Це неможливо, воно нестерильне.

— Я його не торкатимусь.

За дзеркалом послали помічницю медсестри, поставили його перед ним. Він довго, з любов'ю і вже з ноткою ностальгії дивився на себе. Потім відвернувся, ліг і заплющив очі.

Він їх не розплющив, коли накладали лицеву маску, і поринув у запаморочливий сон, назавжди забираючи з собою образ того досконалого обличчя, що досі належало йому, а тепер зникне.

\* \* \*

Штучні сни — це сни без сновидінь.

Кошмар набув форми тільки після пробудження, коли його свідомість повільно виринула з небуття,

499

куди його відіслала анестезія. Він відчував себе важким і слабким, усе довкола розпливалося. І неприємно пахло. Навіть тхнуло.

Перша річ, про яку він подумав, було дзеркало. Де дзеркало?

Він помацав коло себе, але всюди натрапляв тільки на матрац. Повернув голову, але зір був досі нечітким.

— Подайте мені дзеркало, — ледве вимовив він.

Але його слова загубились у тиші кімнати.

Запах був гидким. Так тхнула кімната чи його запах зазнав спотворення внаслідок операції?

Зібрався із силами й спробував підвестися. Це йому вдалось, і він трохи посидів у ліжку, примружуючи очі, щоб налагодити чіткість. Його трохи похитувало.

*Господи, куди вони поділи те дзеркало?*

У кімнаті було темнувато, пошукам це не сприяло. Але потроху він почав бачити чіткіше.

Кімната була... порожня... Без меблів... Без телевізора... Стіни здавались... сірими... Підлога... сіра... бетонна...

*Це клініка в країні третього світу чи що?*

При згадці про вартість операції його залила хвиля гніву. На вході все викладають мармуром, розкішно обставляють кабінет, а після операції залишають бозна-де...

Його охопила тривога.

*Мені потрібне зеркало, негайно!*

Тепер він бачив досить чітко. Підвівся. Ступив, зашпортуючись, три кроки, відновив рівновагу.

*Що за маячня?*

Це не було схоже навіть на готель у другій зоні, значно гірше. Все сіре, порожнє, в жалюгідному стані і... брудне. Жахливо брудне.

Наляканий, підніс руки до обличчя, торкнувся його, помацав, попестив. Не відчув нічого ненормального. Але... воно було без пов'язок! Його обдурили, не прооперували. Десь углибині йому це сподобалось...

Потім пригадав, що не заплатив по рахунку. Хірург просто узяв паспорт у заставу.

Тоді на думку спало інше пояснення, його охопила сильна тривога.

Він роззирнувся довкола, і все стало на місця. Замість вікна слухове віконце з ґраткою. Вбиральня без сидіння в жахливому стані, таке він бачив у фільмах.

На ліжку вузький матрац, застелений білою тканиною у жовтих розводах...

501

Він натиснув на двері, жахливі двері з іржавого металу з вишкрябаними непристойними графіті. Замкнені.

Він стукав, гукав, кричав, верещав.

Відчинилося заґратоване «вічко» посередині дверей. Він спробував зазирнути в нього, але нічого не побачив.

— *Qual é o problema?* — почувся грубий голос.

— Я хочу бачити директора! *Directo? Director?*

— *Diretor? Nào! Esperar!*

— Я ні слова не розумію.

— *Esperar!*

«Вічко» різко брязнуло, дзвін металу відбився в порожній кімнаті, Кантор почув кроки, що віддалялись.

— *Ei! O americano!* — крикнув грубий голос удалині.

І все.

Запала тиша, та за кілька митей він знову почув кроки. Але інакші. Або там було кілька чоловік.

— *Cuidado!* — промовив голос.

Дзенькіт ключа в замковій щілині. Важкі двері зі скрипом повернулись на своїх завісах, і вражений Баррі Кантор побачив, що до кімнати заходить...

Ґленн Джексон.

Двері за ним зачинились із глухим звуком, їх замкнули на ключ.

Ґленн Джексон. Він стояв перед ним у коричневому пожмаканому костюмі.

Кантор інстинктивно відсахнувся. Ґленн ступив три кроки, ледве стримав гримасу, поворушивши ніздрями й обвівши поглядом комірчину, і став просто перед ним.

Вони довго мовчки дивились один на одного.

Баррі Кантор відчув, як сили покидають його.

Він «погорів».

Повний гаплик.

Відступив і сперся на стіну.

Джексон не ворушився, тільки вийняв пачку цигарок з кишені піджака й узяв одну собі.

— Я висліджую тебе тринадцять місяців. Тринадцять місяців, день у день. Тринадцять місяців без відпочинку. Тринадцять місяців пошуків, міркувань, розшуків.

Він зробив паузу, якраз, щоб чиркнути сірником і підкурити цигарку.

— Місяць тому я ледве не облишив цю справу, цього вимагало Бюро. Минув рік, надто великі затрати, казали вони. Однак я знав, що таки тебе знайду, я жодного разу не засумнівався. Але тут у мене не було вибору, мусив припинити.

Він затягнувся й випустив дим у тривалому видихові.

Він нікуди не поспішав.

— Того вечора я трохи пригнічений повертався додому, в очікуванні свого поїзда на вокзалі пройшов повз книжковий кіоск й у вітрині помітив фото Фішера на його останній книжці. Зацікавився, взяв книжку в руки, погортав, глянув на останню сторінку обкладинки. Книжка мене не захопила, та й читаю я не часто, тож поклав її назад. Але ставлячи книжку на поличку, зауважив попередні його твори, видані в кишеньковому форматі й принагідно виставлені поруч. Око спинилось на одному з них. Щойно побачивши, я зрозумів, що цю книжку я куплю. Навіть не скажу чому. Вочевидь, через назву. В поїзді одразу почав читати, це був детектив, сюжет мене зацікавив, і я захопився.

— Як він називався? — запитав Кантор.

Ґленн спокійно курив свою цигарку. Він тягнув час, імовірно, насолоджуючися своєю перемогою.

Баррі схрестив руки.

— Не переповідатиму вам увесь сюжет, — продовжив Джексон. — Вистачить і кінця. Герой — біолог, який захоплюється латиною і...

— Латиною? Біолог?

— Так. У середньому він видавав по три латинські вирази за годину, що трохи задовбувало всіх довкола. Коротко: біолог переслідував злочинця на скелястому острові в прибережних водах Бразилії і, врешті-решт, догнав його на вершині гори, що нависала над морем. Той тип був винен у поширенні пандемії, яка загрожує всьому людству невиліковним, створеним у лабораторії вірусом. От тільки біолог не знав, що ця катастрофа стала можливою завдяки його працям, результати яких — внаслідок його необачності — спрямували на досягнення протилежного результату. Саме це злочинець і розповів йому на вершині скелі. Герой настільки був шокований почутим, що похитнувся. І тоді побачив свій відбиток у воді. Він став немов віддзеркаленням його душі, його частки відповідальності за цю колективну драму. Звідси й назва роману. Злочинець скористався моментом і штовхнув його у воду, той розбився на скелях.

— Як та книжка називається? — перепитав Кантор.

Новий видих сигаретного диму.

— Після його загибелі один коп запосівся знайти злочинця, пошуки тривали понад рік. Остання

505

сцена переслідування відбувається під час карнавалу в Ріо, де коп таки вираховує злочинця. На тому типові була маска, яка робила його невпізнаваним...

Джексон кинув недопалок на землю й розчавив ногою.

— Дивно, вже й не знаю чому, але, дочитавши книжку, я раптом упевнився, що ви маєте переробити собі обличчя. І відчув, що це має бути в Бразилії... Своєрідне передчуття. Тож потягнув за ниточку, далі дістатись до вас було не так і складно.

І, задоволений собою, глибоко зітхнув.

— Процедуру екстрадиції буде завершено на наступному тижні.

Баррі Кантор був розчавлений. Він гадав, що п'ятдесят тисяч доларів хірургу досить, щоб зберегти все в таємниці... Треба було заплатити вдвічі більше, можливо, сьогодні він був би на волі.

— Скільки ви поклали на стіл, щоб розв'язати язик хірургові? — запитав Баррі Кантор. — Скільки це коштувало платникам податків?

Ґленн усміхнувся й похитав головою.

— Я довго розмовляв із ним. Про всю цю справу, про амазонський ліс... І виявив, що в Бразилії також є люди, які люблять природу...

Він підвівся, підійшов до дверей і кілька разів стукнув по іржавому металу.

Важкі двері зарипіли, відчиняючись.

Ґленн переступив поріг і обернувся.

— Ледь не забув: роман називається *Intuitio*. Біолог був латиністом. Латиною *Intuitio* — це образ, що відбивається в дзеркалі.

Літературно-художнє видання

ГУНЕЛЬ Лоран
**Інтуїція**

Головний редактор С. І. Мозгова
Відповідальний за випуск О. М. Шелест
Редактор Ю. Є. Туманцева
Художній редактор А. О. Попова
Технічний редактор В. Г. Євлахов

Підписано до друку 12.09.2023. Формат 70х100/32.
Друк офсетний. Гарнітура «FuturaBook». Ум. друк. арк. 20,64.
Дод. наклад 3000 пр. Зам. № 23-447.

Книжковий Клуб «Клуб Сімейного Дозвілля»
Св. № ДК65 від 26.05.2000
61001, м. Харків, вул. Б. Хмельницького, буд. 24
E-mail: cop@bookclub.ua

Віддруковано у ПрАТ «Білоцерківська книжкова фабрика»
Свідоцтво ДК № 5454 від 14.08.2017 р.
09117, м. Біла Церква, вул. Леся Курбаса, 4
Тел./Факс (0456) 39-17-40
E-mail: bc-book@ukr.net; сайт: http://www.bc-book.com.ua

## Книжки видавництва КСД ви можете придбати

- На сайті КСД: **bookclub.ua**
- e-mail: support@bookclub.ua
- в мережі книгарень КСД: див. адреси на сайті Клубу або за QR-кодом

**Для гуртових замовлень**
e-mail: trade@ksd.ua

**Анонси видавництва КСД:**
див. на сайті Клубу або за QR-кодом

**Безкоштовна гаряча лінія з будь-яких питань:**
0 (800) 30-10-90

*Запрошуємо до співпраці авторів, перекладачів*
e-mail: publish@ksd.ua

Гунель Л.

Г94   Інтуїція / Лоран Гунель ; пер. з фр. З. Борисюк. — Харків : Книжковий Клуб «Клуб Сімейного Дозвілля», 2023. — 512 с.

ISBN 978-617-12-9291-8 (дод. наклад)
ISBN 978-2-7021-8293-2 (фр.)

Одного дня спокійне життя молодого письменника Тімоті порушують двоє. Агенти ФБР з'являються біля його дверей із проханням допомогти... Знайти особу, відому на весь світ невловимістю. І, несподівано для себе, Тімоті погоджується на авантюру. Проте спершу він має пристати до секретної програми, спеціалізація якої — люди з феноменальними інтуїтивними здібностями. Люди, що відчувають матерію цього світу інакше за решту. Непомітно для себе Тімоті оволодіває цією потужною силою інтуїції. Почуттям, здатним показати життя таким, яким воно є насправді, — надзвичайним. Та чи стане Тімоті сил пройти шлях до самого кінця? Шлях, який до снаги лише обраним.

УДК 821.133.1

БОГ завжди ПОДОРОЖУЄ
— ІНКОГНІТО —

— ЛОРАН ГУНЕЛЬ —

Я ОБІЦЯЮ ТОБІ ВОЛЮ

— ЛОРАН ГУНЕЛЬ —

ФІЛОСОФ,
ЯКОМУ
БРАКУВАЛО
МУДРОСТІ

Лоран Ґунель

ЛЮДИНА,
ЩО ХОТІЛА
БУТИ ЩАСЛИВОЮ

Лоран Ґунель

КСД

ПРОБУДЖЕННЯ

Лоран Ґунель

КСД